W0035477

ro
ro
ro

Holly-Jane Rahlens

Prinz William, Maximilian Minsky und ich

DEUTSCH VON ULRIKE THIESMEYER

ROWOHLT TASCHENBUCH VERLAG

Die Arbeit an
PRINZ WILLIAM, MAXIMILIAN MINSKY UND ICH
wurde durch ein Autorenstipendium
Kinder- und Jugendliteratur der
Stiftung Preußische Seehandlung gefördert.

Redaktion des amerikanischen Originaltextes
und der Übersetzung: Susanne Koppe

2. Auflage August 2002

Originalausgabe
Veröffentlicht im Rowohlt Taschenbuch Verlag
GmbH, Reinbek bei Hamburg, April 2002
Copyright © 2002 by Rowohlt Taschenbuch Verlag
GmbH, Reinbek bei Hamburg
Titelmotiv Antje von Stemm
(Foto: BLIZZ ART)
Umschlaggestaltung any.way, Barbara Hanke
Autorenfoto S. 217: Anne Neumann
Satz UNDER/COVER, Hamburg
Gesamtherstellung Clausen & Bosse, Leck
Printed in Germany
ISBN 3 499 21159 9

Die Schreibweise entspricht den Regeln
der neuen Rechtschreibung.

Inhalt

as always,
for Noah and Eberhard,
my two and only

ERSTES KAPITEL
Nerd Nelly

ES WAR EINMAL vor langer, langer Zeit, weit fort in einem fernen Land – na ja, es war erst vor ein paar Jahren und genau hier in Berlin –, da entdeckte ich den zukünftigen König von Großbritannien, William Arthur Philip Louis Windsor, auch bekannt unter dem Namen Wills, noch bekannter als Seine Majestät Prinz William, Sohn Seiner Königlichen Hoheit, des Prinzen von Wales, Charles Philip Arthur George Mountbatten Windsor, und seiner von uns gegangenen ehemaligen Gemahlin Prinzessin Di, geborene Lady Diana Frances Spencer. Es war Liebe auf den ersten Blick. Und es änderte mein Leben vollkommen.

Doch bevor ich jetzt ins Detail gehe, möchte ich ein wenig von mir erzählen. Prinz William kennt schließlich jeder. Aber wer, bitte schön, ist Nelly Sue Edelmeister?

ALS PRINZ WILLIAM in mein Leben trat, war ich eine ungeheuer ernsthafte Dreizehnjährige, ein spindeldürres Berliner Schulmädchen mit einem schweren Zopf im Nacken, dicken Brillengläsern auf der Nase und einem Hirn von der Größe der Encyclopædia Britannica. Ich war eine Katastrophe. In Amerika, wo meine Mutter aufgewachsen ist, nennt man Kids wie mich *nerds* – kein sehr charmanter Ausdruck für Leute mit Superhirn und null Appeal. Und genau so war ich. Ständig hatte ich ein Buch vor der Nase, sogar unterwegs auf der Straße. So was kennt man sonst nur aus Filmen, im wirklichen Leben gibt es das kaum –

9

schließlich muss man ziemlich geschickt sein, um ohne nach rechts und links zu schauen sicher durch die Straßen zu kommen. Besonders in einer Stadt wie Berlin, wo man jeden Moment von einem wütenden Rottweiler angefallen werden kann oder, schlimmer noch, versehentlich in seine Kacke tritt. Ich aber lief und las. Und wenn ich nach Hause kam, trat ich einfach die Schuhe ab – also, wenn ich dran dachte.

«Es ist wie im Mittelalter!», sagte meine Mutter gern, wenn sie sah, wie ich den Dreck aus ihrem guten Perserteppich herausrieb. «Bei so organisationswütigen Leuten wie den Deutschen, in einer derart analfixierten Stadt wie Berlin, wo noch im popeligsten Hinterhof mindestens ein Dutzend verschiedener Tonnen stehen – für Altpapier, Blech, Biomüll, Plastikmüll, grünes Glas, braunes Glas, weißes Glas, bestimmt bald noch magentarotes! –, mein Gott, da sollte man meinen, die Beseitigung von Hundehaufen wäre kein Problem. In New York würde man so eine Schweinerei nicht dulden!»

Meine Mutter Lucy Bloom-Edelmeister verglich Berlin ständig mit ihrer Heimatstadt, und das Ausrufezeichen am Ende ihrer Sätze konnte man immer förmlich hören. «Ich habe New York verlassen», sagte sie gern, «aber New York nicht mich!» Nach einem Berlin-Besuch Anfang der Achtziger fand sie so viel an der Stadt auszusetzen, dass sie beschloss, hier zu bleiben und aus ihrer Nörgelei eine Kunst zu machen.

Meinen Vater traf sie dann ein Jahr und ungefähr zehn Liebhaber später. Papa ist Musiker, ein Klarinettist. Er tritt unter dem Namen Bazooka Benny auf, heißt in Wahrheit aber Bernhard Nikolaus Edelmeister. Meine Mutter und er lernten sich beim Umsteigen im U-Bahnhof Möckernbrücke an der Imbissbude kennen. Sie verliebten sich beim Currywurstessen, zogen zusammen – und fertig war die Laube. Sie wohnten mit ein paar Freunden in Schöneberg, in der Wohnung, in der einst der Rockstar David Bowie lebte – zumindest sagten das alle –, und als

10

meine Mutter mit mir schwanger war, fanden sie die Wohnung hier in Wilmersdorf, wo wir seither wohnen.

Wilmersdorf liegt im westlichen Teil der Stadt. Manche Ecken sind piekfein. Aber größtenteils ist es spießig, stellenweise sogar ziemlich heruntergekommen. Unser Haus ist die reinste Bruchbude. Der Putz an der Fassade bröckelt überall, man kann die Backsteine und den Mörtel darunter sehen. Meine Eltern sind sich einig, dass unser Haus genauso schlimm aussieht wie die übelsten Häuser im Osten. Das ist so ungefähr das Einzige, worüber sie sich einig sind, aber dazu später mehr. Solange ich zurückdenken kann, müffelt es im Keller nach Schimmel und Moder, und jedes Mal, wenn ich unten bin, sehe ich Mäuse, die eilig davonhuschen. Meine Mutter besteht darauf, es seien Ratten, keine Mäuse, aber dann sagt mein Vater zu ihr: «Woher willst du das wissen? Wann warst du denn das letzte Mal da unten? Vor zehn Jahren?»

Unser Vermieter, Herr Pomplun, der mit drei Schäferhunden und einer Urne mit der Asche seiner verstorbenen Ehefrau neben uns wohnt, weigert sich, das Haus renovieren zu lassen. Hin und wieder droht meine Mutter Pomplun damit, sich bei den Behörden über ihn zu beschweren. Und vielleicht tut sie das auch. «Sie ist tough», sagt mein Vater gern. «Made in USA. Hundert Prozent Chuzpe.» Bei dem Haus hat sie aber doch noch nichts gemacht. «Schließlich», sagte sie, «müssen die Leute von der anderen Straßenseite draufgucken – nicht ich.»

Auf der anderen Straßenseite wohnt die ehemals beste Freundin meiner Mutter, Beate. In der Soap *Die Universitätsklinik* spielt sie die Schwester Bettina. Meine Mutter lernte sie vor Jahren kennen, als sie ein Zeitungsinterview mit ihr machte. Beate hat eine Maisonettewohnung mit mindestens fünfzehn Zimmern, nochmal so vielen Badezimmern und einem Dachgarten. «Genau solche Häuser machen den Charme des Viertels aus», sagte meine Mutter früher. Heute dagegen heißt es:

«Genau solche Protzkästen sind schuld, dass die Mieten hier so in die Höhe schießen.»

Jedenfalls, wie gesagt, war ich mit dreizehn ein Nerd, der Bücher geradezu verschlang. Ich las einfach alles. Für Naturwissenschaften aber interessierte ich mich am meisten. Ich bereitete mich auf eine Karriere in Kosmologie vor und sammelte laufend Informationen über Superstrings, Baby-Universen, Schwarze Löcher, Zeitverzerrungen, all solche Sachen.

Meine Leidenschaft für die Astronomie begann in dem Sommer, als ich neun war. Meine Eltern schickten mich nach New York, auf Besuch zum Bruder meiner Mutter, meinem Uncle Bruce, und seiner Frau, Aunt Debbie. Als eines Tages die Klimaanlage ihren Geist aufgab und ich kurz vorm Ersticken war, brachten sie mich bei diesem Astronomie-Projekt für Jugendliche im Hayden-Planetarium unter, das von ihnen aus bequem zu Fuß zu erreichen war. Dort war es herrlich kühl – und ich war sofort Feuer und Flamme! Ich fand es toll, an unerträglich schwül-heißen Nachmittagen der gleißenden Sonne zu entgehen, unter dem klimatisierten Nachthimmel des Planetariums zu sitzen und über das Weltall zu philosophieren. Mein Lebensziel stand hiernach fest: Ich würde die Geheimnisse des Universums ergründen.

In dem Sommer, als ich dreizehn wurde, war ich aber erst mal noch ein Bücherwurm und Sterngucker. Und ein Computerfreak. Tatsächlich lernte ich auch genau dort, am Computer, Prinz William erst so richtig kennen: im Internet, wo ich die Homepage der Queen in mich reinfraß und all die Websites, die der Königsfamilie gewidmet sind. Als meine Mutter diesem Geheimnis auf die Spur kam, sagte sie sofort: «Ach, wie romantisch, Liebe auf den ersten Klick! Hahaha.»

Uah – meine Mutter! Sie hält sich für *sooo* komisch. Manchmal ist sie das auch. Aber meistens ist sie es nicht. Und als ich dreizehn war, war sie definitiv *nicht* komisch! Im Gegenteil: Sie war sauer wie ein Fass voller Gurken. Wahrscheinlich, weil sie und mein

Vater ständig zankten. Sie stritten sich über alles. Über mich. Über die Hunde von Herrn Pomplun. Über die Mutter meines Vaters, meine Oma Anneliese. Oma und meine Mutter verstehen sich nicht besonders. «Fräulein Anneliese», sagt meine Mutter immer zu meinem Vater, wenn Oma anruft, und reicht ihm den Hörer so angewidert, als wäre er giftig.

Meine Eltern stritten sich sogar über meine *Bat-Mizwa*. Die Bat- oder bei Jungen Bar-Mizwa ist dieses große Ereignis, das jüdische Kinder begehen, wenn sie etwa dreizehn sind und als erwachsen gelten. Traditionell ist das ein lebensbejahender, freudiger Anlass, richtig? Nicht so bei meiner Mutter. Sie stürzte sich mit einer Vehemenz in die Vorbereitungen, als würde jeden Moment mitten in unserer Küche der dritte Weltkrieg ausbrechen. Also, man muss sich vorstellen, in was für eine wahnsinnige Hektik sie schon verfällt, wenn sie ein einfaches *Pessach-Seder* für zehn Gäste gibt. Und zu der Bat-Mizwa wollte sie *einhundertfünfzig* Gäste einladen!

«Hundertfünfzig!», sagte mein Vater, als er das hörte. «Das kann doch nicht dein Ernst sein!»

«Mommy!», sagte ich. «Ich heirate doch nicht!»

«Eben!», sagte meine Mutter. «Heiraten kannst du, sooft du willst – die Bat-Mizwa feierst du nur einmal. Du sagst der Welt, dass du jetzt erwachsen und Teil der jüdischen Gemeinde bist.»

«Ich glaub nicht mal an Gott. Warum sollte ich Teil der jüdischen Gemeinde werden?»

Auf dieses Stichwort hin verdrehte meine Mutter immer die Augen und warf mir einen ihrer vernichtenden Blicke zu. «Weil du Jüdin bist. Deswegen.»

Jüdischem Gesetz gemäß wird die Religionszugehörigkeit eines Kindes durch die Mutter weitergegeben, sodass ich, obwohl mein Vater Nichtjude war, wegen meiner Mutter als Jüdin galt. Sie war nicht religiös oder so, hielt aber viel auf jüdische Tradition und wollte mich so viel wie möglich mit der Kultur in Berührung bringen. Was mir ziemlich egal war, da es um uns herum ohnehin nicht viel jüdische Kultur gab. Ich meine, schließlich lebten wir in Deutschland! Jedenfalls, was die Bat-Mizwa betraf, fand ich, dass meine Mutter es etwas übertrieb. Ich musste Hebräisch lernen, einen Abschnitt aus der Thora aufsagen können, eine Rede schreiben, am Sabbat, also freitagabends oder samstagmorgens, in die Synagoge gehen und und und.

«Keine Bange: Die Bat-Mizwa wird lustig», sagte meine Mutter gern. «Zwei Juden an einem Tisch, und schon lachst du dich kaputt.»

«Warum lachen wir dann jetzt nicht?», konterte ich.

Meine Mutter sah mich an, als wollte sie mir die Familienzugehörigkeit aberkennen oder mich enterben oder am besten beides zusammen. Doch nach ein paar Sekunden heiterte sich ihr Gesicht auf, und sie sagte: «Hey, das war spitze, Nelly. Sehr gut. Siehst du, Juden *sind* witzig!»

Haha.

Neben der Bat-Mizwa stritten sich meine Eltern am meisten über Geld. Oder vielmehr den Mangel an Geld. Meine Mutter meckerte immer an meinem Vater herum, weil er kein berühmter Musiker war. Als freie Mitarbeiterin einer Reihe gut zahlender Hochglanzmagazine verdiente sie ganz anständig, aber seine Einkünfte durch Musikerjobs waren – abgesehen von ein paar Schülern, denen er regelmäßig Unterricht erteilte – nur sporadisch. Manchmal sogar nicht existent. Jeden Abend, wenn wir uns um den Esstisch setzten, ging dieselbe Leier los.

«Gibt's was Neues?», fragte meine Mutter und griff nach ihrem Steakmesser. «So in Richtung Engagement?»

«Nein», sagte mein Vater.

«Was ist denn aus der Sache im Wintergarten geworden?», sagte sie, setzte ihr Messer an und zerschnitt das Fleisch.

«Nichts. Die hat jemand anderes bekommen. Jemand Berühmtes.»

14

«Wer denn?», fragte sie und führte das Fleisch zum Mund.

«Unwichtig. Der Name würde dir sowieso nichts sagen.»

«Wenn er so berühmt ist, warum sollte mir dann der Name nichts sagen?», fragte meine Mutter.

«Sie», sagte mein Vater. «Es ist eine Sie.»

Meine Mutter hätte sich fast an ihrem Fleisch verschluckt, und ein wenig von dem Blut tropfte ihr aus dem Mund. Sie mag ihr Steak am liebsten noch ziemlich roh. Mein Vater seins medium. Ich bevorzuge es gut durch.

«Benny, irgendjemand in Berlin muss doch irgendwo einen Klarinettisten brauchen!», sagte meine Mutter. «Du könntest doch wenigstens Klezmer bei einer Hochzeit spielen. Oder bei einer Bar-Mizwa.»

Mein Vater erbleichte.

Schon mal aufgefallen, wie Leute in Romanen ständig das Wort «erbleichen» benutzen, man so was aber im richtigen Leben fast nie zu sehen kriegt? Ich meine, wann sieht man schon mal Leute richtig weiß werden? Aber bei meinem Vater ist das so. Echt. Vielleicht ist es ein Kreislaufproblem. Oder was Psychisches. Oder wegen einer Allergie. Jedenfalls kann man richtig sehen, wie sein Gesicht an Farbe verliert. Und seine dunkelbraunen Augen wie eine explodierende Supernova blitzen.

«Lucy, bitte!», sagte mein Vater. «Erzähl du mir nicht, wie ich meinen Job zu machen habe.»

«Er ist Künstler», sagte ich. «Ein Komponist. Er gehört auf die Bühne. Oder in ein Aufnahmestudio.»

Meine Mutter knallte ihr Messer so heftig hin, dass ich schon um den Teller fürchtete. «Es ist mir egal, wohin er gehört, solange er dort nur Geld verdient.»

Meiner Ansicht nach sprang meine Mutter mit meinem Vater viel zu grob um. Es fand sich doch immer noch gerade rechtzeitig ein guter Studiogig. «Papa soll nicht ins Hinterzimmer irgendeiner Synagoge, zum Klezmer-Spielen», sagte ich. «Und außerdem,

Klezmer hat mit jüdischer Kultur ungefähr so viel zu tun wie Dudelsackmusik mit schottischer Kultur. Und er ist ja noch nicht mal Jude!»

«Prinzessin», sagte mein Vater sanft, «das ist eine Sache zwischen deiner Mutter und mir.»

Meine Mutter sah erst mich und dann meinen Vater an. «Du bist nicht der einzige Künstler in der Familie, Benny», sagte sie. «Ich hab die Zeilenschinderei satt. Ich möchte mein Buch schreiben.»

Ihr Buch. Das war mal wieder typisch meine Mutter. Seit Ewigkeiten redet sie über «*Ihr* Buch». Ein New-York-Roman, sagte sie, was immer das auch heißen mag. Sie hatte noch nicht einmal damit angefangen, benutzte ihn aber als Waffe, um uns zum Schweigen zu bringen. Und das klappte immer. Wenn sie ihr Buch erwähnte, fühlten wir uns immer sofort schuldig und sagten lieber nichts mehr. Nur wenn Risa, die mit uns zusammenwohnte, dabei war, dauerte dieses Schweigen nie lange. Sie wandte sich dann mir zu, zwickte mich in die Wange und sagte mit ihrem polnischen Akzent: «Bubele, wie wär's mit einem Lächeln in deinem schönen Gesicht?»

Schönes Gesicht? Bei aller Liebe zu Risa: In der Beziehung hatte sie einen Knick in der Optik! Also protestierte ich und rutschte auf meinem Stuhl herum, aber dadurch ließ sie sich nicht abbringen. «*So a schejn mejdele*, warum immer diese grimmige Miene?», sagte sie dann.

Risa, die fast siebzig war, würzte ihr Deutsch gern mit jiddischen Einsprengseln. *Schejn mejdele* zum Beispiel heißt schönes Mädchen und *bubele* Großmütterchen, ein Kosename für Mädchen. Risa hat nie ihren polnischen Akzent verloren, obwohl sie vor über vierzig Jahren nach Berlin gekommen ist. Sie kam mit ihrem Ehemann Leopold her, den sie nach dem Krieg in Warschau kennen lernte. Beide hatten den Holocaust wie durch ein Wunder überlebt. Na ja: Wenn nicht durch ein Wunder, wie

16

sonst hätte man die Schoah überleben sollen? Seit Leopold gestorben ist – ich war damals gerade in der ersten Klasse –, wohnt Risa bei uns, aber wir kannten sie schon viel länger. Ich kenne sie mein ganzes Leben lang. Und meine Mutter kennt sie auch schon *ihr* Leben lang. Das kommt daher, weil Risa und meine Großmutter mütterlicherseits, Hanna Bloom, geborene Herschkowitz, zusammen in Polen aufgewachsen sind. Und als meine Mutter nach Berlin kam, nahm Risa, die keine Kinder hatte, sie als Ersatztochter unter ihre Fittiche.

Meine Großmutter Hanna und ihre Familie hatten das Glück, aus Europa nach Amerika fliehen zu können, bevor es zu spät war. Aber Risa und ihre Eltern saßen in Polen fest. Den Krieg überlebten sie in verschiedenen Verstecken, in Kellern und Scheunen, in Kirchen, einmal sogar in einem verborgenen Keller unter dem Gemüsebeet eines Nachbarn. Risa sprach nicht darüber, also weiß ich nicht alles so genau. Wenn man ihr Fragen über den Krieg stellt, erzählt sie immer von der Zeit, als sie Leopold Ginsberg kennen lernte, und das war *nach* dem Krieg. Er war Deutscher. Nun, eigentlich war er Pole, aber er wuchs in Deutschland auf, also fühlte er sich als Deutscher, doch dann schickten ihn die Deutschen zurück nach Polen, und – Moment mal – wird das langsam ein bisschen zu viel? Kann man noch folgen, warum alle ständig von einem Land zum anderen ziehen, hin und her zwischen Polen und Amerika und Deutschland? Aber was soll ich tun? Die Geschichte unserer Familie ist eben ziemlich verwickelt. Meine Mutter meint, das sei die Schuld der Deutschen. «Wenn die Deutschen nicht versucht hätten, uns loszuwerden», sagt sie, «hätten wir wahrscheinlich völlig unkomplizierte und langweilige Leben geführt. So wie Oma Anneliese und Opa Hans Otto.»

WENN MEINE MUTTER dies jetzt lesen könnte, würde sie mir raten, genau jetzt Schluss zu machen, mit dieser kontroversen

17

Bemerkung das Kapitel zu beenden. «Genug ist genug», höre ich sie sagen. «Ein zu langer Prolog ist ein zu langer Prolog. Fang endlich mit der Geschichte an. Komm zur Sache!»

Dies eine Mal vielleicht werde ich ihrem Rat folgen. Ich meine, ich wollte ja eigentlich von mir und Prinz William erzählen, nicht wahr?

ZWEITES KAPITEL
Universum Schule

ES WAR EIN mieser Septembertag. Von
Anfang an. Beim Frühstück musste ich
mit anhören, wie meine Mutter am Telefon mit einer Kollegin
quasselte, die sie später sowieso noch sehen würde. Im Hintergrund konnte man hören, wie mein Vater Klarinette spielte. Sein
Studio ist schallisoliert, damit er beim Spielen niemanden im
Haus stört, aber er hatte die Tür offen gelassen – was oft vorkommt.

«Mensch, Benny!», schrie meine Mutter.

Mein Vater spielte weiter. Wahrscheinlich hatte er Kopfhörer
auf und lauschte einem Playback.

Meine Mutter legte auf und drehte sich zu mir um. «Ich muss
gleich zu einem Krisentreff ins Büro. Aber zum Abendessen bin
ich wieder da.»

Meine Mutter arbeitete als freie Redakteurin bei *Cinema-Scoop*. Wie der Name verrät, handelte es sich dabei um ein Unterhaltungsmagazin, das über Trends aus Film, Fernsehen und der
Medienbranche berichtet und alberne Interviews mit Prominenten abdruckt: neunundneunzig Prozent heiße Luft! Was die
große Krise wohl war? Hatte Julia Roberts sich den Knöchel verstaucht? Steven Spielberg Konkurs angemeldet?

Meine Mutter griff in ihre Hosentasche. «Hier. Ich habe
gestern Abend meine Gästeliste zusammengestellt.»

Ich starrte sie an.

«Und, wie sieht's mit deiner aus?», fragte sie.

19

«Mit *meiner* Gästeliste?»

«Du lädst doch bestimmt ein paar Freunde zu der Bat-Mizwa ein. Nelly, die ist in acht Wochen! Wie wär's mit Anton?»

«Anton? Anton Weißenberger? Weshalb sollte ich den denn einladen?»

«Weil er der Sohn des Rabbis ist.» Sie schaute mich an. «Und Yvonne? Was ist mit Yvonne?»

Yvonne Priscilla Cohen? Der Superstar der Schule? Geliebt und bewundert von jedermann – jedermann außer mir!

Gebannt beobachtete ich, wie die geschmolzene Butter auf meinem englischen Muffin getoastete Berge hinabrann und Täler überflutete. Die Wahrheit war, dass ich niemanden zum Einladen hatte. Und das wusste nicht nur ich, sondern auch meine Mutter. Meine einzige Freundin, Fiona Lightfoot, ging vor ein paar Monaten nach Kalifornien zurück. Ihr Vater ist bei Microsoft, und wir haben den Kontakt verloren. *Sie* hat den Kontakt verloren, genauer gesagt. Ich e-mailte ihr, aber sie hat nie geantwortet. Also war ich derzeit ein bisschen eine Außenseiterin. Was mich nicht weiter störte – aber für meine Mutter, die Party-Queen, war es nicht leicht, dass ihre Tochter mit Sternen mehr am Hut hatte als mit Stars.

«Nelly», sagte meine Mutter und trank ein Schlückchen Kaffee, «warum musst du so widerspenstig sein?»

Ich konnte es nicht ausstehen, wenn meine Mutter das sagte. Und sie sagte es ständig. Erinnerte mich ununterbrochen daran, dass ich mir keine Mühe gab, zu tun, was sie wollte, zu sein, wie sie mich gern gehabt hätte. Als zielte alles, was ich tat und ihr nicht gefiel, nur darauf ab, sie zu ärgern.

«Ich wünschte wirklich, du würdest nicht so tun, als hätten die Vorbereitungen zu deiner Bat-Mizwa nichts mit dir zu tun», fuhr sie fort. Sie bedachte mich mit einem ihrer durchdringenden Blicke und widmete sich dann ihrem Frühstück – bis der Klang der Klarinette wieder zu uns drang. «Verdammt nochmal,

20

Benny!», brüllte sie. «Ich kann ja nicht mal meine eigenen Gedanken hören!» Oje. Nun war sie wirklich auf hundertachtzig. Sofort war sie wieder hinter mir her. «Und noch was. Wenn ich wiederkomme, ist dein Zimmer aufgeräumt. Da drinnen sieht's aus wie in einem Schweinestall.»

Ich sprang vom Stuhl auf. Mein Zimmer war tatsächlich ein klein wenig unordentlich. Na und? «Hör auf, mich rumzukommandieren! Ich räum mein Zimmer dann auf, wenn ich will!», sagte ich. «Und außerdem muss ich nach der Schule ins Hebräisch. Und dann hab ich was mit Risa vor.»

Ich stürmte aus der Küche hinüber ins Studio meines Vaters. Es war genau, wie ich vermutet hatte. Er stand mit dem Rücken zur Tür und hatte seine Kopfhörer auf. Still stand ich da und lauschte. Er spielte etwas Jazziges – klassische Musik spielt er aber genauso gut. Er spürte wohl meine Gegenwart, denn er drehte sich plötzlich um und hob den Kopfhörer auf einer Seite hoch.

«Sie ist auf dem Kriegspfad!», sagte ich.

«Schönen Tag, Prinzessin», antwortete er und warf mir eine Kusshand zu, während ich die Tür für ihn schloss.

Ich schnappte mir meine Jacke, suchte mein Zimmer nach meinem Rucksack ab, fand ihn schließlich auf dem Boden neben dem kaputten Teleskop, warf ihn mir über die Schulter und ging aus dem Haus. O Mann! Wenn meine Mutter schlechte Laune hatte, ließ sie das immer an mir aus. Das machte mich wahnsinnig.

AUF DER STRASSE holte ich ein Buch aus meinem Rucksack und trabte zur Bushaltestelle. Während ich so vor mich hin lief, erhaschte ich aus dem Augenwinkel einen Blick auf die Freaks vor der ehemaligen Tankstelle um die Ecke. Sie waren nicht viel älter als ich und konnten sich nicht entscheiden, ob sie Skinheads oder Punks oder bloß Überbleibsel der letzten Love Parade waren. So wirkte es jedenfalls auf mich. Ein paar von ihnen hatten ihre Köpfe nach Irokesenart rasiert. Ein spindeldürrer Bursche mit schulterlangen, weißblond gebleichten Haaren trug schwere Halsketten und einen Ring durch die linke Augenbraue, und über seine beiden Arme wanden sich tätowierte Schlangen. Einen anderen nannte meine Mutter den Dichter, weil er immer eine hellblaue Jeansjacke trug, die hinten mit schwarzem Filzstift voll geschrieben war. Ich hätte gern gewusst, was da eigentlich draufstand, aber wenn ich mit meiner Mutter unterwegs war, musste ich mich immer ihrem Tempo anpassen. Und wenn ich allein war, kam es mir zu blöd und unhöflich vor, stehen zu bleiben und zu lesen.

Die Freaks waren in diesem Sommer einfach von einem Tag zum anderen aufgetaucht. Offenbar hausten sie in der alten Tankstelle. Meine Mutter rief im Bezirksamt an, um rauszukriegen, wann man die Ruine endlich abreißen und auf dem Grundstück etwas Vernünftiges bauen würde, aber sie wurde nur ständig von einem zum anderen und dann zum Nächsten verbunden, bis sie so entnervt war, dass sie auflegte. «Ich werde darüber schreiben», drohte sie. Aber das tat sie dann natürlich doch nicht.

Es war sonnig und warm – was für ein Glück! Ich kann Regen nicht leiden, nicht bloß, weil er ungemütlich und nass ist. Vor allem kann ich ihn nicht leiden, weil mein Haar sich dann noch mehr kräuselt. Es war so schon kraus genug! Aus dem Grund trug ich es auch immer zu einem Zopf geflochten.

Wenn ich groß bin, werde ich irgendwohin ziehen, wo es das ganze Jahr über schön ist. Vielleicht kommen ja Uncle Bruce und Aunt Debbie bei einem tragischen Autounfall ums Leben, und ich erbe dann ihren Bungalow in den Florida Keys. «Also, Nelly!», empörte sich meine Mutter erst, als ich das einmal laut ausmalte. Doch dann stellte sie für den Fall der Fälle klar, dass ich da überhaupt keine Ansprüche hätte. «Erst mal erbe ich», sagte sie. «Aber wenn du dein Zimmer in Ordnung bringst», räumte sie großzügig ein, «darfst du mich auch mal besuchen.» Ab und zu ist sie tatsächlich ganz witzig.

22

Der 110er Bus kam. Weil er unten voll war, stieg ich die Treppe zum Oberdeck hoch, wo immer die Kids von meiner Schule sitzen. Ich gehe auf die Mark-Twain-Schule, eine öffentliche zweisprachige Schule, halb deutsch, halb amerikanisch. Unter den Schülern gibt es eine Reihe Promisprösslinge und Kinder von Botschaftsangehörigen, aber die meisten sind ganz normale Deutsche und Amerikaner, die das Glück haben, zweisprachig aufzuwachsen.

Kaum stand ich oben, ruckelte der Bus los, und ich verlor fast das Gleichgewicht. Ich hörte Lachen – bestimmt über mich. Und ich meinte auch, dass jemand «Nerd!» rief. Vielleicht bildete ich mir das auch bloß ein. Wenn man ein Außenseiter wie ich ist, spielt die Phantasie manchmal verrückt. Ich lächelte Philine Lehnert zu, die ich schon seit vor der Grundschule kenne, aber sie tat, als bemerke sie mich nicht. Im Kindergarten waren wir Eistanzpartnerinnen gewesen. Das schien Jahrhunderte her zu sein.

Ich ließ mich auf den ersten freien Platz fallen, schräg gegenüber von zwei älteren Schülern, Bernd Ruppel und Ulla Opitz. Aber hallo, waren die zugange! Und auch noch vor aller Augen. Ullas Blazer war offen. Und bei genauerem Hinsehen konnte ich erkennen, dass auch ihre Bluse aufgeknöpft war. Bernds Hände waren überall. Sie verschwanden hinter ihr. Dann waren sie wieder vorne. Ullas Hände, das sah ich genau, glitten Bernds Rücken hinauf und hinab und zogen ihn dichter an sie. Die beiden wiegten sich auch irgendwie so vor und zurück. Und küssten sich. Mit Zunge. Ich weiß noch, wie ich da saß und mir überlegte, ob es schwer war, all diese Bewegungen zu koordinieren, und wie man das lernte. Oder kam das ganz natürlich? Das war wohl anzunehmen, aber trotzdem sah es ziemlich kompliziert aus. Ich meine, sie machten einfach so *viel* gleichzeitig.

Die Sache ging mir nicht mehr aus dem Kopf.

Verstohlen sah ich mich im Bus um und landete bei Michael Happe. Wie wäre es, ihn leidenschaftlich zu küssen? Als wir bei

23

Fiona Lightfoots Abschiedsparty im Juni Flaschendrehen spielten, haben wir uns geküsst. Aber es war kein wirklich besonderes Erlebnis, bloß ein flüchtiger Kuss auf die Lippen. Und salzig von dem Popcorn, das wir gegessen hatten. Mit anderen Worten: Es war enttäuschend.

Michael drehte sich zu mir, als hätte er meine Gedanken gelesen. Er lächelte, und seine neue Zahnspange funkelte im Licht. Hmm. Eine Zahnspange war für jemanden wie mich einfach eine Überforderung. Eine unerfahrene Küsserin würde sich mit der Zunge vielleicht in den Metallhaken verheddern oder sonst was. Nö, Michael Happe war nicht der Richtige – wenigstens noch nicht.

Und Uwe Franke, der vor Michael saß? Ich machte die Augen zu und versuchte mir vorzustellen, wie unsere Lippen sich berührten, aber es ging einfach nicht. Wie sollte ich jemanden küssen, der den ganzen Tag Schwerter, Beile, Kampfflugzeuge und abgesprengte Gliedmaßen vor sich hin kritzelte?

Danny Diller aus Los Angeles, dessen Mutter Sängerin an der Deutschen Oper war, machte ein paar Reihen links vor mir rosa Kaugummiblasen. Danny war letztes Jahr in der Schulaufführung von Thornton Wilders *Unsere kleine Stadt* ein ganz toller George gewesen. Als er niederkniete, um seiner jungen Frau Emily Lebewohl zu sagen, während ihr Sarg in die Erde hinabgelassen wurde, musste ich richtig weinen. So gut war er. Meine Mutter, Hobbypsychologin Dr. Lucy, hatte aber gleich wieder nichts anderes zu sagen, als dass Dannys Vater vor ein paar Jahren an Prostatakrebs gestorben war und dass er vermutlich seine eigenen Verlustgefühle in die Figur des George projizierte. Typisch meine Mutter! Immer musste sie mir alles verderben. Dabei war Danny einfach super auf der Bühne. Und bestimmt auch ein guter Küsser.

Ich fragte mich, wie es wäre, ihn zu küssen, leidenschaftlich zu küssen? Würden seine Lippen weich sein? Feucht? Warm?

24

Alles zugleich? Weder noch? Vielleicht salzig? Oder süß von seinem Kaugummi? Und seine Zunge? Was würde er mit seiner Zunge anstellen? Bestimmt würde er sie mir in den Mund gleiten lassen und darin herumfahren, bis er meine Zunge gefunden hätte. Die Zungen würden miteinander herumspielen. Aber was, wenn er sein Kaugummi im Mund hätte? Was, wenn er eine Blase zwischen unseren Mündern produzierte und sie immer größer werden ließe? Was, wenn ich dann nicht loskam, weil er mich zu fest hielt? Vielleicht bekäme ich keine Luft mehr. Die Blase würde immer größer. So groß wie ein Fußball, und dann … paff!, würde sie direkt vor mir platzen, mitten in meinem Gesicht. Rosa, schleimiger, zuckriger Glibber, der mir im Haar kleben, die Wangen hinablaufen, in die Nasenlöcher dringen würde.

Plötzlich trat der Busfahrer hart auf die Bremse, ich schnappte nach Luft und erwachte aus meinem Tagtraum. Wie erleichternd, dass der ganze rosa Blubber nur ein Produkt meiner viel zu lebhaften Phantasie war. Verstohlen vergewisserte ich mich, ob jemand mein Schnaufen bemerkt hatte. Offenbar nicht. Mein Blick fiel auf Bernd und Ulla, die immer noch im Clinch waren. Bernd bekam mit, wie ich ihn anstarrte. «Verpiss dich!», sagte er.

«Was gibt's da zu glotzen?», zischte Ulla mir zu.

Als ich den Blick auf mein Buch senkte, hörte ich jemanden sagen: «Hey, Nelly, machst du dir Notizen über Ulla? Für dein nächstes Forschungsprojekt?»

Es war Yvonne Priscilla Cohen. Mit ihren beiden deutschen Komplizinnen, Nicole Kindler und Caroline Ludwig, saß sie zwei Reihen schräg hinter mir auf der linken Busseite. Meine Todfeindinnen. Obwohl sie ein Jahr älter waren als ich, gingen wir alle zusammen in dieselbe Klasse, die achte.

Yvonnes Vater war stellvertretender Kulturattaché an der amerikanischen Botschaft. Bei ihrem Getue aber hätte man glauben können, er wäre Präsident der gesamten Vereinigten Staaten.

Meiner Meinung nach hatte sie nicht mehr zu bieten als große Brüste, ein kleines Hirn und eine MCM-Handtasche. Vor Fionas Rückreise nach Amerika gelobten wir feierlich, uns nie im Leben mit einem dieser drei Dinge erwischen zu lassen.

«Na, was liest du denn, Nelly?», fragte Yvonne. Ihrem zuckersüßen Singsang hörte ich an, dass sie mich nur aufziehen wollte. Nicole und Caroline kicherten.

«Eine kurze Geschichte der Zeit» von Stephen Hawking. Kennt ihr das?», sagte ich.

Natürlich kannten sie es nicht. Sie starrten mich bloß an. Dann fing Yvonne an zu kichern und schüttelte den Kopf. Ihr Haar schwang hin und her, als würde es von einer leichten Brise liebkost. Sie hatte sehr glattes, glänzendes, volles blondes Haar, das perfekt auf eine einheitliche Länge geschnitten war, ein wunderbarer Schleier, wie bei einer blonden Porzellanpuppe. Nicht ein Härchen lag falsch. Es war Furcht einflößend.

«Hawking ist ein genialer Physiker», erklärte ich. «Er erklärt den Ursprung und das Wesen des Universums auf ganz leicht verständliche Weise. Eine leise Ahnung von der Komplexität unseres Weltalls erhalten so selbst die beschränktesten Leser. Kann ich euch nur wärmstens empfehlen.» Mit einem Lächeln vertiefte ich mich in das Buch.

Auch ohne hinzusehen, wusste ich, dass Yvonne und ihre Freundinnen unschlüssig waren, ob ich mich über sie lustig machte oder nicht. (Ratet!) Dann sagte Yvonne: «Nelly ist wirklich seltsam. Richtig sonderbar.» Die Worte taten mir irgendwie weh, aber sie waren die letzten, die ich vorerst hörte. Denn wenn ich lese, lese ich. Für alles andere ist dann kein Platz in meinem Gehirn. Ein Glück!

EIN PAAR MINUTEN später drang erneut Gelächter in mein Bewusstsein. Es waren Yvonne und ihre Freundinnen. Sie zeigten durch das Fenster auf Pia Pankewitz, die rannte, um den Bus

26

noch zu erreichen. Obwohl ich nicht gelacht habe, muss ich zugeben, dass es komisch aussah. Pia ist ein bisschen pummelig, und wenn sie rennt, fliegen ihre molligen Arme und Beine in alle Richtungen.

Pia kletterte in den Bus und tauchte wenig später auf dem Oberdeck auf. Außer Atem schnaufte sie langsam durch den Gang und blickte suchend durch die Reihen. Bei meinem Anblick hellte sich ihr Gesicht auf. O nein! Warum hatte ich nicht die Nase stur ins Buch gesteckt? Wenn ich eine Null war, war Pia minus zwanzig. Als das Hirn ausgeteilt wurde, steckte man in ihren Kopf statt kleiner grauer Zellen Zuckerwatte. Und was für ein Plappermaul sie war! Den ganzen Tag nur *laber, laber, laber*.

Ich beschloss, zu lesen und so zu tun, als hätte ich sie nicht gesehen.

Aber natürlich setzte Pia sich neben mich. Nur kein Gespräch anfangen! Ich las einfach weiter, und das schien sie zu akzeptieren.

Ich vergaß Pia völlig.

Aber dann, ein paar Straßen weiter, hörte ich eine Stimme. Ihre.

«Wen findest du süßer?», sagte sie.

«Wie bitte?»

«Wer ist süßer: Anton Weißenberger oder William?»

«Süßer?»

«Ja», sagte Pia. «Das Gegenteil von sauer! Also, wer sieht besser aus: Anton oder William?»

«William? Welcher William?»

«*Welcher* William?»

Ich sah sie an. Und sie mich. Offenbar hatte meine Ignoranz ihr die Sprache verschlagen, aber daran konnte ich nichts ändern. Ich hatte keine Ahnung, wen sie meinte. Nach kurzem, unbehaglichem Schweigen vertiefte ich mich wieder in mein Buch.

Ein oder zwei Minuten später hob ich schuldbewusst die Augen, um zu sehen, wie Pia mit dieser Abfuhr umging. Doch sie hatte mich völlig vergessen: Die Augen groß und den Mund weit offen, fixierte sie Bernd Ruppel und Ulla Opitz.

VON PRINZESSIN DIANAS tragischem Autounfall hörte ich zum ersten Mal beim Mittagessen in der Schulkantine, aber damals war mir diese Neuigkeit nicht weiter wichtig. Ein Todesfall in der britischen Königsfamilie? Na und. Für alle anderen aber war es, als wäre gerade ihre Lieblingsnachbarin gestorben. «Ach, sie war so schön», hörte ich die Mädchen sagen. «Eine echte Prinzessin … Und so eine liebevolle Mutter … Armer William, der wird am Boden zerstört sein, absolut untröstlich … Der süße kleine Harry ist ja noch ein kleiner Junge … Aber William ist doch so sensibel! Genau wie seine Mutter … Er sieht ja auch aus wie sie … Dieses Lächeln … Diese Augen! Wie die einen ansehen!»

Dieses dämliche Geplapper war einfach unerträglich. Um mir nicht weiter die Tränen über den armen-kleinen-Waisen-Harry und den armen-großen-Waisen-Willie antun zu müssen, beschloss ich, noch eine Runde auf dem Schulhof zu drehen, bevor die nächste Stunde anfing.

Ich war froh, dem Geruch von Erbsensuppe und billigem Parfüm zu entrinnen und draußen mein Buch aufzuschlagen. Allerdings konnte ich mich auf *Schwarze Löcher, Weiße Zwerge, Schlaue Kinder* nicht konzentrieren. Mir ging ständig durch den Kopf, wie ich in der Schule immer eine Sonderrolle einnahm. An dem Morgen war ich zum Beispiel in Mathe die Einzige gewesen, die die Algebra-Zusatzaufgabe lösen konnte. Aber mit so was macht man sich bei den anderen nicht unbedingt beliebt! Im Sport dagegen war ich eine echte Niete. Fast konnte ich verstehen, warum mich nie jemand in seiner Mannschaft haben wollte. Unsere Schule war für ihre Sportmannschaften berühmt, aber *ich* als Mitspielerin? Manchmal glaubte ich, als Tollpatsch auf die Welt

28

gekommen zu sein. Mein Vater fand das lächerlich, meinte, dass ich körperlich einfach ein Spätzünder sei. Meine Mutter sagte: «Spätzünder? Faul ist sie. *Und* sie hat zwei linke Füße.»

Ich selbst wusste nicht, wer Recht hatte. Irgendwie brachte ich anscheinend nicht den nötigen Ehrgeiz auf für körperliche Aktivitäten. Wie zum Beispiel Tanzen. Die Mädchen an der Schule schienen ständig im Takt einer Musik zu wippen, die sie in ihren Köpfen hörten. Ich dagegen kam mir beim Tanzen einfach blöd vor. Obwohl ich und Fiona und Fionas Schwester Phoebe einmal, als ich bei den Lightfoots übernachtete, bis ungefähr zwei Uhr morgens zu alten Beatles-Songs tanzten, die wir in der Sammlung ihrer Eltern auftaten. Es war einfach toll! Wir hatten schon unsere Nachthemden an, und dann zogen Fiona und Phoebe ihre Doc Martens an und fingen an loszupoltern. Das sah superlustig aus! Lange, geblümte Nachthemden und Doc Martens. Ich probierte sie auch an. An meinen nackten Füßen fühlten sie sich schwer an, aber dann tat ich so, als wäre ich ein Astronaut, der in speziellen Schwerkraftstiefeln über die Mondoberfläche stapft.

Seither hatte ich nicht mehr getanzt. Und Fiona und Phoebe waren jetzt fort und stiefelten durchs Silicon Valley.

«Hey, Nelly!», rief eine Stimme. Ich drehte mich automatisch um, und *wuusch* – donnerte ein Fußball direkt vor mir gegen den Zaun. Ich zuckte zusammen.

Es war Anton Weißenberger, der Sohn von Rabbi Weißenberger, genau zwei Jahre und vier Monate älter als ich. Meine Mutter war eine alte Freundin seiner Mutter, Bella Metzger-Weißenberger. 1983 hatten sie sich bei einer Demonstration gegen Cruise Missiles kennen gelernt, und seit meiner Geburt im Jahr darauf hegten beide keinen größeren Herzenswunsch, als mich und Anton zusammenzubringen. Weiß der Himmel, warum. Gleich von Anfang an war nicht zu übersehen, dass wir absolut nicht füreinander bestimmt waren.

In einer meiner allerfrühesten Erinnerungen geht es um Anton. Ich war drei, Anton fünf, und wir planschten im Garten der Weißenbergers in einem dieser aufblasbaren Swimmingpools. Ich sehe ihn immer noch vor mir: ein großer, magerer, braun gebrannter Junge mit dunklen Locken und einer Batman-Badehose. Ständig sauste er eine Rutsche runter ins Becken, versuchte mich zu treffen und umzuwerfen. Und lachte sich schief, wenn ich hinfiel.

Und da stand Anton auch jetzt, auf dem Fußballplatz der Mark-Twain-Schule, und lachte sich schief. Diesmal darüber, dass mir ein gegen einen Maschendrahtzaun prallender Fußball einen solchen Schrecken versetzt hatte.

So eine Nulpe sollte ich zu meiner Bat-Mizwa einladen?

Anton hatte sich im Lauf der Jahre ziemlich verändert. Er war immer noch ein großer, braun gebrannter Junge mit dunklen Locken, aber mager war er nicht mehr. Mit fünfzehn hatte er einen bereits mehr als stattlichen Brustkorb und Arme, die vor Muskeln strotzten. Wie Popeyes Feind Bluto. Kein Wunder, dass alle ihn Schwarzenegger nannten – Arnold lässt grüßen! Allerdings wurde gemunkelt, er hätte immer noch eine Schwäche für Batman – auf Boxershorts. Man sollte annehmen, die Mädchen hätten sich allein dadurch vergraulen lassen. Aber nein. Offensichtlich fanden sie ihn unwiderstehlich. Nur ich nicht. Was mich betraf, galt: Einmal Quälgeist, immer Quälgeist.

«Hey, Brillenschlange», höhnte Anton durch den Zaun hindurch.

«Sehr originell, Anton», erwiderte ich. «Du solltest als Gagschreiber für Harald Schmidt anfangen.»

«Nerd.»

«Oh, dein Scharfsinn bringt mich um.»

Mit einer jähen Bewegung stieß er den Fußball gegen den Zaun. Ich zuckte zusammen. Die Jungs hinter ihm johlten.

30

«Du bist so ein Schwachkopf, Anton», sagte ich. «Ein echtes Arschloch.»

«Schwachkopf? Arschloch? Also Nelly – vor Originalität strotzt du ja auch nicht gerade!»

Ich drehte mich schnell um und ging weg. Er hatte Recht. Originell war das wirklich nicht.

Was für ein mieser Septembertag.

ALS ICH ZUM HAUPTGEBÄUDE der Schule zurückging, sah ich Pia Pankewitz auf einer Bank sitzen. Sie winkte mich zu sich. Am liebsten hätte ich sie ignoriert, aber das wäre zu rüde gewesen.

«Dreh dich nicht um», sagte sie, als ich dicht vor ihr stand, «er guckt dich an.»

«Wer?»

«Arnold.»

«Anton?» Blitzschnell sah ich mich zum Fußballplatz um. «Zu dem hab ich nur einen Kommentar: *persona non grata*.»

Pia kniff die Augen zusammen. «Persona? Persona wer?»

O Pia! Pia und ihr Zuckerwattehirn. «*Persona non grata*. Das ist Latein. Einer, der mir zuwider ist.»

Sie begriff es immer noch nicht. «Zuwider?»

«Jemand, den ich verabscheue. Verachte. Nicht mag.»

«Ach, wirklich? Du magst ihn nicht? Eigentlich schade. Ich glaube, er mag dich.»

«O bitte!» Das *musste* ein Scherz sein! Bei dem Gedanken überlief es mich. «Mit so einem könnte ich nie glücklich sein. Er ist absolut unreif. Und er leidet an Größenwahn.»

«Aber er ist schrecklich süß!»

«Süß …?» Schon wieder dieses Wort. Süß. «Also, mit dem würde ich nie was anfangen», sagte ich. «Ich brauche einen mit mehr Grips. Der vielschichtiger ist. Der den Unterschied zwischen einem Weißen Zwerg und einem Schwarzen Loch kennt.»

31

«Hä?», sagte Pia. «Du und deine Schwarzen Löcher. Du hast ein Loch im Kopf!»

Ich machte den Mund auf, um ihr zu antworten. Aber dann merkte ich, dass ich nichts zu sagen hatte.

DRITTES KAPITEL

Das Teleskop

AUF DEM NACHHAUSEWEG im Bus wagte ich keinen einzigen Blick auf Bernd Ruppel und Ulla Opitz. Ich saß für mich allein. Niemand störte mich. Ich störte niemanden. Als ich an meiner Haltestelle ausstieg und in die Straße zur Synagoge abbog, stach mir natürlich als Erstes ASTRO*FRITZ ins Auge. Bis zum Beginn der Stunde hatte ich noch zehn Minuten.

FRITZ FRIEDRICHSEN war nirgends zu sehen. Vermutlich steckte er im hinteren Teil des Ladens, im Fotolabor. Ich schaute mich ein Weilchen um, ging vorbei an den Kameras und Diaprojektoren, den Lupen und Mikroskopen und Ferngläsern, bis ich endlich bei den Teleskopen anlangte. Fritz hat Berlins größte Auswahl an neuen und gebrauchten Astro-Geräten auf Lager. Ich möchte wetten, jeder Amateurastronom im Umkreis von hundert Lichtjahren war schon mindestens einmal in diesem Laden.

Ich streifte durch den Gang mit den Teleskopen. Hier gab es alles: Galaxy Newtons, Pentax, Celestrons und Takahashis. Mein Blick landete auf einem großen Meade LXD 50. Was für ein Prachtstück!

«Eintausendachthundert», ließ sich eine Stimme hinter mir vernehmen. «Viel zu teuer für dich.»

Ich drehte mich um und sah Fritz, meinen Astronomielehrer, vor mir stehen, einen großen, gemütlichen Mann Mitte sechzig. Er brachte mir bei, wie ein Teleskop funktioniert, wie man es

33

auseinander nimmt und wieder zusammensetzt und wie man damit Fotos machen kann. Aber die letzten paar Monate hatte ich das Fotografieren ein wenig vernachlässigt. Die Vorbereitung auf meine Bat-Mizwa nahm viel Zeit in Anspruch, und zu allem Überfluss ging auch noch mein Teleskop kaputt. Eine Reparatur lohnte nicht.

Das Teleskop hatte ich vor zwei Jahren von meinen deutschen Großeltern, Anneliese und Hans-Otto Edelmeister, zu Weihnachten bekommen. Kaum hatte ich es am Heiligabend ausgepackt, wusste ich, dass es nicht lange halten würde. Es war ein wackeliges kleines Ding aus Kunststoff. Aber meine Großeltern waren extra aus Hannover gekommen, um es mir persönlich zu überreichen. Als ich es auspackte, strahlten ihre Augen heller als die Venus – so stolz waren sie! Also brachte ich es nicht übers Herz, etwas anderes zu sagen als «O ja, genau das habe ich mir gewünscht».

Dabei war es im wahrsten Sinne des Wortes eine astronomische Vergeudung. Das war mir klar. Meinem Vater auch. Und meine Mutter sorgte dafür, dass wir es auf gar keinen Fall vergaßen. «Das ist doch wieder mal typisch», sagte sie zu mir, als wir allein waren. «Was verstehen die schon von Teleskopen? Erstens haben sie keine Ahnung und zweitens nicht die Einsicht, sich anständig beraten zu lassen.»

Hingerissen betrachtete ich das Meade-Teleskop bei ASTRO*FRITZ. Sobald meine blöde Bat-Mizwa vorüber wäre und ich ein neues Teleskop hätte, so gelobte ich mir, würde ich mich wieder der Sternbeobachtung widmen.

«Dieses Meade ist viel zu teuer. Und zu schwer», sagte Fritz. «Für dich schwebt mir etwas anderes vor. Ein leichtes, aber anspruchsvolles Gerät.» Er ging in den nächsten Gang und deutete auf zwei Aluminiumboxen. In knapp fünf Minuten hatte er das Teleskop zusammengesteckt. Als er fertig war, stand ich vor einem Vixen GR-114 M.

34

«Das kann ich dir für siebenhundert lassen», sagte er. «Ist ein Sonderpreis. Für dich.»

Siebenhundert Mark? Wo um alles in der Welt – oder von mir aus auch im ganzen Universum – sollte ich siebenhundert Mark auftreiben?

Fritz reichte mir die Bedienungsanleitung und eine bunte Broschüre mit einem Bild des Modells. «Schau dir das mal zu Hause an. Zeig es deinen Eltern.»

Siebenhundert Mark? Genauso gut könnte ich einen Club Med auf dem Mars eröffnen.

«EDELMEISTER! Du bist zu spät. Schon wieder. Das kann ich dulden nicht in meiner Klasse», sagte Wladimir Kasarow, mein Hebräischlehrer, als ich verstohlen auf meinen Stuhl glitt. Er murmelte etwas auf Russisch, was ich nicht verstand. Aber Michail Ostrowskij, der eine Woche nach mir Bar-Mizwa hatte, und Agness Sigalova, das einzige andere Bat-Mizwa-Mädchen in der Klasse, stammten aus Russland und verstanden es sehr wohl. Agness war über die Bemerkung so schockiert, dass sie einen Niesanfall erlitt. Ich wich Kasarows Blick aus und starrte geradeaus auf das Playmobil-Puppenhaus, das mir gegenüber auf dem obersten Bord des Bücherregals stand. Hin und wieder wurde das Klassenzimmer während der Sabbat-Gottesdienste in ein Spielzimmer für die Kleinen umgewandelt.

«In weniger als zwei Monaten wirst du haben deine Bat-Mizwa. Wie du willst erwarten, deine Thora-Stelle zu lesen und die *Haftara* zu sprechen, wenn du nicht arbeitest an deinem Hebräisch?»

Ah! Wenn es das Schicksal wollte, konnte Wladimir Kasarow in dem Stil stundenlang weiterpredigen.

«Warum du siehst mich nicht an?», fragte er jetzt.

Ein Blick in den Spiegel hätte es ihm verraten. Wladimir Kasarow wucherten ganze Haarbüschel aus den Ohren und

35

Nasenlöchern, auf einer Warze an seiner rechten Wange wuchs ein richtiger Borstenwald, und seine Augenbrauen waren ein einziges graues Gebüsch. Beinahe hätte ich losgeprustet.

«Tust du wenigstens diese Woche eine Mizwa?», fragte er mich. Bevor ich noch antworten konnte, wandte er sich an die ganze Klasse. «Was ist eine Mizwa?»

Alle hielten den Blick gesenkt.

Das sollte wohl ein Witz sein. Warum peinigte er uns damit, dass er diese Sachen immer und immer wiederholte? *Jeder* weiß, was eine Mizwa ist.

«Rosenstock?» Wladimir Kasarow zeigte auf David Rosenstock, einen der deutschen Bar-Mizwa-Jungen.

«Eine Mizwa ist … also, das ist etwas, was wir tun, weil … weil Gott … äh … Gott gesagt hat … also …», stammelte David, wurde immer leiser und verstummte schließlich.

Treffer – versenkt! Jeder *bis auf David* weiß, was eine Mizwa ist.

«Eine Mizwa ist eine heilige Pflicht, ein Gottesgebot», donnerte Wladimir Kasarow wie Gott auf dem Berg Sinai. «Wenn wir Bar- oder Bat-Mizwa werden, es bedeutet, wir sind alt genug, um Mizwot zu tun.»

Für die Jungen hieß «alt genug» dreizehn, für die Mädchen meist schon zwölf. Dass ich erst ein paar Monate nach meinem dreizehnten Geburtstag meine Bat-Mizwa haben sollte, entsprach eher der amerikanischen Tradition.

Kasarow sah uns alle an, um dann wieder mich ins Visier zu nehmen. «Edelmeister. Du tust welche Mizwot diese Woche?»

Ich spürte, wie mein Magen einen vierfachen Salto schlug. Über meine Mizwa hatte ich mir überhaupt keine Gedanken gemacht. Doch Gott sei Dank hatte ich nicht umsonst ein Hirn von der Größe der Encyclopædia Britannica. Umgehend aktivierte es seine eingebaute Suchmaschine.

36

«Ich erfülle die Mizwa der *P'nej S'kenim*», sagte ich gleich darauf. «Die Alten ehren.»

Wladimir Kasarow starrte mich nur wortlos an.

«Nach dem Religionsunterricht gehe ich zwei alte, kranke Damen besuchen», fuhr ich fort.

Wladimir Kasarow zog eine seiner langen, buschigen Augenbrauen hoch. «Und was du wirst tun?»

«Ich bringe ihnen ein richtig gutes gesundes Essen mit. Und dann unterhalte ich mich mit ihnen.»

«Worüber?»

Ich schluckte schwer. Lügen behagte mir gar nicht. «Über Gott. Wir sprechen über Gott.»

ROSI GOLDFARB hob ihre gebrechliche, aber sorgsam manikürte Hand. Sie wollte die Karte schwungvoll werfen, hatte aber nicht die Kraft dazu und ließ sie einfach fallen. Ein Herzass. Wie ein Schmetterling flatterte ihre Hand auf den Tisch zurück. Durch das Parkinson-Zittern verwischten die zahllosen Altersflecken zu einem bräunlichen Gewirr.

Frau Lewi, die beste Freundin von Frau Goldfarb, hob ihre letzte Doppelkopf-Karte.

«Die Karokönigin?», fragte ich.

Verblüfft sah mich Frau Lewi an. «Woher weißt du das?»

«Frau Lewi, sie hat einen Intelligenzquotienten von 148», sagte Risa. «Für irgendwas muss das ja gut sein.»

Mit spitzem Mund warf Frau Lewi ihre Karokönigin auf den Tisch, angelte dann ein labberiges Pommes-Stäbchen aus einem McDonald's-Karton und steckte es sich in den Mund. «Sag bloß nicht, *du* hast die Kreuzkönigin! Nelly – nicht schon wieder!»

Ich hatte sie. Und spielte sie aus.

«Gut gemacht, Bubele», sagte Risa zu mir. «Die Partie gehört uns.» Sie warf ihre Pikzehn auf den Tisch und sammelte die Karten ein.

37

«Frau Goldfarb!», sagte Frau Lewi. «Warum haben Sie das Ass bis zum Schluss zurückgehalten? Sie hatten doch vorher wirklich reichlich Gelegenheit, es loszuwerden!»

«Meine Damen, bitte keinen Zank», sagte Risa, die nun, über den Ergebnisblock gebeugt, unseren Gewinn ausrechnete.

«Frau Ginsberg», sagte Frau Goldfarb, «wie oft muss ich Ihnen noch sagen, Sie sollen sich gerade hinsetzen? Ihr Rücken sieht bald wie ein Fragezeichen aus.»

Ich musste lachen. Wenn ich mit Risa einen Besuch bei Frau Goldfarb und Frau Lewi in der Seniorenresidenz «Abendgold» gemacht hatte, fragte ich mich manchmal, ob ich die Sache mit der Kosmologie nicht sausen lassen und stattdessen Geriatrie oder medizinische Forschung anpeilen sollte. Ich hätte gern ein Jugendelixier entdeckt. Es machte mich verrückt, wie oft alte Leute, die noch geistige Leuchten waren, körperliche Wracks sein mussten.

Es dauerte ein Weilchen, ehe ich mich daran gewöhnt hatte. Es ist ein bisschen gruselig, wenn Menschen so alt werden. Sie haben diesen Geruch. Früher dachte ich, es sei was Medizinisches, aber inzwischen glaube ich, sie riechen schlicht muffig. Und ihre Haut ist so dünn, dass man bei jeder Bewegung fürchtet, die Knochen könnten sie durchbohren. Die Haut von Frau Goldfarbs Hand war faltig und von vielen knotigen Adern durchzogen. Sie glich einem labberigen, schlecht sitzenden, durchsichtigen Handschuh, der über den Knöcheln straff hochgezogen werden müsste. Ihre Beine dagegen waren immer noch überraschend wohl geformt. Um sie gebührend zur Geltung zu bringen, besaß sie ein Dutzend hochhackiger Pumps, obwohl sie in ihnen dahinschwankte wie ein Spätzchen, das gerade laufen lernt.

Helena Lewi dagegen saß die meiste Zeit über im Rollstuhl. Sie hatte schlimme Hüftbeschwerden. Sie war zweiundachtzig und damit zwei Jahre jünger als Rosi Goldfarb. Und sie war ungeheuer dick. «Ein Wal von einer Frau», sagte sie immer und lachte

38

dann, bis sie nach Luft schnappte wie einer dieser gestrandeten Meeresriesen, die ich in einem Sommer mal an der Küste von Maine gesehen habe. Beide, Helena und Rosi, waren mal Kundinnen von Risa gewesen. Früher hatte Risa, die Schneiderin war, für sie genäht, heute führte sie für sie nur noch die Punktetabelle beim Kartenspiel.

Behände sauste Risas Hand über den Block. Ihre Finger waren lang und dünn und sehr krumm – so, wie ich mir die Hände der bösen Hexe von «Hänsel und Gretel» vorstelle. Oder, das ist vielleicht noch genauer: Wie die von E.T. Risas Finger waren durch Arthritis furchtbar verkrümmt, doch schien sie das nicht zu beeinträchtigen. Die Zahlen auf dem Block tanzten geradezu – und wie sie erst Zwiebeln schnitt! Risa war so schnell, dass ihre Augen gar keine Zeit dazu hatten, wegen der Zwiebeldünste zu tränen. Und sie schnippelte viel, war bestimmt eine der besten Köchinnen der Welt. Nur wenn sie Karten spielte, war die Spezialität des Hauses Fast Food.

Ich stand auf und sammelte die leeren Hamburger-Papiere zusammen.

«Warum geben Sie eigentlich immer mir die Schuld, wenn wir verlieren?», wollte Frau Goldfarb von Frau Lewi wissen.

«Schscht!», machte jemand hinter uns. Das war Frau Silber. Wir hatten den Aufenthaltsraum nicht für uns allein. Eine ganze Reihe Heimbewohner war auch hier und vertrieb sich die Zeit mit allem Möglichen: vom Gewichtheben übers Deckchen-Sticken bis zum Fernsehen. Frau Silber und ein paar weitere Senioren sahen gerade die Nachrichten. Ein Reporter interviewte eine Gruppe trauernder Lady-Di-Fans vor dem Kensington-Palast.

«Ach», sagte Frau Goldfarb traurig, «die Prinzessin.» Sie stand auf und schwankte ein wenig auf ihren hohen Absätzen. Sie wollte sehen, ob Risa die Ergebnisse des Kartenspiels auch korrekt addierte, und beugte sich vor.

«Hab ich mir schon immer gedacht, dass ihr Leben tragisch

39

enden würde», sagte Helena Lewi. «Sie war zu dünn.» Mit einer flinken Handbewegung rettete sie die letzten beiden Pommes-Stäbchen aus dem Karton, den ich gerade wegwerfen wollte. «Stellt euch das mal vor: sich *freiwillig* zu Tode hungern?»

«Vielleicht sollten *Sie's* mal damit versuchen», schlug Rosi Goldfarb vor.

«Dünn wie ein Zahnstocher, aber trotzdem bildschön», ignorierte Helena Lewi Frau Goldfarbs Bemerkung. «Wenn auch nicht so schön wie unsere kleine Nelly.» Sie zwinkerte mir zu.

Haha!

«Bubele, du hast so wunderschöne, volle dunkle Locken», schloss Risa sich Frau Lewi an.

«Wunderschöne Locken?», sagte ich. «Ich möchte lieber glattes Haar. Glattes, glänzendes blondes Haar. Ich möchte gern Haar, das wie ein Weizenfeld hin und her wogt, wenn ich den Kopf bewege. Haar, das schimmert wie ein Spiegel.»

Tatsächlich muss ich geklungen haben, als hätte ich mir gründlich Gedanken über die Angelegenheit gemacht. Aber offen gesagt war ich von meinem Ausbruch selbst überrascht. Vermutlich hatten Yvonne Cohens Haare mich nachhaltiger beeindruckt, als ich mir selbst eingestehen wollte. Einen Moment lang fragte ich mich, ob ich mir nun auch bald, wie sie, eine MCM-Tasche um die Schulter werfen würde.

«Eines Tages wirst du froh sein, so eine wunderschöne Lockenpracht zu haben», sagte Risa. «Du musst sie nicht immer in einem Zopf verstecken.»

«Risa, hör auf!» Wirklich, ich hatte sie sehr lieb, aber manchmal nervte sie wie eine gesprungene Platte.

Sie brach das Gespräch mit einer Handbewegung ab. Mit dem Block in der Hand sah sie Frau Goldfarb und Frau Lewi an. «Frau Goldfarb, Sie schulden dem Topf fünfzehn Mark vierzig. Frau Lewi, Sie neunzehn Mark achtzig. Ich muss drei Mark dreißig einzahlen. Nelly gar nichts. Macht achtunddreißig Mark fünfzig

40

für das Essen nächste Woche.» Sie händigte mir das Geld aus und schaute dann die beiden Damen an. «Skat?»

Sie nickten.

«Wegen mir musst du heute nicht aufbleiben», sagte Risa und zwinkerte mir zu.

Ich gab den Damen einen Abschiedskuss. Risa drückte mich auch noch, und ich konnte ihr Parfüm riechen, *Je reviens.* Sie umarmte mich so fest, dass ich ihren Glasstein bis durch meine Jacke spüren konnte. Der schimmernde Glasstein gehörte früher ihrer Mutter. Heute trägt sie ihn ständig an einer Goldkette um den Hals. Ich spürte, wie er mir gegen die Brust drückte.

«Ach, bevor ich gehe, können wir noch einen Augenblick über etwas reden?», sagte ich zu Risa.

Mir war plötzlich eingefallen, was ich Wladimir Kasarow erzählt hatte, und mich drückte das schlechte Gewissen.

«Ja, Schatz. Worüber denn?»

«Über Gott.»

«Du möchtest über Gott reden? Einen Augenblick? Wie wär's mit zwei?»

Ich setzte mich wieder hin. «Ich hab meinem Hebräischlehrer gesagt, dass ich wegen meiner Mizwa hierher komme. Er glaubt jetzt, ich würde mich mit euch über Gott unterhalten.»

«Verstehe», sagte Risa. «Nur zu.»

«Aber worüber soll ich denn reden? Ich glaub doch nicht mal an ihn.»

«Keine Bange, Bubele. Damit bist du in guter Gesellschaft.» Risa lehnte sich vor. «Das Wesentliche am Judentum ist nicht, an Gott zu glauben, sondern so zu leben, als *gäbe* es ihn. Verstehst du den Unterschied? Das heißt, selbst wenn du nicht an ihn glauben kannst, solltest du trotzdem gottgefällig handeln.»

Ich sah sie bestimmt komisch an, denn sie fühlte sich zu weiteren Ausführungen veranlasst. «Und dann, vielleicht, könnte etwas geschehen», sagte sie.

«Was denn?»

«Du könntest zum Glauben finden.»

«Oh», sagte ich, nicht überzeugt. «Interessant.»

«Schätzchen», sagte Frau Goldfarb zu mir. «Warum guckst du immer so finster? Das ist nicht gut für deinen Teint.»

Ich täuschte sofort ein Lächeln vor – nicht aus Sorge um meinen Teint, sondern weil ich froh über den Themenwechsel war.

«Es gab eine Zeit, in der ich auch ständig ernst geguckt habe», sagte Frau Goldfarb. «Aber das durfte ich auch. Ich war in Auschwitz.»

Das Lächeln verging mir auf der Stelle. Die Bürde der Vergangenheit – da gab es nichts zu lächeln.

«PAPA, ICH HAB das absolut perfekte Teleskop gefunden», sagte ich mit einem Bissen Lammkotelett im Mund. Zugegeben, es war vielleicht nicht der richtige Zeitpunkt, die Neuigkeit zu verkünden, aber woher sollte ich ahnen, dass meine Eltern sich am Rande einer größeren Krise befanden? Außerdem fand ich es sehr konstruktiv von mir, eine lähmende Gesprächspause zu füllen. Meine Mutter hatte berichtet, dass sie am Abend ihrer Exfreundin Beate im Supermarkt begegnet war, in der Tiefkühlabteilung, und dass sie beide so getan hatten, als sähen sie sich nicht. Und darauf war am Tisch plötzlich Schweigen eingekehrt.

«Ich weiß, das Teleskop ist nicht billig», fuhr ich fort. «Aber dafür ist auch ein T2-Kamera-Ringadapter dabei.»

«Wow!», sagte mein Vater.

Das war süß von ihm, denn er hatte eigentlich keine Ahnung, wovon ich sprach.

«Wie teuer?», fragte meine Mutter.

Typisch meine Mutter: Bum! Peng! Wie viel? Immer an den Kern der Sache!

«Nur siebenhundert. Ein Sonderpreis. Nur für mich, hat Fritz gesagt.»

42

«Siebenhundert?!» Meine Mutter ließ ihre Gabel fallen. «Siebenhundert? Nelly! Das kann nicht dein Ernst sein. Tut mir Leid, Liebes, deine Hobbys werden langsam zu teuer.»

«Aber es ist komplett ausgestattet mit einem Filter für Sonnenflecken und –»

«Nelly, hör auf!»

«Na gut. Dann nehme ich dafür mein Bat-Mizwa-Geld.»

«Das wolltest du doch sparen.» Sie warf meinem Vater einen Blick zu.

Was wussten sie, was ich nicht wusste?

«Bei dem Meeting heute gab es schlechte Nachrichten. *CinemaScoop* geht möglicherweise ein», sagte meine Mutter. «Ausgerechnet jetzt, wo ich mein Buch schreiben wollte.»

O nein. Nicht schon wieder «Ihr Buch»!

«Jetzt kann ich mir also keine Auszeit nehmen», fuhr sie fort. «Mit dem Geld von *CinemaScoop* hatte ich fest gerechnet. Kann lange dauern, bis ich wieder so einen bequemen Job wie den finde. Jetzt muss ich mir den *toches* mit Popeljobs abarbeiten.» Sie sah meinen Vater an. «Ich mache mir Sorgen, Benny.»

«Lucy – du bist eine alte Schwarzseherin! Du findest schon was. Hast du doch immer getan.»

«Aber wieso muss immer ich etwas finden? Ich hab's satt, die Hauptverdienerin zu sein.»

O nein. Nicht schon wieder *die* Platte.

«Das ist nicht fair!», sagte ich. «Papa arbeitet doch!»

Nun stürzte sich meine Mutter auf mich – rein bildlich natürlich. «Nelly, hast du nichts Besseres zu tun, als Schiedsrichterin zu spielen?»

«Also, ich finde sowieso, dass *CinemaScoop* ein dämliches Blatt ist», sagte ich.

«Nelly.» Die Stimme meines Vaters enthielt eine sanfte Mahnung.

«‹Nelly›», äffte meine Mutter ihn nach. «Mensch, Benny,

kannst du nicht ausnahmsweise mal mehr als ‹Nelly› von dir geben? Kannst du nicht sagen: ‹Nelly, das war frech. Nelly, hab Respekt vor deiner Mutter. Nelly, pass auf, was du sagst›? Ihr Deutschen mit eurer antiautoritären Erziehung! Ihr seid alle Waschlappen!»

Mein Vater wandte sich zu meiner Mutter. Seine Stimme klang sehr beherrscht. «Jetzt sind es also wieder mal die Deutschen. Ich wusste doch, dass du das irgendwie ins Gespräch schmuggeln würdest. Gleich wirst du sagen, dass es unsere Schuld ist, dass deine Zeitschrift eingeht.»

«Wessen denn sonst? Die Deutschen haben nicht die leiseste Ahnung von Stars. Sie wissen nicht, wie man welche macht. Sie wissen nicht, wie man sie pflegt. Und sie wissen nicht, wie man über sie schreibt.»

Ich schob meinen Teller beiseite und stand auf. Mein Lammkotelett war im Begriff, den Rückweg anzutreten. «Kann ich aufstehen?»

«Hinsetzen!», drohte meine Mutter. Ich setzte mich. Der Klang ihrer Stimme jagte ihr, glaube ich, selbst einen Schrecken ein, denn als sie weitersprach, klang sie mindestens tausend Dezibel leiser. «Ich will damit ja nur sagen, dass wir, solange ich noch keinen Job gefunden oder sonst eine Entscheidung getroffen habe, mit dem Geld aufpassen müssen. Wir alle. Ich auch. Unsere Reise nach New York können wir jetzt vergessen.» Sie warf meinem Vater einen schrägen Blick zu. «Oder würdest du dich eventuell um Arbeit kümmern und uns in dieser Situation aushelfen?»

«Lucy», sagte mein Vater. «Bitte.»

Meine Mutter sah mich einen Moment lang an und sagte dann, beinahe sanft: «Pass auf, Nelly, ich weiß, dass du ein gutes Teleskop willst. Und ich möchte auch, dass du eins bekommst. Aber ich finde, wenn du dir das so sehr wünschst, solltest du dafür arbeiten. Du bist alt genug. Du kannst doch mal babysitten.

44

Ich mache dir einen Vorschlag. Wenn du anfängst, auf ein Teleskop zu sparen, machen wir fifty-fifty. Wie wär das?»

«Babysitten? Du willst, dass ich babysitte?», sagte ich entsetzt.

«Wieso nicht?»

«Wieso nicht?», schrie ich.

«Ja, wieso nicht? Warum musst du so widerspenstig sein?»

«Ich, widerspenstig? Ist dir klar, wie lange ich babysitten müsste, um genug für ein anständiges Teleskop zusammenzusparen?»

Ich sah, wie die Wangen meiner Mutter hochrot anliefen. Mein Vater wird bleich, wenn er wütend ist, aber meine Mutter läuft immer rot an. «Was bin ich denn?», schrie sie. «Eine Bank? Eine Gelddruckerei? Ein Geldautomat, der auf Knopfdruck Scheine ausspuckt?»

«Aber mit Babysitten brauche ich doch ewig, bis ich das Teleskop kaufen kann!»

«Na und – du hast doch Zeit! Die Sterne werden schon keine Beine bekommen!»

Jetzt reichte es. Ich sprang auf und jagte in Luftlinie zur Tür.

«Ich hasse sie! Ich hasse sie! Ich hasse sie!», brüllte ich auf dem Weg durch das Wohnzimmer die Wände an. Ich stampfte zu meinem Zimmer, knallte die Tür hinter mir zu und ließ mich tränenüberströmt aufs Bett fallen.

Eins stand fest: Es war der mieseste Tag in meinem Leben!

37

VIERTES KAPITEL
Staunen

MEIN FENSTER war ein Ungetüm. Vom Boden bis zur Decke reichte es drei Meter hoch, und fünf war es breit. Unterteilt in achtundvierzig Einzelscheiben. Es zeigte nach Norden, wie die meisten Ateliers. Nun aber diente es mir als meine persönliche Sternwarte.

Mein Kopf dröhnte und pochte, meine Wangen glühten und spannten. Seit dem Streit mit meiner Mutter waren zwei Stunden vergangen. Die ganze Zeit über hatte ich bloß dagesessen und in den unermesslich weiten Himmel vor mir gestarrt. Das einzige Licht in meinem dunklen Zimmer kam vom Computer, von dem Bildschirmschoner mit den neun um die Sonne kreisenden Planeten unseres Sonnensystems. Natürlich drang auch ein wenig Licht von draußen herein: gelbe Lichtrechtecke von fernen Wohnungen, das Licht vom nächtlichen Berlin, vom Himmel über Europa, vom Mond, von den Sternen, vom Universum.

Ich beobachtete, wie ein paar Wolken am Fenster vorüberzogen wie ein Theatervorhang, der den Mond hinter seinem flauschigen Stoff verbarg. Und dann – schschh! – zogen die Wolken wieder ab zum rechten Bühnenrand, sodass der Mond erneut zum Vorschein kam. Da oben musste es ganz schön windig sein.

Der Himmel war nun klar, aber unter mir herrschte nichts als diffuse, tiefe Schwärze. Hinter unserem Haus, unter meinem Fenster, erstreckte sich bei Tageslicht eine ausgedehnte

46

Schrebergartenkolonie voll adretter Reihen schmucker Gartenhäuschen und sauber getrimmter Rasenflächen, die von Heerscharen rot bemützter Gartenzwerge in grünen Kitteln bewacht werden. Nach Einbruch der Nacht aber ist es eine verlassene Einöde – besonders in den Herbst- und Wintermonaten. Ein stilles, dunkles, sinnloses Nichts – so sah es von meinem Fenster aus. Über mir jedoch, hoch über mir, jenseits des Mondes, der Wolken und des Windes, hinter der hell strahlenden Venus, weit, weit fort in der Unendlichkeit des Himmels, erstreckte sich, davon war ich fest überzeugt, Alles. Alles, was von Bedeutung war und nur darauf wartete, sehnsüchtig wartete, entdeckt zu werden.

So saß ich da in meinem Sessel und blickte in den Himmel dort draußen. Und versuchte mich an einen Traum zu erinnern, den ich in der Nacht gehabt hatte. Fetzen davon waren mir jäh wieder ins Bewusstsein gekommen, abgerissene Bilder, aber an das *Gefühl* vermochte ich mich immer noch nicht zu erinnern. Viel war nicht passiert in diesem Traum, ich war nur friedlich zwischen den Sternen dahingeschwebt, vorbei an Lichtdiamanten und mehr Lichtdiamanten, nur um immer noch mehr davon zu entdecken, eine Kammer nach der anderen, ein Königreich nach dem anderen, einen Himmel nach dem anderen, voll schwarzer Himmelszelte und Sterne und Diamanten und Schönheit. Aber es war mehr als nur schön. Mehr als nur friedlich. Was genau war es? Was hielt mich da oben in der Schwebe? Was hatte mich so unsagbar leicht gemacht? Was für ein Gefühl?

Ich starrte und starrte die Sterne an.

Und dann wusste ich es. Ich erinnerte mich.

Staunen. Es war Staunen. Das Staunen über das Wunder des Universums hatte mich emporgehoben, mich mit solcher Schwerelosigkeit erfüllt, mit solch ungetrübter Freude, dass ich für alle Zeit hätte weiterschweben mögen.

Ah – diesen Traum noch einmal zu erleben. Und noch einmal.

Poch-poch.

Ich drehte den Kopf zur Tür um.

«Prinzessin», hörte ich meinen Vater sagen, «ich bin's.»

MEIN VATER SAH sich in meinem Zimmer nach irgendeiner Sitzgelegenheit um, aber auf den Stühlen türmten sich schmutzige Klamotten, Schulhefte, Schulbücher, Referate, Kassetten, CDs, einfach alles. Der Boden wirkte auch nicht gerade einladend. Eine Staubschicht überzog die Dielen, der Teppich war voller Flusen und übersät mit schmuddeligen Socken, zerfledderten Büchern und diversem Kleinkram. Meine Mutter hatte einfach Recht. Ich musste mal aufräumen.

Mein Vater schaltete meine Nachttischlampe an, und die Fensterscheiben spiegelten seine Bewegungen. Er nahm einen Haufen schmutziger Wäsche von meinem Drehstuhl, ließ die Sachen aufs Bett fallen und setzte sich auf den Stuhl. Seine Augen ruhten auf mir. Ich drehte mich zu ihm.

Mein Papa sieht gut aus. Wenn Beate, die Ex-beste-Freundin meiner Mutter, von ihm sprach, benutzte sie gern das Wort «anziehend». Darüber musste ich immer lachen, weil das so nach Magnet klang. «Sehr anziehend», sagte Beate mal. «Charmanter als Richard Gere, unwiderstehlicher als Harrison Ford!»

Papa hat welliges dunkelbraunes Haar, an den Schläfen grau meliert, und dunkelbraune Augen. Er ist groß und schlaksig, und seine Hemdzipfel machen sich immer selbständig und rutschen ihm aus der Hose. Wenn wir zusammen die Straße entlanggehen, lächeln ihm ständig Frauen zu. Und er lächelt immer zurück – zumindest, wenn meine Mutter nicht dabei ist. In diesen Tagen gingen wir immer noch gelegentlich miteinander aus, wenn auch nicht so oft wie früher, als ich klein war. Damals arbeitete meine Mutter den ganzen Tag, und mein Vater kümmerte sich um mich.

«Was siehst du da draußen?» Mein Vater wies aufs Fenster.

«Keine Ahnung.»

48

Die Antwort reichte ihm offensichtlich nicht.

«Fragen», sagte ich. «Haufenweise Fragen.»

«Wonach?»

Ich zuckte mit den Schultern. «Na ja, wo das alles herkommt, zum Beispiel, oder was davor war? Wann es angefangen hat? Wie es passiert ist? Wo es hinführt? Solche Sachen.»

Mein Vater lächelte.

Ich liebe es, wenn mein Vater lächelt. Er hat sehr schöne Zähne, kerzengerade und glänzend wie in einer Mundwasserreklame. Eigentlich schade, dass er Klarinette spielt: Nie bekommt das Publikum seine Zähne zu Gesicht.

«Prinzessin, ich wette, eines Tages wirst du all diese Fragen beantworten», sagte mein Vater, den Blick aus dem Fenster gerichtet. «Aber vielleicht willst du vorerst wieder zur Erde zurückkehren?»

Ich verdrehte die Augen. Es war klar, was nun kam.

«Du hast sie verletzt», sagte er.

«*Sie* verletzt?»

«Sie hat dich doch nur gebeten, mal über etwas wie Babysitten nachzudenken. Hassen ist ein ziemlich starkes Wort.»

«Hat sie aber verdient! Ständig nörgelt sie nur. Und immer hackt sie auf dir rum. Und dann diese ewige Leier mit der Arbeit.»

«Über mich musst du dir keine Sorgen machen, Prinzessin. Ich kann mich schon selbst wehren.»

Einen Moment lang sahen wir uns in die Augen.

«Was ist los?», fragte mein Vater.

«Es ist wegen des Teleskops.»

Er schüttelte den Kopf. «Du hast noch was anderes auf dem Herzen.»

Damit hatte er ins Schwarze getroffen. Auf einmal traten mir Tränen in die Augen.

«Was ist denn, Liebes?»

«Papa, bin ich … sonderbar?»

49

«Sonderbar?»

«Die anderen in der Schule … die schauen mich manchmal an, als ob … als ob ich von einem anderen Stern wäre oder so.»

«Haben sie auch gesagt, von welchem?»

«Papa!», sagte ich und versetzte ihm einen Klaps. «Wenigstens *du* solltest mich ernst nehmen.»

«Oh, Prinzessin, das tue ich doch. Natürlich», sagte er und drückte mich an sich. «Schau mal, es ist überhaupt nicht schlimm, anders oder unkonventionell zu sein. Ich bin Musiker. Davon zehre ich. Aber wenn es dich stört, so anders zu sein als die anderen, heißt das vielleicht, du solltest dich mehr auf das konzentrieren, was du mit den anderen gemeinsam hast.»

«Das mach ich doch. Ehrlich. Aber irgendwie, ich weiß auch nicht, ticken unsere Köpfe anders.»

«Dann benutz nicht deinen Kopf. Hör ihnen einfach zu. Versuch, dich in sie hineinzuversetzen, mit ihnen zu fühlen. So anders bist du wahrscheinlich gar nicht.»

Ich stand auf und umarmte meinen Vater. «Ich werd's versuchen.»

«Das weiß ich.» Er gab mir einen sanften Kuss auf die Stirn.

«Ich hab dich lieb, Papa.»

«Dito, Prinzessin.»

Und dann, gleich darauf, raunte er leise, ganz, ganz leise: «Komm, sag deiner Mutter gute Nacht.»

«DODI», SAGTE RISA und schüttelte den Kopf. «Was ist denn das für ein Name für einen Millionär?»

«Schuld ist einzig und allein Charles», sagte meine Mutter. «Er hat sie in den Wahnsinn getrieben.»

«Red keinen Unsinn», tadelte Risa und führte ihren Pfefferminztee an die Lippen, ohne die Augen vom Fernseher zu wenden. «Sie ist nicht in einem Irrenhaus umgekommen, sondern bei einem Autounfall.»

50

Das bläuliche Licht des Fernsehers flackerte durchs Wohnzimmer. Ich setzte mich zwischen Risa und meine Mutter auf das grüne Wildledersofa. Mein Vater blieb im Dunkeln stehen. Er schien unschlüssig, ob er sich setzen wollte oder nicht.

«Tut mir Leid», sagte ich zu meiner Mutter.

«Was denn?», sagte sie und schaute weiter wie gebannt fern.

«*Was*?» Ich konnte es nicht fassen. War ich *so* unwichtig?

Meine Mutter lachte, legte den Arm um mich und drückte mich. «Du bist so ein dummes Gänschen.» Sie drückte mir einen Kuss auf den Kopf. «Mir tut es auch Leid, Sweetie.» Sie nahm meine Hand und schaute wieder zum Fernseher. «Das arme Mädchen hat nie ein eigenes Leben gehabt. Vor allem nicht mit dieser Hexe von einer Schwiegermutter!»

«Ich geh ins Studio, üben», sagte mein Vater. «Sagt mir Bescheid, wenn richtige Nachrichten kommen.»

Im Fernsehen drehte sich alles um Prinzessin Diana: Diana als verschüchterte Kindergärtnerin im Kaschmirpulli inmitten rotznäsiger Kleinkinder; Diana als errötende Braut in weißer Spitze bei der Vermählung mit Charles; Diana in Army-Hose mit von Landminen verkrüppelten Kindern im Arm; Diana, die Sportlerin, beim Skilaufen, Diana, die Partylöwin, bei einem festlichen Anlass, Diana, die Magersüchtige, beim Joggen; Diana schüchtern, Diana erzürnt über Paparazzi, Diana lächelnd im Kreis der Untertanen; Diana, die Prinzessin, Diana, die Ehefrau, Diana, die Botschafterin des Guten, Diana, die folgsame Schwiegertochter. Plötzlich verstummte die Stimme des Sprechers, und tränendrüsige Musik ertönte. Und dann sah man: Diana, die Mutter, hochschwanger; mit William als Säugling; mit Harry als Säugling und William als Kleinkind; mit William als Schulkind; mit William und Harry beim Pferderennen; bei einem Picknick. Traurig jaulten die Geigen im Hintergrund. Und da sind die Jungen ohne Di. Mit fünf und drei. Mit zehn und acht. Mit dreizehn und elf. Da ist William mit dreizehn. Mit vierzehn. Mit fünfzehn. Mit …

William? Ist *das* William Windsor? Der künftige König von Großbritannien? Mein Gott, nicht mal Hans Christian Andersen hätte einen vollendeteren Prinzen erschaffen können. Oh, der ist ja ... so ... wie hieß das Wort, nach dem ich suchte? ... so ... süß. Genau: süß. Süß wie ein Traum von feinstem Schokoladenschaum.

Dieses Lächeln. Genau wie das von seiner Mutter.

Mein Herz fühlte einen tiefen Stich. Der arme Junge. Der arme, arme Waisenknabe. Der Süße. Jetzt hatte er niemanden mehr, der sich um ihn kümmerte. Ihm einen Gutenachtkuss gab. Die Socken stopfte.

«Nelly?», hörte ich meine Mutter sagen.

Ich konnte nicht antworten. Ein Komet war auf meinen Kopf gestürzt, hatte mein Herz aufgebrochen, mir den Atem gestohlen. Gleich würde ich umkippen.

«Nelly?», sagte meine Mutter. «Geht's dir nicht gut?»

Doch, es ging mir gut.

Nein. Ich fühlte mich elend.

Ja – ich war verliebt!

Verliebt. Endlich. Nach all den Jahren.

Was für ein wundervoller Septembertag.

GG

FÜNFTES KAPITEL
Hin und weg

ES WAR DAS LEBENSNAHSTE BILD des Prinzen, das ich in die Finger bekommen hatte. Originalgroß. Umarmensgroß. Küssgroß. Ich kann kaum beschreiben, wie aufgeregt ich jedes Mal war, wenn ich *Girl Zone* durchblätterte und sich das Poster vor meinen Augen entfaltete! Wills schlug einen Purzelbaum, um dann in seinen spiegelblank geputzten ochsenblutfarbenen Budapester Schuhen wundersam sanft auf dem Boden zu landen. Da war er: der künftige König. Das Haar leicht zerzaust. Die Augen blau wie der Azurhimmel. Das Lächeln ein leises Flüstern. Da stand er und sah mich direkt an. In einem dunkelblauen Nadelstreifen-Dreiteiler, dessen Stoff so weich schimmerte, dass es nur Kaschmir sein konnte. Sein Jackett war aufgeknöpft, sodass man die passende Weste sehen konnte und das Hemd. Sein Blau war etwas heller, es hatte genau die Farbe seiner Augen, und am Kragen hatte es Doppelnähte. Die Seidenkrawatte war rubinrot, und ein ebenso rubinrotes Einstecktuch zierte die Brusttasche. Der linke Arm hing locker herab, die rechte Hand verbarg sich in der rechten Hosentasche.

Keine Ahnung, wie lange wir einander anstarrten.

Ich war hin und weg.

«Nelly!», rief meine Mutter.

Ich konnte hören, wie die Lederpumps meiner Mutter rasch näher kamen. Den Computer bekam ich nicht mehr so schnell aus, aber noch bevor sie anklopfte, hatte ich das Poster zusammengefaltet und in *Girl Zone* verschwinden lassen.

53

«Nelly?», sagte meine Mutter, öffnete schwungvoll die Tür und steckte ihren Kopf herein. «Wir gehen in zehn Minuten. Bist du so weit?»

Natürlich war ich so weit. Schließlich war ich ganz wild darauf, mich zwei Stunden lang in der Synagoge zu Tode zu langweilen. Leider mussten alle Bar- und Bat-Mizwa-Kandidaten am Sabbat-Gottesdienst teilnehmen – das war Pflicht.

«Ich komm ja schon», sagte ich missmutig und zog mir einen Gürtel durch die Jeansschlaufen.

Meine Mutter kniff die Augen zusammen. «Was soll denn das? Hast du keinen Rock? Und du willst doch nicht etwa in Turnschuhen gehen?»

O nein. Nun war sie wieder bei einem ihrer Lieblingsthemen.

«Wenigstens für Risa hättest du dich ein bisschen fein machen können. Was meinst du wohl, wie ihr zumute ist, wenn sie mit dir zur *schul* geht, und du siehst aus wie ein Penner? Meinst du nicht –» Da sah meine Mutter das *Girl-Zone*-Heft auf dem Boden. «Seit wann liest du denn Teenie-Magazine?»

«Tu ich gar nicht», sagte ich, was der Wahrheit entsprach. Wer konnte denn diesen Schund ernst nehmen, all die Notrufe à la «Hilfe! Wie werde ich die Pickel auf meinem Rücken los?» und «Liebe Jana. Stimmt es, dass Jungs nur große Brüste mögen?». Oder mein absoluter Favorit: «Mein Freund ruft nie bei mir an. Wir unternehmen nie was zusammen. Er interessiert sich nicht für meine Hobbys. Soll ich mit ihm Schluss machen? Viele Grüße, Coco.»

«Hab ich geliehen bekommen», erklärte ich so beiläufig wie möglich.

«Ich vermute mal, da ist ein königliches Poster drin?», sagte meine Mutter mit einem Lächeln.

Meine Wangen fingen an zu kribbeln, als bekäme ich gleich juckenden Ausschlag. Ich drehte mich schnell um und ging an meinen Schrank, wo ich so tat, als suchte ich nach anderen

54

Klamotten. Auf keinen Fall durfte sie sehen, dass ich rot wurde!

Meine Mutter hob das Heft auf. «Jedenfalls gehört es nicht auf den Boden», sagte sie und warf es auf meinen Schreibtisch, wo gerade *Batty Patty's Prince William Page* über den Computerschirm flimmerte. Sofort stach ihr ein Bild des Prinzen ins Auge, das ständig auf- und abblinkte. Woraufhin sie ihren berühmten Witz von der «Liebe auf den ersten Klick» zum ersten Mal riss.

Haha!

Meine Mutter trat näher an den Computer und musterte den Bildschirm. Ganz bestimmt, dachte ich, würde sie sich jetzt über das blinkende William-Bild lustig machen, aber dann sagte sie nur: «Bist du immer noch online? Ach, Nelly. Schon seit über einer Stunde blockierst du die Leitung. Das ist die reine Geldverschwendung! Und außerdem muss ich telefonieren.»

Ich sagte nichts. Ich starrte bloß vor mich hin. Das kann sie nicht ausstehen.

Sie wartete auf eine Reaktion von mir, doch als nichts kam, meinte sie: «Also, beeil dich. Wir kommen noch zu spät.»

«Zu spät?»

Sie warf mir einen ihrer vernichtenden Blicke zu. «Ja. Zu spät.» Und weg war sie.

«Zu spät kommen» hieß für Lucy Bloom-Edelmeister, dass man nicht frühzeitig genug in die Synagoge kam, um von Hinz und Kunz gesehen zu werden, bevor man sich in der Menge verlor. «Gesehen werden» war für sie das Allerwichtigste, das einzig Wichtige am Synagogenbesuch.

Ich horchte, wie die Pumps meiner Mutter sich klackernd entfernten, den Flur entlang, durchs Berliner Zimmer, über das Parkett im Wohnzimmer und schließlich die Diele. Dann stellte ich mich vor den Spiegel, der über meiner Kommode hing. Risa zuliebe versuchte ich, meinen Pony ein wenig zu glätten. Für sie zog ich auch statt der Turnschuhe ein Paar Loafers an. Nachdem diese Mission erfüllt war, schlug ich *Girl Zone* auf und gab mich der Bewunderung des Prinzen hin.

Das Beste an dem Bild waren die winzigen, feinen blonden Härchen auf Williams Nacken. Ich hatte sie eines Tages ganz zufällig entdeckt. Für den Kunstunterricht studierte ich das Poster mit einer Lupe. Es ging um die Rasterstruktur aus den vielen farbigen Pünktchen, aber die wahre Entdeckung war der feine weiche Flaum, der im Licht auf Williams Hals schimmerte. Diese winzig kleinen Härchen ließen mir William so verletzlich erscheinen, so schutzbedürftig. Wie gern hätte ich ihm über die Wange gestreichelt, ihn in den Arm genommen, ihm versichert, dass alles gut würde. «Ich weiß, deine Mutter fehlt dir. Aber der Schmerz wird vergehen. Und eines schönen Tages wirst du vielleicht imstande sein, dich jemand anderem zu öffnen. Komm in meine Arme und lass dich trösten», wollte ich ihm sagen.

Ich ging zum Spiegel und übte den Satz mit britischem Akzent. Ein Freund meines Vaters, ein Bassist namens Grant Neville, war Australier. Um britisch zu klingen, hatte er mir mal gesagt, müsste man einfach so tun, als hätte man beim Reden Popcorn im Mund.

Ich betrachtete meine Wangen und stellte mir vor, wie sie sich vor Popcorn blähten. «Ich weiß, deine Mutter fehlt dir», sagte ich zum Spiegel. «Kann ich dich nicht trösten?»

Ich sah das Poster an. Jeder im Haus wusste ohnehin schon von Prinz William, da konnte ich es ebenso gut aufhängen. Also nahm ich das Bild des Vixen-Teleskops von der Innenseite der Kleiderschranktür ab, heftete es an die Wand neben meinem Spiegel und brachte an seinem alten Ort Prinz William an. Wenn ich die Schranktür jetzt aufmachte, stand ich direkt vor ihm. Er musste sich zwar ein wenig hinabbeugen, um mich zu küssen, aber, na und? Das entsprach doch der Wirklichkeit.

Ich trat an meinen Computer, den ich von meiner Mutter geerbt hatte. Sie taufte ihn *bobe*, was auf Jiddisch Großmutter

56

bedeutet. Als meine Mutter klein war, erzählte ihre Bobe ihr immer wunderbare Geschichten über Russland und New York zur Zeit der Jahrhundertwende.

«Deine Urgroßmutter Naomi war eine wunderbare Geschichtenerzählerin und eine große Dame», sagte meine Mutter immer. «Sie war bettelarm und musste sich ihr Leben lang die Finger blutig schuften, aber sie war eine starke Frau und zog vier gesunde, glückliche Kinder groß. Gott sei Dank kam sie aus Europa raus, bevor es zu spät war.»

Manche aus Bobes Familie hatten nicht so viel Glück, so wie Risa und ihre Eltern. Als sie Europa verlassen wollten, hatten sie entweder nicht genug Geld für die Überfahrt, oder es war tatsächlich zu spät. Bobes Onkel Mojsche, ihre Tante Mimi und drei Cousins samt ihren Familien wurden alle in Konzentrationslagern ermordet. Bobe jedoch wurde sehr alt. Sie starb in Flatbush, Brooklyn, an Altersschwäche, nur ein Jahr vor meiner Geburt. Von ihr hab ich meinen Namen: Sie nahmen das N aus Naomi und machten aus mir eine Nelly.

Ich starrte Bobe an. Ohne Internet hätte ich längst nicht so viel über William gewusst. Die Schulbücherei hatte eine ergiebige Fülle von Daten zur britischen Geschichte geliefert, wie auch die Mädchenzeitschriften über die junge Generation der Royal Family, aber das Internet war bei weitem die bequemste und originellste Informationsquelle. Durch Bobe konnte ich William sogar E-Mails schreiben. Ich hatte tatsächlich ein paar verfasst und sie durch das Rechtschreibprogramm laufen lassen. Aber abgeschickt hatte ich sie nicht. Die Versuchung war groß, doch mindestens genauso groß war meine Panik davor. Aus Angst, sie aus Versehen loszuschicken, nahm ich sie sogar aus der Ablage. Außerdem hatte ich so meine Zweifel, ob E-Mails die richtige Art der Kontaktaufnahme waren. Eine Nichtadelige wie ich, befand ich, könnte Wills' Aufmerksamkeit nur erringen, indem sie sich von der breiten Masse abhob. Ich müsste etwas so Außerge-

57

wöhnliches tun, dass *er* etwas *von mir* wollte. Wie wäre es zum Beispiel, wenn ich eine großartige Entdeckung machte?

Am Tag zuvor war ich in die Staatsbibliothek gegangen. Ich hatte Universitätsverzeichnisse aus England, Wales und Schottland gesucht, um herauszufinden, ob ich dort Astrophysik studieren könnte. Offenbar war das möglich und somit eine potenzielle Lösung. Allerspätestens in zehn Jahren werde ich Prinz William kennen lernen, wenn ich für meinen Jahrgang an der *School of Astrophysics* der Universität Oxford die Abschlussrede halte. Ich sah es richtig vor mir, wie ich William im Buckingham-Palast anrufe und ihn persönlich zur Abschlussfeier an meiner Uni einlade. «Nelly Sue Edelmeister?», würde er sagen. «Aber natürlich! Ich habe neulich von Ihnen in der *Times* gelesen. Sie haben mit Hilfe von Gravitationslinsen Schwarze Materie in Kugelsternhaufen erforscht. Ja, ich würde sehr gerne vorbeikommen und an Ihrer Abschlussfeier teilnehmen. Kugelsternhaufen waren schon immer meine heimliche Leidenschaft.»

Leider war es noch ein bisschen hin, bis ich in Oxford studieren konnte. Vielleicht sollte ich mir was anderes überlegen, um Williams Aufmerksamkeit zu erregen, etwas, das möglichst in den nächsten paar Wochen geschehen könnte, oder sagen wir, im nächsten Frühjahr spätestens.

«Nelly!», rief meine Mutter. «Kommst du jetzt oder kommst du nicht? Wir warten.»

Ich schaltete Bobe aus und machte mich fertig für den Gang zum Schafott – ich meine, zur Synagoge.

ICH LIESS MICH ZURÜCKFALLEN. Die Holzbank in der Synagoge war alles andere als bequem, aber der Gesang des Kantors und der Gemeinde lullte mich ein. Schräg oben hinter dem heiligen Schrein stellte ich mir einen Halbmond vor, der sanft in einer tintenschwarzen See schaukelte, während ringsum unendliche Diamanthaufen glitzerten. Verzückt schwebte ich dahin. Aus der

58

Ferne glitt eine Gestalt auf mich zu. Es war Prinz William in all seiner Pracht, im dunkelblauen Kaschmirnadelstreifen-Dreiteiler. Als er direkt vor mir schwebte und mich anlächelte, wusste ich, dass ich noch nie im Leben so glücklich gewesen war. Er verbeugte sich und schloss mich in seine Arme. «Wie wundervoll», hauchte ich ihm ins Ohr. Im Walzertakt glitten wir von Stern zu Stern, und unsere Herzen jauchzten.

«WAS HAST DU GESAGT?», flüsterte meine Mutter.

Ich erwachte aus meinem Koma und hörte den Gesang des Kantors. «Ach, nichts. Bloß, ‹wie wundervoll›. Seine Stimme ist wundervoll.»

Das Gesicht meiner Mutter strahlte. Sie liebte es, wenn in der Synagoge *Schofar* geblasen wurde, sie liebte die Chanukka-Lieder, alles irgendwie Jüdische. Sie freute sich, dass ich ausnahmsweise mal ihrer Meinung war. «Der Gesang erinnert mich an zu Hause. An Brooklyn», sagt sie immer. «Es erinnert mich daran, wie Bobe mich mit in die Synagoge genommen hat, als ich klein war. Der Kantor war für die Einwanderer wie ein Superstar. Der Rabbi war der Chef, klar, er war die moralische Autorität, aber der Kantor, das war etwas ganz anderes. Der eroberte die Herzen der Frauen. Sie beteten ihn an. Wie Frank Sinatra. Oder John Lennon. Oder Robbie Williams. Du hättest die Frauen in ihren Umschlagtüchern mal sehen sollen, wie sie den Kantor nach dem Gottesdienst umschwärmten. Wie Bienen, die um ein Glas warme Cola schwirren. Du hättest sehen sollen, wie sie dahinschmolzen, wenn er sang. Manche weinten sogar.»

Ich sah Risa an. Sie schien nicht vor Kantor Morgenstern dahinzuschmelzen. Ebenso wenig Frau Goldfarb oder Frau Lewi. Kantor Morgenstern war klein und gedrungen und fast so alt wie Frau Lewi und Frau Goldfarb. Aber seine Stimme hatte noch immer Kraft. Manchmal, wenn ich zur Toilette im Untergeschoss ging, konnte ich seinen Gesang bis dorthin hören. Und er hatte noch immer volles, dichtes Haar, schneeweiß und wild abstehend. Wie Albert Einstein. Noch einmal sah ich verstohlen zu Risa. Auch wenn sie nicht vor ihm dahinschmolz, war sie ja vielleicht trotzdem Kantor Morgensterns Typ?

Risa spürte meinen Blick. Sie schaute hoch. «Die hören einfach nicht mit dem Gequatsche auf», sagte sie und wies auf die Gemeinde. «Nicht mal bei der *kedusche* sind sie still!»

Das ist eine ziemlich ernste Angelegenheit, worauf man in dieser Synagoge allerdings nie gekommen wäre. Mein Vater kann sich immer noch nicht darüber einkriegen, dass es hier so laut ist. Ich glaube, deshalb kommt er überhaupt. Säuglinge weinen, Kinder laufen kreischend umher, naschen an Keksen, und alle lachen und plaudern mit ihren Nachbarn. Es ist ein geselliger Anlass, eine Feier, eine Modenschau, auf keinen Fall eine stille Zwiesprache mit Gott. «In der Kirche kann man eine Stecknadel fallen hören», sagte mein Vater gern, «aber hier würde man nicht mal eine Bombe bemerken.»

«Gott behüte!», sagte Risa dann und hob den Blick gen Himmel.

Aber warum sollten wir vor Bomben Angst haben? Beim Betreten der Synagoge muss man einen dieser Metalldetektoren passieren, wie am Flughafen. «Das ist so krank», sagt meine Mutter immer, «aber was soll man machen? Zum Katholizismus konvertieren?»

NACH DEM GOTTESDIENST wollte meine Mutter im Hof der Synagoge ein bisschen networken. Sie war auf der Suche nach einer neuen Goldader: maximales Einkommen bei minimaler Arbeit. «Das steht mir zu», sagte sie. «Ich hab genug geackert. All die Jahre hab ich mir den Arsch abgeschuftet.»

«Ja», murmelte ich leise, damit sie es nicht hörte, «genau wie Bobe. Dein Leben ist ja so *schwer*!»

Gegen eine Mauer gelehnt, beobachtete ich meine Mutter.

60

Sie lachte. Und ihr Opfer, Herr Lerner, lachte auch und gab ihr einen feuchten Schmatzer auf die Wange. Verlegen wandte ich mich ab.

Meine Mutter war siebenundvierzig, die Leute fanden aber alle, dass sie mindestens zehn Jahre jünger aussähe. Die sahen sie ja auch nicht ohne Kleider. Da stellte sich die Sache genau umgekehrt dar! Ich dagegen hatte sie im letzten Sommer drei Wochen lang jeden Tag im Badeanzug gesehen, und natürlich auch nackt, wenn wir uns in der Umkleidekabine aus- und anzogen. Es hatte mich so traurig gemacht, sie ohne BH zu sehen, wie ihre Brüste so herabbaumelten. Früher sind sie nicht so gehangen. Aber wenn sie sich jetzt bückte, um ihre Sandalen anzuziehen, ähnelte ihr Busen einem Paar schlaffer Socken, die ihr gegen den Bauch pendelten – klatsch, klatsch. Ihr Bauch war immer ganz flach gewesen, ja? Jetzt aber glich er einem Basketball, dem ein bisschen die Luft ausgegangen war. Einmal hob sie in der Umkleide den Blick und sah, wie ich ihre Beine anstarrte. An den Oberschenkeln wabbelt es ein bisschen, und um die Kniekehlen zieht sich ein Gewirr feiner blauer Äderchen, wie ein Spinnennetz. Es erinnerte mich an den Streckenplan vom New Yorker Eisenbahnnetz, auf dem all die unterschiedlichen Bahnstrecken in der Grand Central Station zusammenlaufen. Als sie jedenfalls bemerkte, wie ich ihre Beine ansah, war sie verlegen, glaube ich, und sagte in ihrer selbstironischen Art: «Keine Sorge. Was das betrifft, schlägst du mehr deinem Vater nach.»

Nach dem Vorfall in der Umkleide trug meine Mutter am Strand jedenfalls immer einen dieser Wickelröcke im Hawaii-Stil, und sie legte ihn nur ab, wenn sie mal ins Wasser ging – was mir irgendwie Gewissensbisse verursachte.

DIE MENGE IM HOF der Synagoge lichtete sich bereits, aber meine Mutter war immer noch mit Herrn Lerner zugange. So wie er sie anglotzte, war klar, dass er von den Zuständen unter ihrer Kleidung keine Ahnung hatte. Eng anliegende Sachen trug sie eigentlich kaum mehr, aber heute hatte sie ein schwarzes Wollkostüm an, das ihre immer noch schmale Taille vorteilhaft betonte. Am Kragen und an den Handgelenken blitzte eine weiße Bluse mit schwarz-weißem Besatz hervor. Schlicht, aber schick. Sogar elegant. Manche Leute, schätze ich, würden meine Mutter attraktiv nennen. Einige vielleicht sogar schön – obwohl sie genauso dunkles, krauses Haar hat wie ich und immer Schwarz trägt. Normalerweise lief sie ziemlich leger herum. Ihr Lieblingsoutfit waren schwarze Schlabberhosen, ein langes, weites schwarzes Oberteil mit tiefem V-Ausschnitt und schwarze Stiefel, die zu teuer waren, um als Springerstiefel bezeichnet zu werden, aber aussahen wie aus dem Kostümfundus von *Apocalypse Now*! Risa passte es nicht, wenn meine Mutter so außer Haus ging. «Lucy, du gehst in den Supermarkt, nicht in den Krieg. Und was soll das Schwarz? Wer ist gestorben?»

Meine Mutter lachte dann nur und sagte: «Das ist modern, Risa. Schwarz macht schlank.»

Als Beate noch die beste Freundin meiner Mutter war, bewunderte sie ihren mutigen Stil. «Sie sieht aus wie ein Teenager, nicht wie die Mutter eines Teenies», fand sie.

Wenn man mich gefragt hätte, wäre meine Antwort sehr klar gewesen: Ich fand eine Mutter viel besser, die auch wie eine Mutter aussieht, nicht wie eine Zehntklässlerin, die nach Sarajevo abmarschiert!

«Ach, interessant!», hörte ich meine Mutter zu Herrn Lerner zwitschern. Ein paar Köpfe drehten sich nach ihr um. Wieso musste sie nur so laut sein? Warum explodierte jeder Satz aus ihrem Mund wie eine Knallerbse?

«Live-Reportagen?», hörte ich sie sagen. «Klar kann ich das! Haben Sie Name und Telefonnummer von dem Mann?»

Meine Mutter! Immer auf Draht, immer am Zug. Nie ließ sie

62

locker. Angewidert drehte ich mich um und wollte gehen. Und wem lief ich in die Arme?

«Meine Mutter meint, ich sollte dir mal hallo sagen», sagte Anton Weißenberger.

Ich folgte seinem Blick und sah Bella Metzger-Weißenberger, die Frau des Rabbis, die inzwischen zu meiner Mutter und Herrn Lerner getreten war. Sie winkte mir zu. Und meine Mutter lächelte aufmunternd. Ha! Meine Freundinnen, die Kupplerinnen.

«Und was noch?», fragte ich.

«Wie, was noch?», sagte Anton.

«Was sollst du mir noch sagen?»

«Nichts.»

«Gut. Dann kannst du ja jetzt gehen», sagte ich und kehrte ihm den Rücken zu.

Anton war so sauer, dass er dieser Aufforderung nur zu gern Folge leistete.

Auf dem Weg nach draußen sah ich Yvonne Cohen mit ihrer kleinen Schwester Alison auf der anderen Seite des Hofs. Yvonne beugte sich zu Alison und flüsterte ihr etwas ins Ohr. Es war eine sehr vertrauliche Geste. Sehr mädchenhaft. Dann nahm Alison sie an den Händen, und die beiden tanzten ein bisschen. Yvonne stellte sich breitbeinig hin und ließ Alison durch ihre Beine vor und zurück sausen – so wie meine Eltern manchmal, wenn sie auf ihre Art Rock 'n' Roll tanzten. Den beiden Mädchen stieg die Röte ins Gesicht, und bald darauf ließen sie sich außer Atem auf eine Bank fallen, eingehakt und lebhaft plaudernd. Einen Moment lang beneidete ich Yvonne.

DER MONTAG danach markierte den Anfang vom Ende meiner Hebräisch-Laufbahn. Wladimir Kasarow erwischte mich auf frischer Tat mit *Teen Scene*. Er hatte mich wohl auf dem Kieker, denn sonst passt er nicht so genau auf. Jedenfalls war ich gerade in einen

63

Bericht über William vertieft, in dem es um seine Lieblingsgerichte aus dem selbst gezogenen Gemüse seines Vaters ging, während die Klasse aus den *Tillim* rezitierte, Wort für Wort unserem Lehrer nachsprach, als sich urplötzlich Wladimir Kasarows haarige Knöchel in mein Gesichtsfeld schoben. Blitzschnell schnappte er sich mein Heft und hielt es angewidert mit den Fingerspitzen in die Höhe. So, als würde er eine tote Maus am Schwanz halten. Zu meiner bodenlosen Verlegenheit klappte ein Riesenposter von William heraus: Abschnitt für Abschnitt entfalteten sich Turnschuhe, Jeans, ein kariertes Flanellhemd und am Ende der Kopf des Prinzen. Am Schluss stand William an eine Wand gelehnt vor uns, wie James Dean die Daumen in die Taschen seiner Jeans gehakt.

Es war, als würden Wladimir Kasarow die Augen aus den Höhlen quellen und über die Brille kullern. Sein Blick war so von Abscheu erfüllt, als hätte er mich mit einem Pornoheft erwischt oder als wäre ich splitternackt herumgelaufen. Und genau so fühlte ich mich auch. Als hätte man meine Seele entblößt, mein Geheimnis entlarvt, meine Schande öffentlich gemacht.

«Nelly Sue Edelmeister», donnerte er. «Ich werde sprechen mit deiner Mutter. Wenn so etwas vorkommt noch einmal, du wirst verlassen meine Klasse. Dann du bist hier weg! Verstanden?»

Kasarow hatte mir den ganzen Abend verdorben. Dauernd ging mir durch den Kopf: Hatte er meine Mutter angerufen oder nicht?

Bei meiner Heimkehr freute ich mich, dass ich die Wohnung für mich allein hatte. Risa besuchte Frau Goldfarb und Frau Lewi, und meine Eltern waren zum Abendessen bei Marianne Wohlers, einer Journalistenkollegin meiner Mutter. Ich machte meine Hausaufgaben, chattete mit ein paar astronomieinteressierten High-School-Kids in Nebraska über Kugelsternhaufen,

64

schickte eine E-Mail an *Batty Patty's Prince William Homepage* und arbeitete dann an meinem Sammelalbum, *Wills Power*. Den Artikel über Williams vegetarische Lieblingsrezepte klebte ich auf Seite dreiundvierzig ein. Das Album füllte sich rapide mit Fotos und Artikeln aus Zeitschriften, Entwürfen möglicher E-Mails an William, Ausdrucken von Websites. Darüber hinaus war ich sehr anglophil geworden und sammelte Sachen wie die Verpackung von Walkers-Shortbread-Keksen und sogar eine Briefmarke mit dem Porträt von Königin Elizabeth, die von einem Absagebrief von einem Londoner Aufnahmestudio an meinen Vater stammte. Ich sprühte die Seiten mit einem Männerduft ein, den ich ganz hinten im Badezimmerschrank meiner Eltern aufgetan hatte: Auf dem Etikett stand verblasst *English Leather*. Und dann beschloss ich, mir vor dem Zubettgehen noch das Video zu gönnen: eine Fernsehdoku über Prinzessin Di. Ich spulte vor bis zu meiner Lieblingsstelle.

Und da war er: der Prinz, den ich inzwischen ebenso zum Leben brauchte wie die Luft zum Atmen. Er spielte Fußball. Auf seinem Trikot prangte der Schriftzug *Eton*. Ich stellte auf Zeitlupe und verfolgte jeden einzelnen seiner Schritte. Bild für Bild bewunderte ich die Bewegungen von Williams Körper, hingerissen vom Spiel seiner Beinmuskeln …

Zack! Die Wohnzimmertür flog auf, grelles Licht erfüllte das Zimmer.

«Oh, Entschuldigung», sagte meine Mutter. «Ich dachte, du schläfst schon.»

Ich schluckte. Wusste sie schon Bescheid oder nicht? «Ihr seid ja früh zurück», sagte ich.

Ich sah, wie meine Mutter ihre Ohrringe abzog und die Schuhe abstreifte. Sie warf einen flüchtigen Blick Richtung Fernseher und lächelte vor sich hin, als sie William sah.

«Es war 'ne ziemlich öde Party», sagte sie. «Aber ich hab deinem Vater einen Auftritt verschafft.»

«Danke, Frau Manager», sagte mein Vater zu meiner Mutter. «Wie hoch ist Ihr Anteil?» Er kam zu mir, gab mir einen alkoholgeschwängerten Kuss und verzog das Gesicht. «Ich soll Klezmer-Musik spielen. Bei der Hochzeit von Ari Landaus Tochter am Samstag. Ein Musiker ist krank geworden.» Er machte eine feierliche Verbeugung. «Meine Damen und Herren, es spielt für Sie der König des Klezmer, Bazooka Benny.»

Ich lachte.

«Da soll man nicht drauf spucken», sagte meine Mutter. «Die Landaus haben einflussreiche Freunde und Verwandte.» Sie ließ sich neben mir aufs Sofa plumpsen. «Ich bin total geschafft.» Sie öffnete den Mund und zeigte mir ein Zahnpastalächeln. «Hab ich noch Brokkoli zwischen den Zähnen?»

Im dusteren Zimmer konnte ich nichts erkennen.

Meine Mutter wandte sich mit lauter Stimme an meinen Vater. «Was findet ihr Deutschen eigentlich so toll an Brokkoli? Ist ja fast, als wäre euch das ins kollektive Bewusstsein eingehämmert worden: zum-Abendessen-immer-Brokkoli-servieren.» Sie drehte sich wieder zu mir. «Sogar im Nachtisch war welcher. Im Eis.»

«Brokkoli?», fragte ich entgeistert.

Mein Vater lachte. «Das war *Minze*, Lucy!»

«Wirklich?», fragte meine Mutter mit gespieltem Erstaunen, und ihre Augen funkelten schelmisch. «Tja, wer kann das schon so genau sagen, bei Mariannes Kochkünsten?» Sie wandte sich mir zu. «Und, wie war dein Tag?»

Sofort war ich auf der Hut. «Okay. Ganz okay.»

«Und Hebräisch?»

«Das Übliche.» Mit Blick auf den Fernseher und angehaltenem Atem wartete ich darauf, dass nun das Beil niedersauste.

«Was hast du zu Abend gegessen?», fragte sie.

Aha. Dann hatte Kasarow also doch noch nicht mit ihr gesprochen.

66

Ich griff nach der Fernbedienung. «Hör mal, Mommy, Schluss mit dem Verhör. Siehst du nicht, dass ich zu tun habe?»

Ich drückte auf *Play*. Das Fußballspiel erwachte wieder zum Leben. Diana feuerte William an.

Meine Mutter starrte mich kurz an, stand dann auf und ging Richtung Schlafzimmer. «Ich muss mir die Zähne putzen», verkündete sie.

DIE WÄNDE IN Berliner Wohnungen sind dick. Aber wenn die Türen offen sind, kann man viel hören – wenn man will. Die Schlafzimmertür meiner Eltern stand einen Spaltbreit offen. Meine Tür auch.

«Wir müssen mit ihr reden», hörte ich meine Mutter zu meinem Vater sagen. «Verknallt sein ist ja ganz süß, aber mein Gott, sie ist ja völlig besessen von dem Knaben.»

«Und ich bin besessen von dir», sagte oder vielmehr *sang* mein Vater und improvisierte dabei eine Melodie. «Schu-bi-du-bi-du. Lucy, Lucy Brokkoli, lieb mich, lieb mich, lieb mich, du.»

Meine Mutter lachte – unerwartet laut und fröhlich. Ob sie wohl auch ein bisschen zu tief ins Glas geschaut hatte?

Und dann hörte ich nichts mehr. Gar nichts mehr, eine ganze Zeit lang.

Ich stand auf und zog mich aus. Und dann hörte ich meinen Vater wieder singen. Er hat so eine tiefe, heisere Stimme, die am Ende einer Phrase immer leicht kratzig klingt.

«O Benny, Benny, Benny», hörte ich meine Mutter sagen.

Ich ging zu meiner Tür und klinkte sie zu. *Das* alles wollte ich dann doch nicht mitbekommen.

Vielleicht schloss ich meine Tür etwas zu laut, denn ich hörte meine Mutter rufen: «Nelly? Nelly? Warst du das?»

Ich antwortete nicht. Stattdessen schlich ich auf Zehenspitzen zur Tür, lauschte, bis meine Mutter wieder ins Schlafzimmer zurückgegangen war und ihre Tür geschlossen hatte. Dann machte ich meine Tür wieder einen Spalt auf. «Diese Sache mit Prinz William geht langsam ein bisschen weit», hörte ich sie sagen.

«Das ist doch nur eine Phase, Lucy. Bei Mädchen ist das so.»

«Aber langsam wird es albern.» Die Stimme meiner Mutter war laut. Trotz der geschlossenen Tür konnte ich sie gut verstehen.

«Vielleicht braucht sie das ja: mal albern sein.» Mein Vater wurde nun auch lauter.

«Seit wann bist du denn Experte für *die* Altersklasse?»

Ich wollte mir gerade Gedanken über diese letzte Aussage machen, als ich wieder meinen Vater hörte. «Ich bin doch wohl befugt, über meine Tochter Bescheid zu wissen. Wer hat sich denn drei Jahre lang jeden Tag um sie gekümmert? Bis sie in den Kindergarten kam? Wer hat sechsmal am Tag ihre Windeln gewechselt? Und sie in den Schlaf gewiegt? Wer hat sie jeden Tag von der Schule abgeholt?»

«Wer hatte Zeit, sie jeden Tag von der Schule abzuholen, weil er keinen Job hatte?»

Keine Ahnung, ob und was mein Vater darauf antwortete. Das Nächste, was ich hörte, war die «Harald-Schmidt-Show». Das war die Lieblingssendung meines Vaters.

«Na gut», hörte ich meine Mutter sagen, «dann werde *ich* mal mit ihr Klartext reden.»

Dann verstummte der Fernseher. Wahrscheinlich hatte mein Vater seine Kopfhörer eingestöpselt, sie aufgesetzt und meine Mutter ausgeblendet.

Ich hörte, wie die Tür zu ihrem Bad zugeknallt wurde.

EIN, ZWEI TAGE SPÄTER saß ich vor Bobe am Schreibtisch und versuchte in Erfahrung zu bringen, ob Fiona Lightfoot womöglich eine neue E-Mail-Adresse hatte, als meine Mutter mir einen Besuch abstattete. Sie kam einfach hereingeplatzt, warf mich mit einem herzhaften Schmatz auf die Wange beinahe um und ließ sich auf mein Bett fallen. Ich nehme an, sie hielt den Zeitpunkt für gekommen, mit mir «mal Klartext zu reden». Im Spiegel konnte ich sehen, dass ihr Kuss einen grellroten Lippenstiftabdruck auf meiner Wange hinterlassen hatte. Demonstrativ wischte ich ihn mit den Fingern ab.

«Aach. Hier ist ein Taschentuch», sagte sie und zog ein Tempo aus der Hosentasche. «Du willst doch nicht überall mit deinen Lippenstiftfingern rankommen, oder?»

«Na klar! Du kannst mir jederzeit die Wange voll schmieren, aber ich darf keine Fingerabdrücke machen!»

Meine Mutter verdrehte die Augen. «Sweetie, tut mir Leid. Tut mir Leid, dass ich dich geküsst habe.» Sie suchte nach den richtigen Worten. «Müssen wir immer über alles streiten?»

Ich sagte nichts. Ihre Frage kam mir rein rhetorisch vor. Stattdessen wischte ich mir den Lippenstift mit dem Taschentuch ab, knüllte es zusammen und warf es in Richtung Papierkorb. Es flog daneben und landete unterm Bett.

«Dieses Zimmer!», sagte meine Mutter und musterte missfällig das Chaos.

«Bist du deswegen gekommen?»

«Ich bin nicht hergekommen, um mit dir zu streiten.» Sie machte es sich auf dem Bett bequem und änderte ihre Taktik.

«Wusstest du eigentlich, dass ich in deinem Alter einen Prinzen heiraten wollte?», begann sie, auf einmal ganz vertraulich. Als wären wir beste Freundinnen, die bei einer Pyjama-Party Geheimnisse austauschen. «Hab ich dir schon mal erzählt, dass ich Williams Vater heiraten wollte?»

«Prinz Charles? Wie konntest du je Prinz Charles heiraten wollen? Bei der Nase!»

«Alle Jungs in Brooklyn hatten so eine Nase.»

«Aber seine Ohren!»

Sie lachte. «Ja, seine Ohren sind außergewöhnlich groß, das stimmt.» Sie schwieg kurz und erinnerte sich. «Aber er war ein

69

junger Mann mit großer Zukunft. Was störten da schon große Ohren? Ich wollte ihn heiraten.»

«Den heiraten? Gott sei Dank hast du's nicht getan.»

«Eins kann ich dir aber sagen: Wenn er *mich* geheiratet hätte, wäre ihm sein jetziger Schlamassel erspart geblieben.»

Ich musste lachen. Über die Eheprobleme von Prinz Charles und Lady Di war ich natürlich bestens informiert, also fand ich die Bemerkung meiner Mutter ziemlich komisch. Wenn ich aber so drüber nachdenke, frage ich mich mittlerweile allerdings, warum ich damals lachte. Meine Eltern hatten auch ihre Eheprobleme, zum Lachen ist so was nicht. Und überhaupt: Wer weiß, ob meine Mutter Charles nicht auch rasend gemacht hätte?

Jetzt wurde ihr Gesicht ernst. «Und du, Sweetie? Was findest du an Prinz William?»

Eine heikle Frage. Ich meine, was soll man da sagen? «Er ist süß», sagte ich.

«Süß?»

«Ja. Das Gegenteil von sauer. Noch nie gehört, das Wort?»

«Nicht aus deinem Mund. Nein.»

«Und wie seinem Vater steht ihm eine große Zukunft bevor.»

«Wirklich? Fuchsjagden und Polospielen nennst du eine große Zukunft? Und außerdem hast du deine eigene große Zukunft. Dafür brauchst du den gar nicht.»

«Schönen Dank, Alice Schwarzer.»

Meine Mutter verdrehte die Augen.

«Und wie war das bei dir und Prinz Charles?», fuhr ich fort. «Seine große Zukunft fandest du ja bestimmt auch nicht übel?»

«Nelly, ich war anderthalb Minuten lang in den Kerl verschossen», sagte sie. «Und überhaupt solltest du deine Zeit für Vorbereitungen auf die Bat-Mizwa nutzen, statt dich den ganzen Tag mit diesem Quatsch abzugeben. Das wirkt albern. Zumal bei dir.»

Ich starrte sie nur an. *Geh endlich*, sagten meine Augen.

Es funktionierte.

70

Meine Mutter erhob sich. Dabei knarrten ihre Luxus-Springerstiefel. «Ich muss arbeiten», sagte sie. Sie ging zur Tür, drehte sich aber dort noch einmal um. Eins muss man ihr lassen: Sie gibt nie auf. «Du brauchst wirklich keine Prinzessin zu werden, Sweetie», sagte sie mit fast versagender Stimme. «Du wirst mal eine tolle Physikerin.»

«Kann sein», sagte ich. Und dabei beließ ich es. Mehr hätte ich auch nicht rausgebracht. Sonst wäre mir die Stimme weggeblieben. Sie glaubte wirklich an mich.

«Ich versteh's einfach nicht», sagte sie dann und kam wieder ein Stück ins Zimmer. Sie stand neben meinem Spiegel und musterte die Broschüre des Vixen-Teleskops, die ich an die Wand geheftet hatte. «Wie kann ein Mädchen wie du, ein Mädchen von deiner Intelligenz, sich mit solchen Seifenblasenträumen abgeben?»

So, jetzt reichte es. «Was hat Intelligenz damit zu tun? Meinst du, Albert Einstein wollte nicht mit Marilyn Monroe ins Bett gehen?»

Meiner Mutter klappte buchstäblich der Mund auf.

«Das ist bloß eine Schwärmerei», sagte sie schließlich.

«Nein, ist es nicht!»

«Das vergeht schon.»

«Es ist *nicht* bloß eine Schwärmerei!», schrie ich.

«Warum musst du immer so widerspenstig sein?»

«Ich *bin* nicht widerspenstig.»

«Und du bist auch nicht Cindy Crawford. William wird dich wohl kaum zu Tee und Crumpets einladen!»

«Denkst *du*! Wart's nur ab. Er wird mich schon einladen. Und zu *mehr* als bloß zu Tee und Crumpets!»

«Schön», sagte sie und wandte sich zum Gehen, «schön. Aber sieh zu, dass du vorher dein Zimmer aufräumst. Verstanden?»

SECHSTES KAPITEL
Das Ziel

«AUSGEZEICHNET, TILLIE!», lobte Frau Sander, unsere Sportlehrerin, und blies in ihre Trillerpfeife. «Perfekte Ausführung. Zeig uns das nochmal.»

Ich sah hoch und verfolgte, wie das größte Mädchen der Klasse, Mathilda Lichtenberg alias Tall Tillie, seit diesem Halbjahr neu an der Schule, einen Freiwurf ausführte. Bei ihr sah es kinderleicht aus. Ich wusste es besser.

Basketball hat ganz schöne Tücken. Es ist schnell. Und aggressiv. Man hat den Ball, man wirft den Ball, man verliert den Ball. Und daneben muss man noch an so viel denken, was einem das Leben schwer macht: Dribbeln, Laufen, Werfen, Fangen, Blocken, Verteidigen. Logarithmen sind dagegen ein Kinderspiel – selbst ohne Tabelle.

Ich checkte die Lage. Vor mir waren noch drei Mädchen an der Reihe. Bianca Neumann bekam den Ball in den Korb. Caroline Ludwig schaffte es auch und warf den Ball dann Yvonne zu. Yvonne trat an die Linie, zielte und traf. Mein Herz pochte laut. Jetzt war ich dran. Yvonne warf mir den Ball zu, aber ich war ein bisschen zu langsam. Meine Finger streiften ihn zwar, doch bevor ich seinen Flug noch stoppen konnte, war er schon vorbei und sauste nach rechts. Ich lief hinterher, stolperte und fiel hin.

Bäuchlings lag ich da, konnte den Lack auf dem Holzboden der Turnhalle riechen, körnigen Staub an meinen Handflächen fühlen.

72

«Alles klar?», hörte ich Frau Sander fragen. Sie half mir auf und gab mir den Ball.

Ich nickte und trat an den Freiwurfraum.

Ich fühlte das Zittern meiner Kniescheibe.

Ich zielte.

Und da ertönte der Gong. Die Stunde war vorbei.

Ich ließ die Arme fallen. Gerettet – mal wieder!

Frau Sander blies in ihre Trillerpfeife und winkte uns zu ihr hinüber. «Okay, Mädchen. Kommt mal kurz her.»

Dreißig Mädchen versammelten sich um die zierliche Frau mit der Pferdeschwanzfrisur. Von weitem sah sie aus wie eine von uns, nur aus der Nähe war zu erkennen, dass sie schon eine ganze Weile erwachsen war. Ich mochte sie.

«In ein paar Wochen wird die Mädchen-Basketballmanschaft neu aufgestellt», sagte sie nun. «Wir brauchen zwei neue Spielerinnen. Wer hat Interesse?»

Yvonne, Tall Tillie und ein paar weitere Mädchen meldeten sich. Frau Sander notierte die Namen und schaute wieder hoch. «Noch jemand?», fragte sie.

Tunlichst hielt ich den Blick gesenkt. Nie im Leben würde ich versuchen, in die Basketballmannschaft zu kommen – und mich dabei bis auf die Knochen blamieren.

«Tja, das wird ein harter Wettkampf beim Sichtungsspiel», stellte Frau Sander fest. «Aber es lohnt sich, Mädels. Unser Team ist zu einem europäischen Wettkampf nach England eingeladen worden, im Frühjahr. Das Turnier wird in Eton stattfinden, und ...»

Mehr bekam ich nicht mit. Alles um mich her war wie ausgeblendet. Alles bis auf das Wort «Eton». Hatte ich richtig gehört? Turnier? Turnier in England? In ... Eton?!?

Ich meldete mich. «Entschuldigung.»

«Ja?», sagte Frau Sander.

«Ich auch», sagte ich. «Sie können mich auch eintragen.»

«Für was?», sagte Frau Sander, völlig verwirrt.

«Für das Sichtungsspiel. Ich möchte in die Basketballmannschaft.»

«DAS IST DOCH WOHL EIN WITZ!», fuhr Yvonne mich an. «Bist du sicher, du hast noch alle Tassen im Schrank?»

Die Umkleide war heiß von den Duschen und müffelte nach Teenagerschweiß und Reinigungsmitteln. Mir war leicht schwindelig. Ich schaute hoch und sah, wie Yvonne sich ihre MCM-Tasche über die Schulter warf. Dazu starrten mich noch ein paar andere Mädchen an. In meinem Kopf drehte sich alles.

«Es geht hier um die Basketballmannschaft. Nicht um die ‹International Association of Nerds›», sagte Yvonne.

«Hab ich gehört», sagte ich, «ich bin ja nicht taub.» Ich bückte mich, um mir die Schuhe zuzubinden.

«Das stimmt», höhnte Caroline, «du bist nicht taub. Du hast nur keinerlei Körperkoordination!»

«Ts, ts, Caroline», sagte Yvonne kopfschüttelnd. «Du bist so gemein zur armen Nelly. Die hat eine hoch entwickelte Körperkoordination. Sieh doch, sie kann sitzen und *gleichzeitig* ihre Schnürsenkel zubinden.»

Das Gelächter der Mädchen wurde vom Gong übertönt, die nächste Stunde begann. Alle sammelten ihre Sachen ein und strömten nach draußen.

Frieden.

Ich schloss die Augen und wartete, bis ein wunderschöner Sternenhimmel erschien. Dann sah ich mich abheben und ins Dunkel schweben. Ich stieg immer höher, vorbei an einem Lichtdiamanten nach dem anderen. In der Ferne sah ich Prinz William auf mich zukommen, William in seinem dunkelblauen Kaschmirnadelstreifen-Dreiteiler. Er verbeugte sich, streckte die Hand aus und schloss mich in seine Arme. Als ich den Kopf an seine Schulter legte, streiften meine Lippen über den weichen Flaum in

74

seinem Nacken. Ich hatte ein komisches Gefühl im Magen. Meine Lippen kribbelten. Wir tanzten dahin, vorbei an meiner Mutter, die verblüfft schien, mich so zu sehen: als anmutige Prinzessin, mit William, dem Prinzen aller Prinzen. Unermüdlich wirbelte William mich herum, vorbei an Yvonne und Caroline und Nicole, denen der Neid anzusehen war, vorbei an Pia und Anton, an sämtlichen Schülern der Schule.

Ich, Nelly. Williams Auserwählte.

Ich schlug die Augen auf.

Denen werd ich's zeigen, dachte ich. Allen!

Ich erhob mich von der Bank. Mager. Tollpatschig. X-beinig. Aber wild entschlossen. Mein Lebensziel war klar: Ich würde Prinzessin werden.

Zunächst aber musste ich Dribbeln lernen. Natürlich.

ICH STIEG AUF DEN SCHEMEL und reckte mich so weit wie möglich nach oben. So kam ich an das Buch, das ich wollte, zog es hervor und holte es herunter. *Basketball for Dummies*. Perfekt.

Je mehr ich darüber nachdachte, desto sicherer wusste ich, dass die Aufnahme in die Basketballmannschaft sozusagen lebensnotwendig war. Das war mein Ticket nach Eton! Die Gelegenheit, William auf mich aufmerksam zu machen. Nichts wünschte ich mir mehr als dies. Mehr als Yvonnes superglattes Haar. Mehr als das Vixen-Teleskop. Aber wie sollte ich in die Mannschaft kommen? Basketballspielen war für mich mindestens so schwer wie, na, einmal nach Alpha Centauri zu fliegen.

Ich stieg vom Schemel, lehnte mich gegen das Regal in der Schulbibliothek und begann von William zu träumen, als eine Stimme mich aufschreckte.

«Du liest ja wieder», sagte Pia Pankewitz.

Pia. Ständig tauchte sie völlig unerwartet auf der Bildfläche auf.

75

«Ich bin ganz überrascht, dass du hier bist», sagte sie. «In letzter Zeit liest du weniger als sonst.»

«Ach ja?», sagte ich, obwohl sie Recht hatte. Ich schleppte zwar immer noch überall Bücher mit mir herum, aber auf der Busfahrt zur Schule, während der Pausen und manchmal auch nach dem Mittagessen schwelgte ich statt in Büchern lieber in Tagträumen.

«Also, offen gesagt überrascht es mich, *dich* in der Bibliothek zu treffen», sagte ich mit meinem seit neuestem kultivierten britischen Akzent. Mal sehen, wie das ankam.

Die Bemerkung kränkte sie offensichtlich, also kehrte ich zu ihrer ursprünglichen Frage zurück. «Ich bin zurzeit sehr mit einer Sache beschäftigt, deshalb lese ich momentan wohl etwas weniger als sonst.»

«Na, das muss ja was Tolles sein – so, wie du gerade gelächelt hast!»

Ich wurde rot.

«Es ist ein Junge, oder?», fuhr sie fort.

Ich war überrascht. Woher wusste *sie* das?

«Hab ich's mir doch gedacht», sagte sie, ohne meine Antwort abzuwarten. «Wer ist es? Kenne ich ihn?»

Ich schüttelte den Kopf.

«Ach, komm schon. Sag's mir!», drängte sie.

Ich sah sie nur an.

«Raus damit. Wer? Arnold Schwarzenegger?»

«Anton Weißenberger? Das muss ein Witz sein», sagte ich, und zwar so laut, dass ein paar der Schüler von ihren Tischen zu uns herübersahen. Ich senkte die Stimme. «Das ist das Dämlichste, was ich je gehört habe. An dem bin ich überhaupt nicht interessiert. Hab ich dir doch schon gesagt!»

«Na ja», sagte Pia ein wenig zögerlich, «wenn du wirklich absolut nicht interessiert bist, dann würde ich dich gern um einen Gefallen bitten.»

Einen Gefallen? Ich sollte Pia Pankewitz einen Gefallen tun?

76

BEVOR ICH MICH'S VERSAH, landete ich mit Pia in einem Café und hatte genau wie sie einen Erdbeershake vor der Nase.

«Nochmal ganz langsam», sagte ich. «Du bist in Anton Weißenberger verknallt. Und du möchtest, dass ich ihm für dich einen Brief schreibe, damit –»

«Einen *anonymen* Brief», fiel Pia mir ins Wort. «Er muss anonym sein. Schön formuliert. Ohne Rechtschreibfehler. Mehr Wörter als Kommas, verstehst du? Und dann warten wir ein paar Tage und sehen, ob er draufkommt, dass er von mir ist.»

Ich trank ein Schlückchen von meinem noch fast vollen Shake, während Pia mit ihrem Strohhalm spielte und versuchte, die absolut letzten Restchen rosa Flüssigkeit aus ihrem Glas zu saugen.

Da kam mir plötzlich eine Idee. Ich holte tief Luft. «Na schön», sagte ich. «Ich helfe dir bei Schwarzenegger – aber dann musst du mir auch helfen.»

«Wie denn?», fragte sie und kniff die Augen zusammen.

«Ich möchte, dass du mit mir Basketball übst. Ich muss in die Mannschaft kommen.»

«Du? In die Basketballmannschaft?» Sie starrte mich eine Ewigkeit an. Lichtjahre. Schließlich sagte sie: «Wieso? Wieso willst du unbedingt in die Mannschaft?»

Meine Wangen glühten. Sollte ich mich ihr anvertrauen?

Ich musterte Pia kurz. Eigentlich war sie sehr hübsch. Mit ihrer rosigen Pfirsichhaut, den vollen Lippen und sanften grünen Augen, den roten Haaren und noch dazu dem grünen Schottenrock und Blazer hätte sie gut in eine Burberry-Werbung gepasst. Noch wichtiger aber: Sie war eigentlich ganz nett. Gut, ein bisschen begriffsstutzig war sie schon, aber ich hatte so das Gefühl, sie könnte ein Geheimnis für sich behalten.

«Prinz William geht in Eton zur Schule», sagte ich schließlich.

«Aah! *Das* ist es also!» Sie wirkte ziemlich verblüfft. «Jetzt verstehe ich. Nelly Sue Edelmeister und William Arthur Philip Windsor.»

«Louis. William Arthur Philip *Louis* Windsor.»

«Ich bin beeindruckt. Der künftige König von England!»

«Großbritannien. Er ist der künftige König von Großbritannien. England ist nur ein Teil davon.»

«Er ist süß. Eindeutig das bestaussehende Mitglied der Königsfamilie.»

«Dazu gehört in der Familie nicht viel. Aber er sieht tatsächlich gut aus, das steht fest.»

«Du willst also wirklich Queen Nelly werden?»

«Über eine Heirat habe ich mir noch keine Gedanken gemacht. Erst würde ich gern den Bräutigam kennen lernen.»

Pia lachte. Sie dachte, ich mache Witze. Und dem war wohl auch so – in gewisser Weise.

Ein Weilchen dachte sie angestrengt nach. Schließlich sagte sie: «Weißt du, da wirst du wahrscheinlich auch Kricket und Polo und Reiten lernen müssen. Ich kenne eine gute Reitschule in Kleinmachnow.»

«Danke nein. Nicht heute.»

«Und vermutlich wirst du mit britischem Akzent reden müssen, wenn du Königin werden möchtest.»

«Tu ich doch schon», sagte ich.

Ihr Gesicht hellte sich auf. «Ach, deshalb. Das ist es also. Ich hab schon die ganze Zeit überlegt, warum du dich anhörst, als hättest du den Mund voll Popcorn.»

«Popcorn?»

«Moment mal», überlegte sie plötzlich laut. «Darfst du ihn überhaupt heiraten? Weil du doch jüdisch bist, meine ich, und er nicht.»

«Wer hat gesagt, dass ich ihn heiraten will? Aber falls doch – meine Mutter hat schließlich auch einen Nichtjuden geheiratet, oder?»

«Ja, aber wie steht es mit *ihm*? Vielleicht darf *er* dich nicht heiraten.»

78

«Hmm», machte ich. Sie hatte Recht. Warum hatte ich daran noch nicht gedacht? «Tja, dann muss er eben abdanken.»

«Abdanken?»

«Du musst wirklich mehr lesen. Das heißt auf den Thron verzichten.»

«Oh», sagte sie.

Da mir die Richtung, in die dieses Gespräch abdriftete, nicht gefiel, beschloss ich, das Thema zu wechseln. Und meinen Akzent ein wenig zu dämpfen. «Was, wenn Schwarzenegger nicht draufkommt, dass der Brief von mir ist – ich meine, von *dir*?», fragte ich.

Pia freute sich, wieder über Anton reden zu können. «Dann schreibst du noch einen. Und noch einen und noch einen. Am Ende kommt er schon drauf, dass du dahinter steckst. Ich meine, *ich*. Bis dahin wird er von meinen Briefen so bezaubert sein, dass er den Boden zu meinen Füßen küsst.»

Ich war alles andere als überzeugt. Aber warum sollte ich weiter diskutieren? «Also, abgemacht?», fragte ich. «Ich schreib dir Briefe, du hilfst mir beim Basketball?»

«Okay. Klar. Abgemacht.»

Wir gaben uns die Hand.

«Also, wo wir jetzt Freundinnen sind: Kann ich mal dein Buch über die Schwarzen Löcher lesen?», fragte Pia.

«Freundinnen? Wir sind Geschäftspartner. Und seit wann interessierst du dich für Schwarze Löcher?»

Pia zuckte mit den Schultern. «Wieso nicht?»

Ich fasste in meinen Rucksack und kramte nach dem Buch. Aus dem Augenwinkel sah ich, wie Pia über den Tisch langte und sich mein restliches Shake einverleibte.

«Heh, das ist meins», sagte ich.

«Jetzt nicht mehr. Du bist im Training. Schluss mit den Kalorienbomben!»

SIEBTES KAPITEL
Training

«NEIN!», RIEF PIA, als sie sah, wie ich um den Küchentisch herum dribbelte. Draußen goss es in Strömen, und Pia hatte unser erstes Training kurzerhand in die Küche bei ihr zu Hause verlegt. «Wie oft muss ich es dir noch sagen? Dribbel mit den Fingerspitzen, nicht mit der ganzen Hand. So steht es hier in deinem Handbuch.»

Ich sah auf den Ball, um zu sehen, was meine Hand da anstellte. «Nein!», sagte sie wieder. «Hier steht, man darf nicht runterschauen. Sieh mich beim Dribbeln an.»

Ich schaute zu Pia hoch und sah sie mit dem Handbuch am Kühlschrank lehnen. Das Staubsaugerkabel aber sah ich nicht. Peng!

An unserem zweiten Trainingstag regnete es wieder. «Machen wir heute ein wenig Krafttraining», schlug Pia vor, als wir in ihre Wohnung kamen. «In deinem Buch steht, dass man für Basketball total fit sein muss. Leg dich auf den Boden.»

Pia zwang mich, meinen Körper zu strecken, zu krümmen und zu verrenken, bis ich wie ein Häufchen Elend auf ihrem Zimmerboden zusammensackte. Und dann musste ich Bauchmuskelübungen machen. Jedes Mal wenn ich den Kopf hob, sah ich in die seelenvollen Augen eines braunen Fohlens, das an Pias Wand hing. Nächtelang verfolgten mich sein Blick und wildes Wiehern bis in Albträume hinein.

An unserem dritten Trainingstag – was für eine Überraschung! – regnete es Bindfäden. «Dann üben wir jetzt ‹Dribbeln

80

auf der Stelle»», bestimmte Pia. «Du dribbelst, ich halte meine Hand hoch, und dann sagst du mir, wie viele Finger ich hochhalte. Auf die Weise lernst du, den Ball nicht anzuschauen.»

Das machten wir ein Weilchen mit ganz anständigem Erfolg. Bis Pia mich anwies, den Ball fünfmal mit geschlossenen Augen zu dribbeln. Er landete mitten in einem Putzeimer voll Schmutzwasser, und der Inhalt platschte natürlich heraus. Als ich hastig nach einem Wischlappen langte, rutschte ich auf dem gebohnerten Boden aus, riss den ganzen Eimer um und wurde klatschnass. Nach Hause ging ich in einem von Pias Kleidern, drei Nummern zu groß.

Es war einfach nicht zu leugnen: Hier führte eine Blinde die andere. Dennoch hielt ich meinen Teil unserer Abmachung ein und verfasste für Pia einen Liebesbrief an Anton Weißenberger: «Hallo Anton, hier schreibt dir eine schöne Unbekannte ...», schrieb ich. Und so weiter und so fort.

MEINE ELTERN ahnten nichts von meiner künftigen Basketballkarriere. Natürlich erwog ich, meine sportlichen Ambitionen zu enthüllen, und beschloss sogar eines Morgens, meiner Mutter davon zu erzählen. An der Junior High School war sie mal Cheerleader gewesen. Ich hoffte, meine sportlichen Aktivitäten würden sie freuen. Aber als ich an dem Morgen an den Frühstückstisch kam, hielt ich doch lieber den Mund. Meine Eltern waren nicht eben bester Laune. Am Abend zuvor, auf der Hochzeit von Ari Landaus Tochter, hatte mein Vater mit einer Band Klezmer-Musik gespielt. Als er und meine Mutter nach Hause kamen, stritten sie sich, und davon wurde ich wach. Ich sah auf den Wecker: zwei Uhr früh.

«Wenigstens könntest du den Anstand haben, es nicht vor meinen Augen zu tun!», hörte ich meine Mutter sagen.

«Lucy, du hast eine sehr lebhafte Phantasie.»

«Meine Phantasie ist nicht annähernd so lebhaft wie deine

Libido», keifte meine Mutter und knallte die Badezimmertür zu.

Ich schloss die Augen und verkroch mich unter meiner Bettdecke. «Libido», dachte ich. «Das Wort kenn ich doch.» Aber ich war zu müde zum Nachdenken und schlief wieder ein.

Nun saßen wir schweigend am Frühstückstisch, meine Mutter, mein Vater und ich, doch über uns hingen finstere Gewitterwolken, die nur auf den rechten Moment warteten, sich über uns aufzutun. Schließlich war es so weit.

«Ein echt jüdisch-amerikanisches Deli!», sagte meine Mutter mit so angewiderter Miene, dass ich schon dachte, ihre soeben verzehrten Haferflocken würden nun gleich den Rückweg in ihre Schale antreten. «Und seit wann hat ein ‹echt jüdisch-amerikanisches Deli› eine Hauskapelle?»

«Lucy», sagte mein Vater, «nun komm. Sie kann doch tun, was sie will.»

«Wer ist *sie*?», wollte ich wissen.

«Und du? Wirst du sie tun lassen, was sie will?», sagte meine Mutter.

«Melissa Minsky», klärte mein Vater mich auf.

«Die neue Chefin deines Vaters», erläuterte meine Mutter. «Eine wandelnde Kleiderpuppe. Hält sich für hübscher als Kim Basinger und für eine bessere Köchin als Biolek. Eine deutsche Jüdin, die nach New York gegangen ist. Hat dort einen Amerikaner geheiratet und meint nun, sie könnte fünfzehn Jahre später wiederkommen und ‹Berlins erstes echt jüdisch-amerikanisches Deli› eröffnen. Was für ein Schwachsinn.»

«Ich mag Essen vom Deli», sagte ich.

«Du hast ja keine Ahnung, wovon du sprichst», sagte sie. «In der jüdischen Küche wird alles in flüssigem Hühnerfett serviert und ertrinkt fast in Schmalzklumpen. So was will doch keiner essen.»

«Dann habe ich keine Arbeit mehr», sagte mein Vater zu mir.

82

«Frau Minsky möchte, dass ich einmal die Woche in ihrem Restaurant spiele und für den musikalischen Rahmen sorge.»

«Das ist doch klasse», sagte ich.

War's ja auch. Wirklich. Wo gab's da ein Problem?

DOCH DIE PROBLEME – eingebildete und echte – rissen nicht ab. Der nächste Montag brachte das Ende meiner Hebräisch-Laufbahn. Zum Verhängnis wurde mir diesmal *Basketball for Dummies*. Mein Klassenkamerad David rezitierte gerade stotternd aus der Thora: «Gott blickte hinab auf die Erde und sah, dass der Menschen Bosheit groß war …», während ich in ein Kapitel über Freiwürfe vertieft war. Genau da kam es zur Katastrophe. Fast könnte man meinen, dass ich den Ärger geradezu herausgefordert hatte. Und das stimmt auch. Rückblickend muss ich gestehen, dass ich von Kasarow hinausgeschmissen werden *wollte*.

Und er erfüllte mir den Wunsch.

Ich saß also da und las, als ich plötzlich meinen Namen hörte.

«Ja?», sagte ich und hob den Blick.

«Nelly, du bist bereit, uns vorzulesen in Hebräisch?», fragte Wladimir Kasarow. Er deutete auf mein Buch. «Welche Seite?»

«In diesem Buch?», fragte ich und wies ungläubig auf das Basketballhandbuch, das aufgeschlagen vor mir lag. War er blind, oder was?

«Genau.»

Er war blind.

«Aber …», stammelte ich.

«Tu, was dir man sagt.»

Ich *wollte* gar nicht den Witzbold spielen – er ließ mir nur keine andere Wahl.

«Na schön», sagte ich zu den anderen in der Klasse, «schlagt Seite sechsundfünfzig auf.» Ich schaute runter auf mein Buch. Hinten ragte meine William-3-D-Postkarte heraus, mein kostbares Lesezeichen. Er zwinkerte mir zu.

83

Alle schlugen ihre Thora-Ausgabe auf Seite sechsundfünfzig auf. Agness Sigalova, meine Nachbarin, sah erst mein Basketball-handbuch an, dann mich, und dann verdrehte sie die Augen gen Himmel.

«Der Freiwurf ist beim Basketball der wichtigste Wurf», las ich vor. «Nach jedem Wurf ist es wichtig, das Gleichgewicht wiederzuerlangen, auch wenn man dem Wurf nachläuft für den Fall, dass er den Korb verfehlt und man den Rebound abfangen will …»

Die Warzen in Kasarows Gesicht vibrierten. Die Haare in seiner Nase stellten sich lotrecht auf. Die Augen sprangen ihm aus den Höhlen, über die Brillengläser, und flogen wie Geschosse quer durch den Raum, um schließlich in der Badewanne des Pup-penhauses zu landen. «Nelly Edelmeister!», donnerte Wladimir Kasarow. «Ich dich habe gewarnt! Nimm deine Bücher und geh! Du bist ausgeschlossen! Raus!»

Ich schob William in das Handbuch, sammelte meine Bücher ein und machte, dass ich rauskam.

Mannomann, steckte ich in der Tinte.

«KRIEG JETZT KEINEN HERZANFALL, Mommy», sagte ich gleich, als meine Mutter an dem Abend nach Hause kam, «aber Wladi-mir Kasarow hat mich rausgeworfen.»

Meine Mutter kriegte keinen Herzanfall. Dazu kam es nicht, weil genau in dem Moment ihre vom Regen patschnasse Papier-tasche aufriss und ein Kilo Kartoffeln, ein Pfund Walnüsse, eine Tüte voll Tomaten und ein halbes Dutzend Eier – platsch! – auf dem Küchenboden landeten.

Darauf erlitt sie einen Herzanfall.

Später, als ihr Blutdruck wieder normal war, die Walnüsse, Tomaten und Kartoffeln wieder abgespült und getrocknet waren und wir die von den aufgewischten Eiern glibbrigen Lappen aus-wrangen, kehrte meine Mutter zum eigentlichen Thema zurück.

84

«Ein *Basketballhandbuch*?», sagte sie. «Warum in Gottes Namen hast du in einem Basketballhandbuch gelesen?»

«Einfach so.»

«Einfach so?»

Meine Mutter besitzt nicht nur einen eingebauten Lügendetektor, sondern auch einen Röntgenblick. Der liegt in der Familie, sie sagt, auch ich hätte einen, ich müsste nur dran glauben. Und dann könnte ich in alles hineinsehen. In Herzen, in Köpfe, sogar in Einkaufstüten.

«Weswegen, Nelly?», fragte meine Mutter und bohrte mir ihre Röntgenaugen bis in die Seele. «Weswegen hast du in einem Basketballhandbuch gelesen?»

«Weil ich Basketballspielen lernen will. Um in die Basketballmannschaft von unserer Schule aufgenommen zu werden.»

Noch nie im Leben hatte ich meine Mutter so überrascht gesehen. Sie merkte es nicht, aber der Lappen mit dem Eiglibber fiel ihr aus der Hand auf den Schoß, und der Glibber verteilte sich langsam über ihren Rock.

Nach dem ersten Schock gelang ihr die Frage: «Warum Basketball?»

«Die Basketballmannschaft spielt dieses Jahr in England. In Eton.»

Sie begriff auf der Stelle, und sie war kein bisschen erfreut.

«Darauf bist du aus?», sagte sie. «Du willst deine Bat-Mizwa einfach so sausen lassen, weil du in einen Prinzen verknallt bist?»

«Ich weiß nur, dass ich keine Heuchlerin sein will. Dafür bist doch *du* zuständig. Du bist nicht gläubig, warum also sollte ich es sein? Du gehst doch nur in die Synagoge, um mit dem Rabbi oder dem Kantor oder Herrn Lerner zu quatschen. Oder mit wem weiß ich, der dir nützlich sein könnte.»

Meine Mutter war entsetzt. «Bist du dir im Klaren darüber, was du da sagst?»

«Ist mir egal. Es bedeutet mir einfach nichts, Jüdin zu sein.»

«Aber Basketball?», sagte sie und fixierte mich erneut mit ihrem Röntgenblick. «Basketball bedeutet dir was?»

Ich bot all meinen Trotz auf, starrte sie bloß an.

Genau in dem Moment bemerkte sie den Lappen voll Eiglibber auf ihrem Schoß. Und dann war der Teufel los.

EINIGE TAGE ging es bei uns zu Hause recht einsilbig zu. Meine Eltern grollten immer noch miteinander wegen der Schönheitskönigin vom Deli, und jede Erwähnung von Basketball oder der Bat-Mizwa war streng tabu. Ich selbst war ein wenig niedergeschlagen, denn beim Basketball machte ich kaum Fortschritte. Das einzige Ergebnis meiner Bemühungen waren etliche blaue und grüne Flecken und jede Menge Muskelkater. Eines Abends, als ich gerade Korbwürfe an dem behelfsmäßigen Korb über meinem Türrahmen übte, schaute Risa mit einem Rock vorbei, den sie für mich gekürzt hatte. Sie öffnete meinen Schrank, um den Rock aufzuhängen, und streifte dabei versehentlich Prinz William. «Oh, Verzeihung. Ich hab Euer Hoheit gar nicht gesehen», sagte sie zu William.

Ich kicherte. Manchmal war Risa zu komisch. Und nur zu gern zog sie immer mal wieder eine kleine Schau ab. Als sie merkte, dass ich sie erwartungsvoll ansah, legte sie richtig los.

«Sie *müssen* mir einfach den Namen Ihres Schneiders verraten!», sagte sie zum Prinzen. «Ihr Anzug ist phantastisch.» Sie holte die Lupe, die auf meinem Schreibtisch herumlag, und hielt sie wie Sherlock Holmes gegen das Poster. «Höchst interessant. Man beachte die doppelte Naht. Äußerst elegant.» Sie fuhr mit den Fingern über das Poster. «Oh! Hundert Prozent Kaschmir! Edel, edel. Sehr edel, allerdings.»

Ich bewarf sie mit meinem Kissen, aus dem ein paar Federn stoben. «Risa! Du machst dich über mich lustig! Aufhören!»

Wir mussten beide ziemlich lachen. Risa setzte sich aufs Bett

86

und versuchte, zu Atem zu kommen. Sie klopfte auf die Stelle neben sich. «Komm, Bubele, setz dich zu mir.»

Oje. Das klang ja, als führte sie etwas im Schilde. «Ich wittere einen Spion», sagte ich, als ich mich neben sie setzte. «Hat Mommy dich hergeschickt?»

«Aber nein.» Sie drückte mich an sich. «Ich hab dich lieb, Bubele. Wie meine eigene Enkelin. Und ich hab deine Mama lieb, wie mein eigenes Kind. Und deinen Vater vergöttere ich.»

«Ich auch!»

«Schscht! Jetzt rede ich.» Sie überlegte kurz, um ihre Gedanken zu ordnen. «Welcher Mann würde denn schon so eine alte Frau wie mich bei sich wohnen lassen? Kaum einer. Aber dein Papa, ach, der hat ein großes Herz», sagte sie. Dann, nach kurzem Schweigen: «Manchmal zu groß. Aber schließlich haben wir alle unsere Fehler, nicht wahr?» Sie sah mich so durchdringend an, dass ich ins Grübeln geriet, ob auch sie Röntgenaugen hatte. «Und ich möchte nur das Beste für euch alle.»

«Ich weiß», sagte ich und kuschelte mich in ihre Arme. Meine Nase streifte ihren Glasstein. Er fühlte sich warm an.

«Gut. Dann beantworte mir eine Frage.»

Nun wurde es Ernst, das wusste ich sofort.

«Wenn du nie eine Bat-Mizwa wolltest», fragte sie, «wieso bist du dann überhaupt ins Hebräisch gegangen?»

Das war es also. Darum ging es ihr. Meine Bat-Mizwa. Ich wusste es. «Wegen meiner Mutter. Die wollte das. Deshalb bin ich hingegangen.»

«Aha!», sagte Risa.

«Was soll das heißen: ‹Aha›?»

«*Kibud aw waem*. Elternliebe. Ein solides Fundament, um ein gutes Mitglied der jüdischen Gemeinde zu werden.»

Irgendwie wurde ich hier in eine Falle gelockt. Da war ich mir sicher. Absolut. Risa aber stand nur auf und sagte: «Wie wär's mit einer Runde Doppelkopf?»

ES WAR EIN ganz normaler Abend in der Seniorenresidenz «Abendgold». Ich gewann im Doppelkopfspiel, Frau Lewi tat sich an Erdnussflips, Nachos und Paprikachips gütlich, und Frau Goldfarb mäkelte an Risas schlechter Haltung herum. «Frau Ginsberg», sagte sie, «Sie sitzen ja völlig krumm.»

«Weil ich nicht will, dass mir jemand in die Karten sieht», antwortete Risa.

«M-mh. Ich wette, Sie nehmen Ihre Kalziumtabletten nicht. Deswegen ist Ihr Rücken so.»

«Von den Tabletten bekomme ich Verstopfung.»

Ich lachte. Es war einfach klasse, wie alte Leute so ungeniert über ihre Wehwehchen sprachen.

«Wie eine Brezel sehen Sie aus», warf Frau Lewi ein, die gerade eine Hand voll Nachos mit ein paar Schlucken Cola herunterspülte. Sie schaute die Karten auf dem Tisch an und dann Risa. «Sie sind dran.»

«Sehen Sie mich an», sagte Frau Goldfarb, hob einen Arm und spannte die Muskeln an, «stark wie ein Ochse und kerzengerade. Sie müssen was für Ihre Knochen tun, Frau Ginsberg.» Ihre Hand fing fürchterlich zu zittern an. Ich verfolgte mit den Augen, wie sie auf den Tisch zurückflatterte.

«Ach, meine alten Knöchelchen», sagte Risa. «Die haben auch ohne Kalzium schon Schlimmeres als die Hölle überlebt.» Sie warf eine Kreuzneun auf den Tisch.

«Genau das meine ich ja!», sagte Frau Goldfarb. «Hören Sie, wollen Sie Leni Riefenstahl überleben? Dann nehmen Sie Kalzium.»

Und das war das letzte Wort.

Schweigend spielten wir die Runde zu Ende. Nun teilte Frau Goldfarb aus. Frau Lewi wandte sich zu mir. «Wie ich höre, hast du deinem alten *forz* von Hebräischlehrer mal die Meinung gegeigt. Auf gut Jiddisch gesagt.»

«Den brauchst du so nötig wie ich Kalzium», sagte Risa.

88

Ich musste kichern. Diese Besuche bei den alten Damen waren einfach Gold wert!

«Außerdem, jetzt hast du ja uns», fügte Frau Lewi hinzu.

Ich kniff die Augen zusammen. Hier war etwas faul. «Uns?», fragte ich misstrauisch. «Ich habe Sie?»

«Bubele, wir versuchen es nochmal mit der Bat-Mizwa», sagte Risa. «Wenn wir alle fleißig mitmachen, bringen wir dich durch.»

«Ja», sagte Frau Goldfarb, die sich alle Mühe gab, trotz ihrer Schüttellähmung die Karten zu mischen. «Vergiss Wladimir Kasarow. *Wir* sind jetzt deine Lehrerinnen. Welchen Abschnitt aus der Thora hast du, Schätzchen? Welchen Teil der Thora wirst du vortragen?»

Ich war sprachlos.

«Sie liest *Paraschat bereschit*», sagte Risa. «Kommen Sie, Frau Goldfarb, ich helfe Ihnen mit den Karten.» Sie sammelte die Karten ein und fing an, sie für Frau Goldfarb zu mischen.

«Ah! Genesis. Die Schöpfungsgeschichte. Was für ein Glück du hast, Nelly!», sagte Frau Goldfarb.

«Oh, Risa, was kümmert es dich, ob ich Bat-Mizwa werde oder nicht? Wozu soll das gut sein?», maulte ich.

Risa legte die Karten hin, wandte sich zu mir und schlug einen so ernsten Tonfall an, dass ich mich kerzengerade aufrichtete. «Wozu das gut ist? Diese kleine Rotznase fragt mich, wozu das gut ist? Wozu sie Mitglied der jüdischen Gemeinde werden soll? Ich werde dir sagen, wozu. Weil das Judentum dein Zuhause ist. Selbst wenn du abkommst von der Religion, und das wirst du wahrscheinlich früher oder später, kennst du deine Wurzeln. Deshalb.»

Wie kann man zu so etwas nein sagen? Wie kann man zu jemandem wie Risa nein sagen? Hätte ich gewusst, wie, hätte ich es vielleicht getan. Aber ich wusste es nicht.

«Na schön», sagte ich. «Für dich. Ich tu's für dich, Risa.»

89

Sie schüttelte den Kopf. «Nicht für mich, Bubele. Für *dich*. Aber das musst du natürlich noch lernen.»

ES REICHTE ALSO NICHT, dass ich dringend ein Basketballass werden und gleichzeitig mein Wissen über britische Sitten, Gebräuche und Geschichte vertiefen musste – nun saßen mir auch noch drei alte Damen *und* meine Mutter im Nacken, damit ich Bat-Mizwa wurde. Mein Stundenplan wurde langsam eng. Alles in allem muss ich einräumen, dass ich mit dem Hebräisch besser vorankam als mit dem Basketball. Frau Goldfarb und Frau Lewi waren erfreut. Risa jedoch war kritischer.

«Nicht schlecht. Gar nicht schlecht», sagte sie eines Tages, als wir unterwegs waren, um Stoff für mein Festkleid zu besorgen. Langsam streifte sie von einem Auslagentisch zum nächsten, befühlte, schnupperte, zog und dehnte an Dutzenden Stoffballen, während ich die Schöpfungsgeschichte aufsagte. «Nicht schlecht, Bubele. Aber noch nicht gut genug. Wichtiger, als das Hebräische auswendig zu lernen, ist, dass du weißt, was die Thora im Grunde besagen will. Mit diesem Wissen kannst du das Leben besser verstehen lernen.»

«Oh, Risa!» Manchmal war sie echt anstrengend. «Du redest hier mit einer künftigen Kosmologin. Wie kann ich die Schöpfungsgeschichte ernst nehmen?»

«Das musst du aber!» Sie zog einen Ballen königsblauen Samt heraus und hielt ihn neben mein Gesicht. «Die Farbe gefällt mir für dich. Was meinst du?»

«Jedes Kind weiß, dass das Universum mit einem Urknall begann. Es gab keinen Gott, der mit ein paar Engeln auf Wolke Nummer neun rumhing und sagte: ‹Es werde Licht›, und dann wurde es Licht.» Der königsblaue Samt schimmerte wunderschön. Ich konnte nicht widerstehen und fuhr mit der Hand darüber. Er war weich und flauschig, wie der Knuddelhase, den ich als kleines Kind hatte. «Der ist schön», sagte ich.

90

«Nelly», sagte Risa und sah mich mit ernstem Blick an, «die Schöpfungsgeschichte will nicht erklären, *wie* die Welt entstanden ist. Die Thora ist kein wissenschaftliches Lehrbuch. Keine Fachlektüre über die Evolution. Die Geschichte ist dazu da, uns die Poesie fühlbar zu machen, das Wunder, das Staunen darüber, wie das Leben begann. Und sie erzählt uns, dass *eine* Kraft die Erde geschaffen hat und dass wir dieser Kraft helfen müssen, die Erde zu erhalten. Nun, ich nenne diese Kraft Gott. Du kannst sie nennen, wie du möchtest.»

«Physik. Diese Kraft heißt Physik», sagte ich. «Lass uns doch den blauen Samt nehmen.»

AM NÄCHSTEN MORGEN saßen mein Vater und ich friedlich beim Frühstück, als plötzlich die Küchentür aufgerissen wurde und meine Mutter hereingestürmt kam. Sie knallte die Tür hinter sich zu – peng! –, pfefferte eine Zeitung auf den Tisch – paff! – und schnaubte vernehmlich: «Ha!»

Wir hoben den Blick von unseren Müsli-Flocken.

«Eine Opportunistin ist das, diese Melissa Minsky!», sagte meine Mutter. Sie sah meinen Vater an. «Wann triffst du sie?»

«Um acht, Lucy», erwiderte er mit matter Stimme – als hätte er ihr das schon mindestens hundertmal gesagt.

«Da kannst du ihr gern ausrichten, was ich von diesem Interview hier halte: gar nichts!» Sie setzte sich hin und fing an, ihren Toast zu malträtieren.

«Das werde ich ihr nicht ausrichten. Ich will den Job.»

«Sie will in diesem Restaurant jüdische Speisen servieren, als handle es sich um *Nouvelle Cuisine*. Die Spezialität des Hauses nennt sie dann vermutlich» – meine Mutter verfiel in französischen Akzent – «'ssart ge'ackte Fiischbällschön mit Märrättisch un' Garnitür voh Karottön' statt einfach nur stinknormaler *gefilte fisch*! Wenn du mich fragst: Der jüdische Aspekt ist für sie doch nur ein Gimmick!»

«Für mich, Lucy, ist er ein Job», sagte mein Vater.

«Danken wir Gott auch für kleine Wunder.» Meine Mutter wandte sich mir zu. «Hier steht, sie hat einen fünfjährigen Sohn. Er heißt Maximilian. Vielleicht braucht der ja einen Babysitter.»

«Hab ich nicht schon genug zu tun, Mommy?»

«Schlecht ist die Idee nicht, Prinzessin», meinte mein Vater. Er zwinkerte mir zu. «Dann könntest du anfangen, auf dein Teleskop zu sparen.»

«Oder auf einen neuen Basketball», sagte meine Mutter.

Sollte das komisch sein, oder war es nur Sarkasmus?

«Also. Abgemacht?», sagte sie. Sie sah erst mich und dann meinen Vater an. Und dann wieder mich. «Gut! Warum gehst du dann nicht einfach heute Abend mit deinem Vater mit? Wann war das nochmal? Um acht?» Meine Mutter lächelte meinen Vater süß an. Etwas *zu* süß. Wie schwerer Manischewitz-Wein.

VON DER BABYSITTER-IDEE war ich überhaupt nicht begeistert, aber wenn es mir meine Mutter vom Hals hielt, war ich durchaus gewillt, es mal zu versuchen. Mein Plan sah vor, ein bisschen mit dem Kind zu spielen, während mein Vater und Melissa Minsky Geschäftliches besprachen. Falls der Junge und ich uns verstanden, wollte ich Melissa fragen, ob sie einen Babysitter brauchte.

Ich ahnte ja nicht, was ich mir da einbrockte!

Das hinreißendste menschliche Wesen, das ich je auf Erden gesehen habe, öffnete die Tür. Melissa Minsky.

Sie sah aus wie eine dieser Filmdiven aus den fünfziger und sechziger Jahren: einfach umwerfend! Eine Mischung aus Marilyn Monroe und Doris Day, nur mit langem Haar.

Melissa Minsky wusste nicht, dass mein Vater mich zu dem Treffen mitbringen würde. Sie war also etwas überrascht, führte uns aber ins Wohnzimmer. «Ich hatte ja keine Ahnung, dass du eine erwachsene Tochter hast», sagte sie zu meinem Vater.

92

«Ich auch nicht», sagte er.

«Papa!», sagte ich und boxte ihn leicht.

Mein Vater tat, als krümme er sich vor Schmerz. «Aua!» Melissas Wohnzimmer hätte ohne weiteres das Titelbild von *Schöner Wohnen* schmücken können. Unauffällig vergewisserte ich mich, ob ich an meinen Schuhsohlen auch keine Hundekacke ins Haus gebracht hatte.

«Macht's euch gemütlich», sagte Melissa. Sie wies auf ein Tablett mit appetitlich angerichteten Schnittchen. Es stand auf einer Glasplatte, die zugleich als Couchtisch diente. «Bedient euch. Kann ich euch Erwachsenen was zu trinken besorgen?»

«Ja», sagte ich. «Für mich einen doppelten Whisky, auf Eis.»

Sie lachten. Schließlich war das nur ein Scherz. Ehrlich gesagt aber hätte ich einen starken Drink gut gebrauchen können. Wegen dieses Babysittens hatte ich ganz schönen Bammel!

«Wenn Sie nichts dagegen haben, geh ich mal ein bisschen mit Maximilian spielen», sagte ich.

«Mit Max?», sagte Melissa. «Du willst mit Max *spielen*?»

«Oh, Entschuldigung. Schläft er schon?»

«Nein, nein, natürlich nicht. Er ist in seinem Zimmer», sagte sie und deutete unbestimmt Richtung Flur. «Die Tür mit dem Schild.»

Als ich auf Max' Zimmer zuging, hörte ich, wie Melissa zu meinem Vater sagte: «Sie wird schon klarkommen, denke ich.»

«Sie hat noch nie babygesittet», sagte mein Vater. «Mmh. Die sind ja köstlich.»

«Babygesittet?», fragte Melissa.

AN MAX' ZIMMERTÜR hing ein Schild mit der Aufschrift «Zutritt verboten!». Ich klopfte trotzdem.

Keine Antwort.

Ich klopfte nochmal. «Maximilian?»

Ich legte mein Ohr an die Tür und hörte Musik. Nach *Sesamstraße* hörte sich das gar nicht an. Ich öffnete die Tür und schloss sie hinter mir.

Innen war es stockfinster, aber an der rechten Wand befand sich eine Tür in ein weiteres Zimmer, aus dem ein schwacher Lichtstreifen schimmerte. «Maximilian?», rief ich. «Hallo? Max? Wo bist du?» Ich ging quer durchs Zimmer zu der anderen Tür, klopfte und spähte dann hinein.

Auch dieses Zimmer war ziemlich duster, abgesehen von einem dünnen Lichtstrahl, der auf ein Bett gerichtet war, auf dem ich ein Gespenst erblickte, nein, einen siechen, leichenblassen Schwindsüchtigen, nein, einen gesunden Vampir. Ausgestreckt lag er dort und las ein großes, in schwarzes Leinen gebundenes Buch mit Goldlettern. Für einen Fünfjährigen schien er ganz schön groß – fast so groß wie mein Vater. Er – oder es – war von Kopf bis Fuß in Schwarz gehüllt. Sein Gesicht war weiß, im wahrsten Sinne des Wortes kreideweiß. Eine Art schwarzes Spinnennetz zierte die Wangen. Dunkles, angetrocknetes Gel betonte Haaransatz und Augenbrauen. Auch das Haar war steif von Gel und stand in schwarzen Stacheln ab. Die Schuhe waren abgetreten, schwarz und spitz. Als er den Mund öffnete, war ich froh, dass keine Fangzähne zum Vorschein kamen.

«Wer zum Teufel bist du denn?», fragte er in einem Englisch mit unverkennbar amerikanischem Akzent.

Ich bin selten sprachlos – jetzt war ich's.

«Und was zum Teufel suchst du hier?», fuhr er fort und setzte sich auf. Das Buch fiel zu Boden. Die goldene Aufschrift schimmerte. Er achtete nicht darauf, sondern zeigte zur Tür. «Kannst du nicht lesen? Da steht ‹Zutritt verboten!›.»

«Ich suche Max.»

«Max? Weshalb?»

«Ich wollte mit ihm spielen. Auf ihn aufpassen.»

Das *bête noire* erhob sich. Er war wirklich fast so groß wie mein

94

Vater. Er kam einen Schritt auf mich zu. «Aufpassen? Das soll wohl ein Witz sein.»

Und dann – endlich – begriff ich. «O mein Gott!», sagte ich. «Bist *du* Maximilian?»

«Hier darf keiner rein. Nie. Verschwinde. Sofort!»

«PAPA!», RIEF ICH und platzte ins Wohnzimmer der Minskys. «Papa!»

Ich war wütend, verlegen, verwirrt.

«Oje», sagte Melissa und stand eilig auf. «So was hab ich schon befürchtet.»

«Der Junge braucht keinen Babysitter!», schnaubte ich.

«Da hast du Recht», stimmte Melissa mir zu. «Den braucht er nicht.»

«Nein – er braucht einen Psychiater!»

Mein Vater schüttelte den Kopf. «Nelly!»

«Nein, Benny, sie hat Recht. Er hatte schon einen.»

«Mit fünf?», fragte mein Vater.

«Fünf? Ach deshalb!», sagte Melissa. «Ihr habt diesen Zeitungsartikel gelesen. Das war ein Druckfehler. Er ist nicht fünf. Er ist fünfzehn.»

«Fünfzehn?», sagte mein Vater.

«Aber er führt sich auf wie drei», sagte ich.

Mein Vater hob warnend einen Finger. «Nelly!»

«Nein, Benny», sagte Melissa und legte ihm die Hand an den Arm. «Sie hat Recht. Manchmal führt er sich wirklich wie ein Dreijähriger auf.»

Seit wann sagte sie «Benny» zu meinem Vater? Und seit wann legte sie ihm die Hand auf den Arm?

«Mom!», ließ sich eine Stimme vernehmen.

Es war Graf Dracula junior, der sich vor unseren Augen ein schwarzes Samtcape um die Schultern warf. Dieser Auftritt schockte meinen Vater so sehr, dass er einen Pfiff ausstieß.

95

«Max, ich möchte dir gern Benny Edelmeister vorstellen», sagte Melissa. «Seine Tochter Nelly Sue hast du ja wohl schon kennen gelernt?»

Dracula junior überging diese höflichen Worte. «Du hast sie mir zum *Aufpassen* geschickt?»

«Ach, Max, red keinen Unsinn. Natürlich nicht. Das war ein Irrtum.»

«Ich verzieh mich», sagte er und schritt davon. An der Tür blieb er stehen, drehte sich um und zeigte mit dem Finger auf mich. «Du! Du kommst mir nicht mehr in mein Zimmer! Klar?» Und mit einem lauten Türknallen war er verschwunden.

«MAX WIRD AB ENDE der Woche auf die Mark-Twain-Schule gehen», sagte Melissa. «Wir sind schon ein paar Wochen hier, aber ich dachte mir, er sollte sich erst mal ein wenig an Berlin gewöhnen. Nun denke ich, muss Berlin sich wohl an ihn gewöhnen.»

«Geht er so auf die Straße?», fragte mein Vater.

«Leider ja. Gestern wenigstens. Er macht gerade eine schwierige Phase durch.» Ernst schüttelte sie den Kopf.

Schwierig? So einen wie Maximilian Minsky würde ich nicht schwierig nennen: Geisteskrank ist der richtige Ausdruck. Aber das sagte ich nicht – ich war viel zu sehr davon beansprucht, Melissa zu bewundern. Ihr Anblick war einfach faszinierend. Ihre Bewegungen waren so anmutig: Wenn sie ging, wirkte sie, als würde sie unter Wasser schweben. Sie war das genaue Gegenteil von meiner Mutter, die immer wie ein Sturmwind ins Zimmer gefegt kommt. Melissa strich eher wie eine sanfte Maienbrise durch einen Apfelhain. Meine Mutter poltert in ihren Schuhen dahin wie eine holländische Magd in Holzklotzen. Melissas Zehen schienen kaum den Boden zu berühren. Meine Mutter trägt weite schwarze Zelte aus dicker Wolle – Melissa eng anliegenden weißen Seidenchiffon, der in elegante Falten aufspringt. Das krause, von grauen Strähnen durchzogene braune Haar mei-

96

ner Mutter ist kurz. Melissas üppiges, langes Blondhaar strömt ihr in seidigen Wellen um die Schultern.

«Wie schade, dass du von Max einen so negativen Eindruck bekommen hast», sagte sie gerade zu mir. «Es wäre gut für ihn, wenn er mit jemandem aus der Schule Deutsch üben könnte.»

Höflich lächelte ich. Nie im Leben würde ich noch ein Wort mit Maximilian Minsky wechseln. Ganz gleich, in welcher Sprache.

Mittlerweile waren wir ins Erdgeschoss gegangen, in die Räume, die bald *Minsky's* beherbergen sollten, Berlins erstes «Echt-jüdisch-amerikanisches-Deli». Egal, was meine Mutter sagt, ich mag die jüdische Küche. Bei Uncle Bruce und Aunt Debbie in Manhattan gab es um die Ecke ein tolles Deli namens *Epsteins*. Nach dem Planetarium aß ich dort immer Frankfurter mit Sauerkraut und hausgemachte Pommes frites, und dazu trank ich eine Selleriebrause. Das beste Essen meines Lebens habe ich vor drei Jahren bei Bella Lustig bekommen, Aunt Debbies Großmutter. Sie war fünfundachtzig und bereitete *kascha warnischkes* für acht Personen zu. Das sind Schleifennudeln, die mit Buchweizen und Zwiebeln in Hühnerfett geröstet werden. Es war zum Niederknien. Typischerweise machte meine Mutter erst ein Riesentrara darum, von Bella das Rezept zu bekommen – nur um es dann gleich wieder zu verschlampen. Vielleicht würde Melissa Minsky ja Kascha Warnischkes anbieten?

Meiner Meinung nach war es also wirklich höchste Zeit für ein Restaurant wie *Minsky's* in Berlin. Davon sollte es ruhig mehr geben. Ehrlich gesagt verstand ich nicht, warum meine Mutter sich so darüber aufregte, dass hier ein Deli aufmachte. Sie wollte doch immer mehr Jüdisches in Berlin. Restaurants. Schriftsteller. Zahnärzte. Und die sollten auch ganz offen damit umgehen, dass sie Juden sind. «Wie sollen Juden je als ganz normal empfunden werden, wenn sie nicht zum Alltag gehören?», deklariert sie ständig. «An dem Tag, an dem das deutsche Fernsehen eine deutsch-jüdische Sitcom ausstrahlt, weiß ich, dass hier alles wieder normal ist.»

Dauernd sagte ich zu meiner Mutter, *sie* sollte doch die Sitcom schreiben, wenn ihr so viel daran läge – um den Prozess ein bisschen zu beschleunigen. Aber dann sagte sie: «Ich will mein Buch schreiben. Diese deutsch-jüdische Sitcom müssen die Deutschen selbst schreiben, nicht ich. Sie werden wissen, wann sie's können, und wenn es so weit ist, ist die Schlacht halb gewonnen.»

Also? Also warum ärgerte sie sich dann über das Interview mit Melissa in der Zeitung? Ein Interview mit einer wunderschönen deutschen Jüdin wie Melissa Minsky, die gerade frisch aus New York nach Berlin zurückgekehrt war, um hier tolle Küche anzubieten, war doch wirklich besser als eine Meldung über die Anzahl von Gräbern, die während der letzten sechs Monate auf jüdischen Friedhöfen geschändet worden waren. Nicht, dass wir über die Gräber nichts lesen sollten. Aber wäre es nicht besser, wir könnten außerdem über Restaurants und schöne Frauen und ganz *normale* jüdische Sachen lesen, über normale Juden, die ganz normale Sachen machen – eben wie jeder andere auch?

Ich wandte mich zu Melissa Minsky. «Wird es bei Ihnen auch Kascha Warnischkes geben?», fragte ich.

«Kascha Warnischkes?» Melissas Gesicht leuchtete auf. Sie mochte Essen wirklich, das war nicht zu übersehen. «Meine arme Großmutter würde sich im Grab umdrehen, wenn ich das nicht anbieten würde. Was für eine Frage!»

Ich nahm die Küche in Augenschein. Es fiel schwer, sich vorzustellen, dass hier überhaupt je gekocht würde. Zu sehen war noch nicht viel, abgesehen von viel leerem Raum, Farbeimern, Werkzeug, ein paar Stühlen und Tischen und jeder Menge Löcher in den Wänden. Wir gingen weiter in den künftigen Restaurantbereich. «Hier soll die Bühne hinkommen», sagte Melissa und schritt hinüber in eine Ecke. Sie trug Pumps mit hohen, dünnen Absätzen – genau wie Frau Goldfarb, nur sahen sie bei Melissa weitaus besser aus. Sie drehte sich zu meinem Vater um. «Deine Idee mit den Dinner-Shows gefällt mir, Benny. Du und deine Band, ihr könntet einmal die Woche auftreten. Und für die übrigen Abende kannst du Gastkünstler buchen, Kabarettisten, Instrumentalmusiker. Möglichst Amerikaner. Die Deutschen lieben alles aus Amerika.»

«Das weiß er», sagte ich. «Er ist mit einer Amerikanerin verheiratet.»

Melissa lief rot an. «Ich war auch mit einem Amerikaner verheiratet.» Sie sah meinen Vater an, aber er schaute fort, und Melissa trat ans Fenster.

Die gesamte hintere Wand bestand aus einer Fensterfront, ungefähr acht Meter breit. Draußen, im Innenhof des Hauses, sahen wir Maximilian herumgeistern. Was er genau tat, war nicht zu erkennen. Melissa beobachtete ihn kurz und drehte sich dann wieder uns zu.

«Nelly, was hältst du davon, Max Nachhilfe in Deutsch zu geben? Ich vermute, er versteht mehr, als er durchblicken lässt. Als er klein war, habe ich mit ihm Deutsch gesprochen.»

Max Nachhilfe geben? Oh, ein Traum geht in Erfüllung. «Danke für das Angebot», sagte ich, «aber ehrlich gesagt glaube ich nicht, dass wir miteinander auskommen.»

«Er ist nicht so schlimm, wie er tut. Er will mich nur provozieren.» Sie trat dichter ans Fenster und spähte hinaus.

Ich schaute meinen Vater an und schüttelte heftig den Kopf. Er nickte. Er begriff, dass ich mit dem Vampir da draußen nichts zu schaffen haben wollte.

Auf einmal hörte ich von draußen ein vertrautes Geräusch hereindringen: das Prellen eines Basketballs. Maximilian lief da draußen herum, aber mehr war durch die spiegelnde Glasscheibe nicht zu erkennen. Ich trat ans Fenster und hielt das Gesicht direkt an die Scheibe. Sie war kalt. Aber ich nahm einen wunderbaren Duft wahr. Das war Melissa, die direkt neben mir stand. Sie duftete wie die Parfümabteilung von *Bloomingdale's* in New York: aufregend und teuer. Ihr Parfüm war so durchdringend, dass es mir in der Nase zwickte.

«Er war der zweite Kapitän in seiner Junior-High-School-Mannschaft», sagte sie wehmütig. «Er spielt wunderbar.»

Und dann sah ich ihn. Wie eine große Fledermaus sah er aus. Sein Umhang flatterte im Wind, und wie er da lief, dribbelte und einen unsichtbaren Gegner umspielte, schien er wirklich zu fliegen. Er flitzte durch den Hof, stoppte abrupt, sprang und warf. Der Ball flog durch den Korb an der Wand, prallte vom Boden ab und landete wieder in Max' Händen. Er führte einen weiteren Sprungwurf aus. Und traf. Und dann noch einmal. Und noch einmal.

«Okay», sagte ich zu Melissa. Ich konnte meine Aufregung kaum unterdrücken. «Okay, ich mach's.»

Melissa sah mich verblüfft an. Mein Vater trat einen Schritt auf mich zu, ein riesiges Fragezeichen in den Augen.

«Ich mach's», wiederholte ich. «Morgen fang ich an. Morgen hat Max seine erste Deutschstunde.»

ACHTES KAPITEL
Unterricht für Max

DIE TÜR KNALLTE ZU, und Max kam durchs Wohnzimmer gepoltert. Breitbeinig baute er sich vor mir auf und legte los. «Nur, damit du Bescheid weißt, ich hasse Deutsch. Ich hasse Berlin. Ich hasse dieses Haus. Ich hasse diesen Raum.» Er ließ sich in den Sessel fallen und pfefferte das Lehrbuch, *Deutsch für Ausländer*, auf den Couchtisch. «Und ich hasse dieses Buch!» Ich konnte verfolgen, wie das Buch über den Tisch schlitterte wie über eine Eisfläche. Es landete neben mir auf dem Boden. Ich bückte mich, um es aufzuheben.

«Lass das!», kommandierte Max.

Ich richtete mich wieder auf.

Max stierte mich finster an.

Ich stierte Max finster an.

«Den Tisch auch!», fügte er hinzu. «Ich hasse ihn!»

Fast hätte ich gelacht, aber ich verkniff es mir.

Ein paar Sekunden starrten wir uns noch an. Zusätzlich zur weißen Schminke und dem aufgemalten Spinnennetz zierte sein Gesicht jetzt noch ein Nasenring.

«Ich habe mir überlegt, dass wir die ersten paar Tage einfache Redewendungen üben sollten», verkündete ich lehrerinnenhaft. «Sätze, die man jeden Tag braucht. Bitte schlag dein Buch auf Seite sechs auf.»

Max sah mich ungläubig an. Mir fiel auf, dass er blaue Augen hatte.

Ich wartete, bis er sein Buch aufhob.

Was er am Ende dann auch tat.

Wir ackerten das erste Kapitel durch. Wort für Wort. Satz für Satz. Eine zähe Angelegenheit – ts, ts! Der Bursche gab sich einfach keine Mühe.

Draußen in der Küche hörte ich Melissa und meinen Vater lachen.

«Weißt du, was die da drin machen?», fragte Max.

«Was meinst du?»

Max grinste verschlagen. Dann griff er nach einer Flasche Mineralwasser, die am Tischende stand, setzte sie an die Lippen und spülte mindestens einen halben Liter auf einmal hinunter. Danach rülpste er. Zweimal.

Wirklich: Der Knabe war nicht mein Fall. Ganz und gar nicht! Aber ich brauchte ihn. Er war mein Ticket zum Buckingham-Palast. Ich musste seine Denke verstehen lernen – um ihn als Trainer zu gewinnen. Ich seufzte und sah auf die Uhr. Noch eine Viertelstunde.

«Okay», sagte ich, «gehen wir den Text nochmal durch. *Guten Tag*», las ich aus dem Buch vor.

«*Guten Tag*», erwiderte Max missmutig. Er nahm sich ein Stück Kuchen vom Tablett auf dem Tisch und stopfte es sich in den Mund.

«*Ich heiße Nelly. Wie heißt du?*», sagte ich.

«*Ich heiße Max.*» Ein paar Krümel klebten ihm am Mund. Er wischte sie sich mit dem Ärmel ab.

«*Wie geht es dir, Max?*»

Max schaute mich teilnahmslos an.

«*Wie geht es dir, Max?*», wiederholte ich.

«*Mir geht es ... geht es ...?*»

«*Gut*», sagte ich. «*Mir geht es gut.*»

«*Fuck you!* Woher willst du wissen, wie es mir geht?» Max schoss vom Sofa hoch und beugte sich drohend über mich. «Wie

102

kannst du behaupten, es geht mir gut?» Er fixierte mich herausfordernd, seine Augen sprühten vor Zorn.

Für wen hielt der sich? So redete niemand mit mir – wenn man mal von meiner Mutter absieht.

Ich sprang ebenfalls auf. Eine solche Frechheit würde ich mir nicht im Sitzen bieten lassen. «Entschuldige die dreiste Unterstellung, dass es dir gut geht.»

«Es geht mir nicht gut! Kein bisschen! Okay?!»

«Danke für die Info. Da wäre ich sonst nie draufgekommen.»

Ich griff nach meinem Rucksack und ging zur Tür. «Die Stunde ist zu Ende.»

«ICH GLAUBE, er könnte blond sein», sagte ich zu Pia, der ich mein *enfant terrible* beschrieb, «aber das ist schwer zu sagen, weil er sich dieses farbige Zeug ins Haar schmiert. Erst war es pechschwarz und gestern dann blau.»

«Und sonst?»

«Was und sonst?»

«Na, wie ist seine Figur!»

«Seine Figur?»

Ich versuchte, mir Max vorzustellen. «Also, er ist ein bisschen kleiner als mein Vater, aber nicht viel. Und seine Hosen – die sind aus Leder – sind so eng, dass seine Hemdzipfel nicht wie bei meinem Vater rausrutschen.»

Pia und ich saßen beim Mittagessen in der Schulkantine. Pia trank einen Schluck Kakao und bedeutete mir mit einer Geste, fortzufahren.

«Und er ist ziemlich schlank», sagte ich. «Schlanker als Anton Weißenberger, zum Beispiel, und nicht annähernd so muskulös. Aber gut gebaut. Also, nur aus Haut und Knochen besteht er nicht.» Vor meinem geistigen Auge tauchte Max' Unterarm auf. Er trug ein schwarzes Hemd mit bis unter die Ellenbogen hochgekrempelten Ärmeln. Auf seinen Unterarmen konnte ich dunkelblonde Härchen ausmachen. Und als er sich im Sessel zurücklehnte und reckte, waren Muskeln zu erkennen.

«Und?», hakte Pia nach.

«Und was?»

«Und was weiter?»

«Er ist ein Vieh», sagte ich. «Ein Monster. Unhöflich. Ungehobelt. Ein Rüpel.»

«Hört sich an, als könntest du ihn gut leiden.»

Ich verdrehte die Augen.

«Ich glaube, du bist an einen Grufti geraten», sagte Pia.

«Einen Grufti? Ist das eine eigene Spezies?»

«Die stehen auf alles, was düster und dramatisch ist. Und hängen gern auf Friedhöfen rum. Sie tragen immer Schwarz und malen sich die Gesichter weiß an. Sieh dich lieber vor. Trägt er Rüschenhemden?»

«Mich vorsehen? Vor dem Ekelpaket hab ich keine Angst. Ist doch sowieso alles nur Schau. Seine Mutter meint, das sei alles nur, um sie zu provozieren. Wenn du *die* mal sehen könntest: Die sieht wie ein Model aus.»

«*Provozieren?*»

«Ärgern – er will sie ärgern.»

Pia nickte. Ach – irgendwann musste ich ihr mal ein paar Buchtipps geben, ihre Kenntnis selbst der einfachsten Fremdwörter war einfach erbärmlich.

«Ich glaube, ich hör mit den Deutschstunden auf», sagte ich.

«Würd ich an deiner Stelle nicht machen», sagte Pia. «So schnell bekommst du nicht wieder die Chance, von einem ehemaligen zweiten Kapitän trainiert zu werden.»

«Darauf hab ich ihn noch gar nicht mal angesprochen. Der gibt mir einfach keine Gelegenheit.»

«Dann leg mal 'n Zahn zu. Die Mannschaft wird in zwei Wochen aufgestellt.»

«Aber der lässt sich doch bestimmt nicht darauf ein.»

104

«Wieso bietest du ihm keinen Tausch an? Hat bei uns doch auch funktioniert.»

«Aber was? Was soll ich ihm anbieten?»

«Nelly, du hast doch einen Mund. Frag ihn.»

AM NÄCHSTEN TAG wollte ich unbedingt das Thema Basketball bei Max aufs Tapet bringen, aber dazu kam es nicht. Wir übten die Artikel *der, die, das* – für Leute mit Englisch als Muttersprache immer eine fiese Hürde. Ich stand im Wohnzimmer der Minskys und zeigte auf Gegenstände, und Max musste die deutsche Bezeichnung mit dem richtigen Artikel nennen. Das machte er gar nicht schlecht. Er stellte sich selbst auf die Probe, und eigentlich, glaube ich, machte die Sache ihm Spaß. Aber natürlich gähnte er in einem fort, als langweilte ihn alles entsetzlich. Trotzdem bekam ich eine erste Ahnung davon, dass er sich dümmer stellte, als er war. Ich wies auf die Wand.

«*Die Wand*», sagte Max.

Ich ging ans Fenster.

«*Das Fenster.*»

Ich legte die Hand aufs Sofa. Es war sehr weich. Und schneeweiß. Ich saß nicht besonders gerne darauf, weil ich Angst hatte, es schmutzig zu machen. Was, wenn etwas von meinem Sandwich darauf kleckern würde? Wenn ich Limonade darauf verschüttete? Oder es versehentlich mit Tinte bekleckste?

«*Das Sofa*», sagte Max. «*Das scheiße Sofa.*»

Ich sah ihn an.

«Scheiße», sagte er. «Das ist eins der ersten Wörter, das man hier lernt. Die Straßen sind voll davon.» Er lachte dreckig.

«Also, ich würde das ‹e› von *Scheiße* weglassen, wenn es zur Substantivbildung benutzt wird», entgegnete ich knapp.

Für das nächste Wort zeigte ich auf den Tisch.

«*Der Scheißtisch*», sagte Maximilian.

Er lernte schnell. Ich musste ein Lächeln unterdrücken.

Gegen die Wand gelehnt, überlegte ich, worauf ich als Nächstes zeigen sollte.

«*Der Mund*», sagte Maximilian. «Oder *die Lippen*.» Es klang spöttisch, beinahe anzüglich.

Ich merkte, dass ich den Finger an den Mund gelegt hatte. Sofort nahm ich die Hand runter.

«*Die Busen*», sagte Max.

Ich sah runter. Meine Hand lag an meiner Brust. Hastig ließ ich beide Hände fallen und räusperte mich. Langsam wurde die Sache unangenehm. «*Die Busen* ist nicht richtig», sagte ich.

«Ach? Hast du noch keine?»

Ich spürte, wie ich knallrot wurde. «Kein*en*. *Der Busen*. Männlich.»

Max' blaue Augen weiteten sich. «Nur einen Busen? Und sie ist männlich?»

«Wenn du was Weibliches willst, nimm *Brust. Die Brust*.»

«Und wie viele von denen hast du?»

Max starrte mich an. In meinen so gut wie nicht existenten Brüsten spürte ich ein Kribbeln, wusste nicht, wohin mit meinen Händen, meinem Körper, meinen Augen. Ich setzte mich hin und nahm ein Sandwich vom Tablett. «Deine Mutter ist eine Superköchin», sagte ich.

«Was sie und dein Vater wohl gerade zusammenbrutzeln?»

Ich schaute Richtung Küche. Es war sehr still dort. Fast zu still.

TROTZ ALLEM war ich fest entschlossen, Max zur Hilfe mit dem Basketball zu überreden. Bei unserer nächsten Stunde würde ich das tun.

Kaum hatte ich das Wohnzimmer betreten, ging ich in die Offensive. Als ich mein Lehrbuch rausholte, zog ich auch *Basketball For Dummies* aus dem Rucksack. Vielleicht würde Max ja darauf anspringen? Und tatsächlich: Er stürzte sich darauf wie ein Pit-

106

bull an die Kehle seines Gegners. Aber – *verdammter Mist!* – meine Prinz-William-Postkarte fiel dabei versehentlich auch raus.

«Ein Bild von deinem Freund?», fragte Max mit dümmlichem Grinsen.

Meine Wangen glühten. Das war nicht eingeplant. Ich würde ihn erst ein paar Minuten ablenken und dann wieder auf das Thema Basketball zurückkommen. «Wie wär's, wenn wir Seite sechsundzwanzig in unserem Lehrbuch aufschlagen», sagte ich. «Sprich mir nach: *Das ist eine Landkarte.*» Ich zeigte auf eine im Buch abgebildete Landkarte.

«*Das ist eine Postkarte*», sagte Max und zeigte auf William.

Wenn ich nicht darauf einging, würde er nach einer Weile schon aufgeben. So war es immer.

«*Das ist Deutschland*», sagte ich.

«*Das ist Prinz William.*»

«*Das ist Berlin.*»

«*Das ist Nellys Liebe.*»

«Hör auf!», sagte ich. «Du gehst ab morgen zur Schule.»

«Na und?»

«*Berlin liegt in Deutschland.*»

«*William liegt auf Nelly.*»

«Max!» Wie konnte ein Fünfzehnjähriger nur so kindisch sein?

Max sprang vom Sofa auf. «Dieser Schwachsinn langt mir jetzt!»

Ich sprang ebenfalls auf. «Mir auch!»

«Hör zu, Kiddo, ich will ganz offen sein. Das hier mache ich nur, weil meine Mutter mir dafür zu Weihnachten einen Trip nach New York versprochen hat.»

«Dann will ich auch offen mit dir sein», sagte ich, obwohl mir Zweifel kamen, ob das bei jemandem möglich war, der einen Ring durch die Nase trug. «Ich hab eigentlich gehofft, du würdest mir Basketball beibringen.»

107

«Wie bitte?», sagte er.

Ich glaube, er dachte wirklich, er hätte sich verhört.

«Ich hab gehofft, du würdest mir Basketball beibringen», wiederholte ich langsam und deutlich. «Und wenn du bereit bist, mir zu helfen, tu ich auch zum Ausgleich gern etwas für dich. Sag mir einfach, was du möchtest.»

«Was ich möchte?»

«Ja. Wir könnten eine Abmachung treffen. Vielleicht gibt es ja etwas, was du wirklich brauchst. Oder?»

«Etwas, was ich möchte?», fragte er. «Was ich brauche?»

«Ja.»

Max setzte sich gerade hin. In seinen Augen lag plötzlich ein Glitzern. «Wieso willst du Basketball spielen?» fragte er.

Ich schluckte, bevor ich antwortete. «Die Mädchen-Basketballmannschaft an unserer Schule fährt nach England, und da möchte ich gern mit. Ich muss einfach lernen, wie man Basketball spielt.»

«Du willst nach England?» Er klang ungläubig.

«Ja, ich will nach England.»

«Weswegen?»

«Deswegen.»

Ich hasse meine Wangen. Immer laufen sie zum falschen Zeitpunkt rot an. Vielleicht sollte ich mir weiße Paste ins Gesicht schmieren, wie Maximilian, dann könnte niemand sehen, welche Farbe sie gerade haben.

Ich sah, dass Max verfolgte, wie meine Wangen knallrot wurden.

«Du willst ‹deswegen› nach England?», sagte er. «Wegen was genau?»

Und dann wurde mir schlagartig klar, dass der Junge nicht auf den Kopf gefallen war.

«Wegen Prinz William?», sagte er.

Ich konnte förmlich hören, wie mir das Blut durch den Körper

108

rauschte. Mein Herz schlug wie wild, als wäre ich gerade den Marathon von 42 Kilometern in unter einer Stunde gelaufen.

Max lehnte sich zurück und grinste. «Na schön», sagte er. «Jetzt fällt mir ein, was ich gern hätte.»

Mir saß ein Kloß im Hals. Ich schluckte ihn runter. «Ja?»

«Ich will Sex», sagte Max.

«Sex?»

«Ja, Sex.»

Von *mir* wollte *er* Sex bekommen?

Ich musste lauthals lachen.

Max wurde sauer. «Das findest du komisch? Ich will dir mal sagen, was *wirklich* zum Lachen ist. Dass du nach England willst. Dass eine kleine Göre wie du Basketball spielen will, um einen Prinzen besuchen zu können.»

Max brach in dröhnendes Gelächter aus. Es tat mir in den Ohren weh. Ich lief aus dem Zimmer.

«Papa!», rief ich. «Papa! Wo bist du?»

Wo steckte mein Vater denn? Im hinteren Teil der Wohnung? Im Bad? In der Küche? «Papa?!»

Ich stürzte in die Küche. Melissa schnellte herum, als hätte ich sie erschreckt. Sie stand neben der offenen Tür zur Speisekammer. Das Haar war zerzaust, die Bluse aus der Hose gerutscht. Mein Vater stand mit dem Rücken zu mir in der Kammer. Was machte er denn da?

«Papa!», sagte ich nochmal und kam einen Schritt näher.

Es dauerte einen kurzen Moment, aber dann drehte er sich endlich um. «Prinzessin», sagte er, «was ist los?» Sein Haar war völlig zerwühlt. Auch ihm war das Hemd aus der Hose gerutscht, aber bei ihm war das natürlich normal. «Hier hast du die ... äh ... Weizenkeime», stammelte er und reichte Melissa ein Glas.

«Können wir gehen?», sagte ich zu meinem Vater. «Max und ich sind fertig.»

SCHWEIGEND GINGEN mein Vater und ich nach Hause. Es roch nach Herbst. Die Bäume verloren bereits ihre Blätter. Ich laufe gern durch Herbstlaub, dieses Meer aus orangen und roten und gelben Blättern entlang den Seitenstraßen von Berlin. Beim Drauftreten raschelt und knackt es immer so schön. Als Fiona noch hier lebte, sind wir im Herbst viel zusammen durchs Laub gestapft. Heute Abend aber regnete es, und das Laub war nass, aufgeweicht und langweilig.

«Papa», sagte ich, «kennst du dich mit Basketball aus?»

«So gut wie gar nicht, Prinzessin. Ich dachte, Pia hilft dir.»

«Eine Blinde, die eine Lahme führt. Und in zwei Wochen ist das Sichtungsspiel.»

«Was ist mit Max?»

«Der hat 'ne Macke», sagte ich. «Kaum zu glauben, dass er Melissas Sohn ist.»

Wir kamen an der alten Tankstelle mit den Freaks vorbei. Ich hielt Ausschau nach dem Dichter, aber er war nicht da.

«Die werden auch bald verschwinden», sagte mein Vater. «Wird langsam zu kalt.»

Die Freaks schauten zu uns. «Habter ma' 'ne Mark?», fragte einer.

Wir gingen vorbei. Schützend legte mein Vater den Arm um mich.

«Die tun uns nichts», sagte ich. «Die sind harmlos.»

«Trotzdem.»

Melissa und Max gingen mir durch den Kopf. Es war *wirklich* kaum zu glauben, dass sie Mutter und Sohn waren. Sie verkörperten absolute Gegensätze: Gut und Böse, Weiß und Schwarz, die Schöne und das Biest.

«Was macht ihr beiden eigentlich die ganze Zeit, wenn ich bei Max bin?», wollte ich wissen.

Mein Vater starrte mich an. «Was meinst du?» Es klang ein bisschen ausweichend.

110

«Nichts. Bloß so eine Frage. Was macht ihr?»

«Wir unterhalten uns.»

«Worüber?»

«Worüber?» Mein Vater sah mich nur an – als erwartete er von *mir* die Antwort.

«Über Musik?», fragte ich.

Sein Gesicht hellte sich auf. «Ja, klar. Wir unterhalten uns über Musik. Natürlich.»

Und damit standen wir vor unserem Haus.

«WAS WAR DENN so wichtig, dass du unser Treffen vergessen hast?», sagte meine Mutter zu meinem Vater» und sah von ihrer Zeitung auf. «Wir wollten das Catering für die Bat-Mizwa besprechen.»

«O Scheiße», sagte mein Vater. «Ich hab's einfach vergessen. Total vergessen.»

Und das stimmte. Das sah man.

Wir waren gerade nach Hause gekommen und standen an der Tür zum Arbeitszimmer meiner Mutter. Mein Vater war auf dem Weg in sein Studio im hinteren Teil der Wohnung, und ich wollte mir noch kurz die Hände waschen, bevor ich Risa in ihrem Zimmer besuchte. Ein paar Zeitungen und ein Stapel *New Yorker*, die Lieblingszeitschrift meiner Mutter, lagen auf ihrem Schreibtisch verstreut. Der Boden war mit Reiseprospekten übersät: USA, Großstädte Amerikas, New York und Neuengland. Eigentlich hatte meine Mutter mit mir über Weihnachten nach New York gewollt und dann weiter nach Vermont, zum Skilaufen. Ich auf Skiern – ha! Wegen ihrer beruflichen Lage aber wurde nun ohnehin nichts daraus.

Meine Mutter warf ihre Zeitung hin – es waren die Stellenangebote. «Benny!», sagte sie, völlig entnervt. «Wie konntest du das vergessen?»

«Tut mir Leid», hörte ich meinen Vater sagen, als ich meinen

Rucksack in mein Zimmer brachte. Auf Zehenspitzen schlich ich zum Lauschen zur Tür zurück.

«Tut mir Leid, Schatz», sagte mein Vater. «Ich hab noch auf Nelly gewartet.» Nach einer kurzen Pause fragte er mit einem Blick auf die Zeitung: «Irgendwas dabei?»

«Klar – wenn man frisch von der Uni kommt, einen Doktortitel hat und wie Pamela Anderson aussieht. Nur für eine flachbusige Siebenundvierzigjährige mit Kugelbauch gibt's nichts.»

Manchmal wurde ich aus ihrer Selbstironie nicht schlau. Schwer zu sagen, ob das eine ihrer Stärken oder Schwächen war.

«Weißt du, Benny, Nelly ist durchaus in der Lage, allein nach Hause zu gehen.»

Da hatte sie natürlich Recht. Andererseits aber war ich *gern* mit meinem Vater zusammen. Und er mit mir. Warum sollte er mich da nicht nach Hause begleiten?

«Was treibst du eigentlich die ganze Zeit mit dieser Frau, während du auf Nelly wartest?», fragte sie.

Ich staunte nicht schlecht: Meine Mutter stellte meinem Vater haargenau dieselbe Frage wie ich vorhin. Unsere Ähnlichkeiten sind doch manchmal ziemlich verblüffend.

«Wir unterhalten uns, Lucy», sagte mein Vater.

«Worüber?»

Diesmal kam seine Antwort ohne Zögern. «Musik», sagte er. «Wir unterhalten uns über Musik.»

Darauf sagte meine Mutter, glaube ich, nichts. Zumindest nichts, was ich hörte.

WÄHREND ICH MIR DIE HÄNDE und das Gesicht wusch, fiel mir ein, wie Max mich am Vortag in seinem Wohnzimmer in Verlegenheit gebracht hatte, wie peinlich mir mein Körper zu Bewusstsein gekommen war. Und was genau hatte er eigentlich vorhin mit *Sex* gemeint? Ich hätte ihn bitten sollen, sich doch etwas deutlicher auszudrücken.

112

Ich stellte mich seitlich vor den Spiegel. Mein Busen zeichnete sich deutlich ab. Ich legte die Hände um ihn und drückte ein bisschen. Meine Brüste fühlten sich weich an, wie zwei kleine Kissen. Gut, sie mochten nicht so ins Auge springen wie die von Yvonne, aber immerhin waren sie da – notfalls sogar mit bloßem Auge zu erkennen!

Ich bückte mich und kramte von ganz hinten aus der Kommode ein Kosmetiktäschchen hervor. Das hat meine Mutter mir letztes Jahr zum Karneval geschenkt, aber ich hatte kaum hineingeschaut. Nun fand ich einen weichen, glänzenden Lippenstift – *Rosy Rosa* nannte sich die Farbe. Ich trug ihn auf, tupfte mir die Lippen ab, wie ich es immer bei meiner Mutter sah, und betrachtete mich im Spiegel.

Nicht übel. Gar nicht übel.

Der Lippenstift schmeckte süß, nach Himbeere.

Ich legte die rechte Hand an die Hüfte und probierte einen lässigen Hüftschwung, wie ein Vamp. In der Hand hielt ich eine imaginäre Zigarette.

«Nelly», hörte ich Risa rufen. «Es wird langsam spät.»

Hastig wischte ich mir den Lippenstift ab.

Von der Taille bis zu den Waden umhüllte mich eine Fülle von weichem Samt. Der Rock meines Bat-Mizwa-Kleides war fast fertig, aber Risa wusste noch nicht genau, wie das Oberteil aussehen sollte. Ich blickte in den Spiegel. Das Blau stand mir hervorragend. Eindeutig. Wir hatten eine gute Wahl getroffen.

Risa stand neben mir und steckte gerade den Saum ab. Mit Blick auf den Spiegel sagte sie zu meinem Ebenbild: «Und, worum geht es in der Schöpfungsgeschichte noch?»

Ich sah ihr Spiegelbild an und verzog das Gesicht.

Hinter uns spiegelte Risas Zimmer sich wider, ihr altertümlicher Zierrat, die Dutzende von gerahmten Fotografien, ihre

Nähmaschine, ihre Schneiderpuppe, ihre Biedermeiermöbel. Ganz hinten im Spiegel war eine offene Tür zu erkennen, die in ihr Schlafzimmer und zu dem Bad führte, das wir gemeinsam benutzten.

«Vielleicht sollte er ein bisschen kürzer werden», sagte ich. Ich meinte den Rock.

«Bubele, du gehst zu deiner Bat-Mizwa, nicht in eine Disco.»

«Ich weiß. Aber ...» Mehr sagte ich nicht, so sehr fesselte mich unser Spiegelbild. Wenn Risa in einem bestimmten Winkel dastand, reflektierte der Glasstein an ihrer Halskette das Licht so, als ob Funken aus ihrer Brust flögen.

«Und?», sagte Risa.

«Und was?»

«Die Schöpfungsgeschichte! Wenn du aus der Thora vorlesen willst, musst du auch wissen, worum es geht. Es reicht nicht, nur das Hebräisch auswendig zu lernen.»

«Die anderen müssen ihre Stellen auch nicht interpretieren.»

«Ist mir egal. Du bist du, und ich bin deine Lehrerin, und ich sage: Es wird interpretiert! Also nochmal, worum geht es noch in der Schöpfungsgeschichte?»

«Unter anderem um die Vertreibung Adams und Evas aus dem Garten Eden», erklärte ich und sah Risa weiter beim Abstecken zu. «Adam und Eva haben Gottes Gebote falsch ausgelegt, und deshalb hat er sie fortgejagt. Dies lehrt uns, dass wir darauf Acht geben müssen, was wir sagen. Außerdem zeigt es uns, dass wir für unsere Fehler Verantwortung übernehmen müssen. Gott hätte sie vielleicht nicht weggeschickt, wenn sie alles zugegeben hätten, statt die Verantwortung abzuwälzen, auf den anderen, auf die Schlange und sogar auf Gott. Und die Geschichte von Kain und Abel lehrt uns ...»

«Steig bitte vom Stuhl, damit ich das um dich drapieren kann», sagte Risa.

Ich hopste vom Stuhl, und Risa begann mit der Arbeit an

meinem Mieder. Offensichtlich wollte sie mir lange Ärmel machen.

«Ich glaube, ich möchte keine langen Ärmel.»

Risas Augen verengten sich. Wir standen nebeneinander. Sie war klein und kräftig, weder zu dünn noch zu dick. In jüngeren Jahren gehörte sie bestimmt zu der Sorte Frau, die man «stattlich» nennt.

«Du möchtest keine langen Ärmel?», fragte Risa.

«Nein, lieber kurze.»

«In einem Gotteshaus?»

«Oder gar keine», fügte ich hinzu. «Oder vielleicht sogar schulterfrei.» Ich drapierte den Stoff so, dass meine Schultern zu sehen waren.

«Es ist eine Synagoge. Keine Sauna!»

«Das ist doch für den Empfang, nicht den Gottesdienst. Ich möchte doch bloß mal sehen, wie es aussieht.»

Widerwillig half mir Risa, den Stoff so zu drapieren, dass die Schultern frei blieben. Ich musterte mich im Spiegel. Fast sah ich aus wie Anita Ekberg in *La Dolce Vita*, dem Lieblingsfilm meines Vaters. Ein wenig jedenfalls. Und mit dunklen Haaren.

Risa zupfte an meinem Zopf. «Was machen wir damit?»

«Mommy hat mal erzählt, sie hätte sich früher die Haare mit dem Bügeleisen geglättet.»

«Mit einem Bügeleisen?! Bubele, du hast doch wunderschönes Haar!»

Ich verdrehte die Augen.

«Also gut, du hast hässliches Haar. Dann erzähl mir lieber von Kain und Abel.»

«Die Geschichte von Kain und Abel lehrt uns, dass wir füreinander Verantwortung tragen.»

«Gut», sagte sie. «Für den Anfang.»

«Findest du wirklich?», sagte ich, während ich im Spiegel kritisch mein Kleid musterte.

115

«DAS BUCH HAT MIR SUPER gefallen», sagte Pia, als sie mir *Schwarze Löcher, Weiße Zwerge, Schlaue Kinder* zurückgab.

Wir hatten Pause und waren auf dem Schulhof. Um uns tobte die halbe Schule, denn es war schön und sonnig. Daran erinnere ich mich genau, denn in Berlin gibt es im Herbst nicht so häufig schöne, sonnige Tage, und die wenigen vergisst man nicht.

«Freut mich, dass dir das Buch gefallen hat», sagte ich zu Pia. «Es war nicht zu anspruchsvoll für dich?»

«Was? Das Buch?» Sie zuckte die Achseln. «Na ja ... weiß nicht.»

Vermutlich *war* es zu schwer für sie, aber es war ihr peinlich, das zuzugeben. Schnell wechselte ich das Thema. «Er will Sex», sagte ich.

«Wer? Was? Wo?» Plötzlich war sie hellwach.

«Max.»

Pia machte große Augen. «Er bringt dir Basketball bei, wenn du? ... Ich sterbe!»

«Pia!», sagte ich kichernd. «Das geht doch nicht. Ich hab doch keine Ahnung von nichts.»

«Dann besorg dir ein Buch. *Sex for Dummies* oder so was. Hat er gesagt, was für Sex? Wie weit er gehen will?»

Ich konnte nicht aufhören zu kichern. «Nein. Ich bin abgehauen, bevor er seine Wünsche spezifizieren konnte.»

«Tja», sagte sie, «da nein zu sagen, das würde ich mir zweimal überlegen. Ist doch eine tolle Gelegenheit. Falls du Prinz William tatsächlich kennen lernen solltest, wüsstest du genau Bescheid. Du hättest schon Erfahrung.»

«Hhmm», sagte ich, «daran habe ich überhaupt noch nicht gedacht.» Sie hatte gar nicht mal Unrecht. Ganz und gar nicht. «Gut, ich werd's mir durch den Kopf gehen lassen», sagte ich, griff in die Seitentasche meines Rucksacks und zog meinen Brief an Anton heraus. Es war schon der zweite. Damit niemand was mitbekam, steckten wir die Köpfe zusammen.

«‹Lieber Anton›», las Pia leise vor, «‹ich bin's wieder, deine schöne Unbekannte. Immer, wenn ich dich sehe …› Moment mal. Nelly, können wir statt ‹deine schöne Unbekannte› ‹deine fromme Freundin› schreiben?»

«*Fromme Freundin?* Warum das denn?»

«Eine wie *du* sollte das wirklich kapieren! Fromm heißt auf Lateinisch *pius*, und Pia ist ‹die Fromme›. Mit dem kleinen Tipp kommt er leichter drauf, dass der Brief von mir ist.»

Ich verkniff es mir, die Augen zu verdrehen, und sagte nur: «Lies weiter.»

«‹Ich bin's wieder, deine fromme Freundin. Immer, wenn ich dich sehe, meldet sich meine Li-bi-do.›» Pia warf mir einen fragenden Blick zu.

«Libido. Das heißt Verlangen.»

«Ach so.» Sie senkte ihren Blick auf den Brief, schaute dann aber wieder hoch. «Du trägst ja Lippenstift!»

Meine Wangen glühten. Musste sie das so laut herumposaunen? Und überhaupt, das ging sie nichts an! «Das ist ein Pflegestift», sagte ich. «Meine Lippen sind so trocken.»

Pia musterte eingehend meine Lippen. «Echt? Sieht man gar nicht.»

«Hat schon geholfen.»

«Aha.» Damit schien sie zufrieden und wandte sich wieder dem Brief zu. «‹Besonders gern sehe ich dir beim Fußballspielen zu, wenn deine knackigen Glu-tae… Glu-tae-us…›» Sie sah mich wieder an.

«Glutaeusmuskeln», sagte ich. «Das sind die Muskeln am Hintern.»

Sie las den Satz nochmal von vorn. «‹Besonders gern sehe ich dir beim Fußballspielen zu, wenn deine knackigen Glutaeusmuskeln sich im grellen Sonnenlicht abzeichnen.›» Pia kicherte. «*So* genau hab ich da noch nie drauf geachtet. Du etwa?»

«Das ist aus einer E-Mail an Prinz William.»

«Du hast ihm eine E-Mail geschickt?»

«Nein, nur *geschrieben*.»

Wir lachten laut – bis uns die Stille auf dem Schulhof auffiel. Alles hatte aufgehört zu reden, zu atmen, zu laufen. Das Einzige, was man hörte, waren ein paar Vorschulkinder, die in ihren Klassenzimmern «Old McDonald» sangen.

Ich schaute hoch.

Und sah eine schwarze Gestalt näher kommen. Eine Kreuzung aus Batman und Darth Vader.

Der Fürst der Finsternis in aller Pracht: Maximilian!

«O mein Gott!», flüsterte Pia. «Ist er das? Mein Gott. Mit so einem willst du Sex …»

«Davon war nie die Rede!»

Starr vor Staunen, völlig verdattert, standen die übrigen Schüler da wie hypnotisiert. Nie und nimmer würde man Max das durchgehen lassen, schoss es mir durch den Kopf. Wir haben eine Menge Ausgeflippte an der Schule, aber das war einfach zu viel. Einiges musste einfach verschwinden: auf jeden Fall die weiße Schminke, das Spinnennetz auf den Wangen, die Schmiere im Haar. Die Lederhose, die spitzen Stiefel und das Cape würde man ihm eventuell noch gestatten, auch die giftgrüne Igelfrisur. Aber den Nasenring?

«Ich fass es nicht, dass er so zur Schule gekommen ist», sagte ich mit starrem Blick auf Max.

Hilfe – nein! Kam er etwa auf mich zu? Auf *mich*? Ich wandte den Blick zum Himmel. «Lieber Gott, ich gelobe, künftig *jeden* Tag für meine Bat-Mizwa zu lernen, wenn du ihn von mir fern hältst. Bitte, lieber Gott!»

«Ich glaube, Gott hört dich nicht», sagte Pia, den Blick auf Max geheftet, der immer näher kam.

«Ich zisch ab», sagte ich, schnappte mir meine Sachen und wollte mich verdrücken.

Zu spät.

118

«He, Nelly! Warum hast du's denn so eilig?» Es war Maximilian. «Warte doch mal!»

Was sollte ich tun? Alle schauten mich an! Ich drehte mich um und stand Auge in Auge mit dem nervigsten menschlichen Wesen, das mir je begegnet war.

«Du könntest mich wenigstens mit deinen Freunden bekannt machen», sagte er und grinste schwachsinnig.

Meinte er wirklich, die Leute legten Wert auf seine Bekanntschaft? Kaum hatte ich das gedacht, wurde ich auch schon beiseite geschoben.

«Hi», sagte Yvonne zu Max mit gekonntem Hüftschwung. «*Ich* bin eine Freundin von Nelly. Yvonne Cohen.» Sie schenkte Max ein umwerfendes Lächeln. Dieses Luder!

Und er lächelte zurück.

ES WAR SINNLOS. Bei dem Jungen kam ich nicht weiter. Mit dem Basketball-Deal würde es wahrscheinlich nie etwas werden, was kümmerte es mich also, ob er Deutsch lernte oder nicht? Und die zehn Mark, die ich pro Stunde verdiente, brachten mir mein Teleskop auch nicht viel näher. Mir derart mühselig die siebenhundert Mark für das Vixen zusammenzuschuften – selbst wenn meine Mutter die Hälfte drauflegte –, darauf konnte ich gut verzichten. Schluss damit! Für mich war Feierabend. Heute Nachmittag.

Bei meiner Ankunft aber war Max nicht da und Melissa gerade auf dem Sprung. «Bin verabredet, Herzchen», sagte sie. «Max müsste aber bald hier sein. Auf dem Küchentisch steht was zu essen. Fühl dich ganz wie zu Hause.» Und weg war sie. Zurück blieb eine Wolke von Parfüm. Es duftete wundervoll. Ganz benommen stand ich noch ein Weilchen da, nur um den süßen Nebel einzuatmen und ihn mit Haar und Kleidung aufzunehmen. Schließlich aber ging ich ins Wohnzimmer und wartete.

Und wartete.

Ich langweilte mich. In der Küche holte ich mir ein Häppchen zu essen und was zu trinken. Dann streifte ich ein bisschen in der Wohnung herum, vorbei an Max' Zimmer mit dem «Zutritt verboten!»-Schild, durch das Berliner Zimmer, das als Familienzimmer eingerichtet war. Und dann blieb ich stehen. Und kehrte um. Wieder stand ich vor Max' Zimmer, der verbotenen Gruft. «Zutritt verboten!» Hmm … ein kurzer Blick hinein könnte nicht schaden, dachte ich. Als ich neulich das eine Mal kurz hier war, konnte man vor Dunkelheit nichts erkennen. Ich drückte die Klinke herunter und öffnete die Tür. Sie knarrte.

Was erwartete ich eigentlich? Einen Altar zu Ehren des Teufels? Einen Schrein für Frankensteins Monster? Eine Art Höhle mit schwarz getünchten Wänden?

Tatsächlich fand ich ein ganz normales Jungenzimmer vor, voll gestopft mit allem, was zu einer amerikanischen Jugend so gehört: Sport- und College-Wimpel, Modellautos, ein Baseball-Handschuh mit Autogramm, Schlittschuhe, die von der Klinke baumelten, ein *Star-Wars*-Kalender und ein Poster der *Titanic*, wie sie ein bedrohliches Meer durchpflügt. Ich stolperte über ein Buch, das am Boden lag, und hob es auf. Es war der schwere Wälzer mit dem schwarzen Leineneinband, in dem ich Max am Tag unserer ersten Begegnung hatte lesen sehen. *Sein und Schein* stand in goldenen Lettern darauf, *Moderne Geschichten für den Deutschunterricht*. Ein Deutschbuch? Ich blätterte ein wenig darin herum. Es war in Deutsch. In *Deutsch*? Max' Name stand auf der ersten Seite. Vereinzelt waren Textpassagen mit Leuchtmarker angestrichen, daneben Vokabeln gekritzelt – und zwar in Max' Handschrift. Konnte er etwa Deutsch lesen? Das Buch war voll Eselsohren. Irgendjemand hatte also offensichtlich darin gelesen. Sähe das Max nicht ähnlich, alle so hinters Licht zu führen …?

Ich stand auf. Es wurde immer später. Wenn er jetzt nicht bald auftauchte, würde ich gehen. Ich trat an eine Kommode. Oben-

120

drauf standen ein Dutzend Basketballtrophäen und ein paar gerahmte Fotos, von denen ich eins in die Hand nahm. Ein viel jüngerer Max mit einem Basketball in den Händen lächelte mir entgegen, und neben ihm stand ein Mann. Sein Trainer? Oder sein Vater? Derselbe Mann war auch auf einem anderen Bild, mit Max und Melissa. Wahrscheinlich also der Vater. Aber Max redete nie über ihn. Na ja, er war ja auch sonst nicht gerade gesprächig ...

«Was, zum Teufel suchst du hier?!»

Erschrocken fuhr ich herum. Vor Schreck fiel mir das Bild aus der Hand und zersplitterte auf dem Boden.

«Was machst du denn hier!», sagte Maximilian. «Ich hab dir gesagt, du darfst hier nicht rein!»

Es sah wirklich übel aus. Überall lagen Glasscherben verstreut und der Holzrahmen war gebrochen.

«Tut mir Leid», sagte ich. «Es tut mir echt Leid.» Ich bückte mich und angelte das Foto aus den Scherben, aber Max packte mich am Arm und entriss mir das Bild.

«Wehe, du rührst das an! Gib her.» Unsanft zerrte er mich hoch und schob mich Richtung Tür. «Raus!»

«Ich hab doch gesagt, es tut mir Leid.»

«Verpiss dich!»

Also ging ich.

Er knallte mir die Tür vor der Nase zu. Das «Zutritt verboten!»-Schild schaukelte hin und her.

«Du kotzt mich sowieso an!», schrie ich. «Dein Zynismus kotzt mich an. Und deine Morbidheit! Ich kann deine groteske, abstoßende, hassenswerte Fratze nicht mehr sehen! Ich schmeiß den Job!»

Die Tür wurde aufgerissen.

«Du widerliches, wandelndes Wörterbuch», spie er mir förmlich entgegen. «Eins will ich dir sagen, Kiddo. Das hier ist das Leben – kein Vokabeltest!»

121

Wir standen uns so dicht gegenüber, dass ich den Döner Kebab riechen konnte, den er wohl gerade erst gegessen hatte.

«Und zu deiner Information, Little Miss Superschlau», sagte er, «es heißt Morbidität, nicht Morbidheit.»

Ein Nanosekündchen lang überlegte ich, ob das stimmte. Mein eingebautes Wörterbuch gab mir zwar keine eindeutige Auskunft, aber kühl erwiderte ich: «Zu deiner Information, da irrst du dich. Man kann beides sagen. Entweder – oder. Morbidität oder Morbidheit. Und weißt du was? Mich kotzt beides an. Deine Morbidität. *Und* deine Morbidheit!»

Max stand immer noch so dicht vor mir, dass ich einen Schritt zurückwich. Aber darauf machte er einen Schritt vor. Ich wieder einen zurück. Das ging so lange, bis er mich mit dem Rücken an eine Wand gedrängt hatte. Nun gab es nur noch mich, Max und die Wand.

«Was kratzt es mich, wenn du gehst?», sagte er. «Auf die Nachhilfe hast du dich doch sowieso nur eingelassen, weil du mich als Basketballtrainer haben wolltest. Damit du nach England kannst. Um Prinz William hinterherzuspüren. Prinz William! Das ist das Primitivste, Stupideste, Absurdeste, Blamabelste, was ich je gehört habe!»

«Ach nee, hatte da nicht jemand gerade noch was gegen wandelnde Wörterbücher gehabt?»

«Willst du wissen, was die Sache mit ihm und dir ist? Du hast totale Angst vor Jungs. Du hast totale Angst davor, dass jemand deine Hand hält, dich anfasst oder auch nur *ansieht*. Also spinnst du auf einen dämlichen Prinzen, bei dem die Chancen, dass du ihn je kennen lernst, so gut wie null minus unendlich sind. Und damit bist du aus dem Schneider. Du kannst rein und fein in deiner kleinen Märchenwelt bleiben, ohne dass dir einer nachsagen könnte, du hättest es nicht versucht.»

Ich weiß nicht mehr genau, was ich im Einzelnen dabei empfand. Ich weiß nur noch, dass ich wegwollte. Und zwar schleu-

122

nigst. Ich schnappte mir meine Jacke und den Rucksack. «Das muss ich mir nicht anhören.»

«Wo willst du hin? Nach Hause, zu Papa? Da ist der nicht.»

«Was redest du denn da?»

«Dafür, dass du so schlau bist, bist du ganz schön blöd!»

«Was soll das heißen?»

Max sah mich an, als sei ich wirklich gerade erst von einem fernen Planeten auf der Erde gelandet. «Irgendwo nagelt er gerade meine Mutter.»

Ich weiß nicht, wo sie herkamen, aber auf einmal waren sie da: Tränen. Sie liefen mir über die Wangen, den Hals hinab, in meinen Kragen und schließlich über die Brust. «Er nagelt deine Mutter?», schluchzte ich. «Mein Vater nagelt deine Mutter?»

Das Wort «nageln» hatte ich noch nie im Leben benutzt. Ich war nicht mal sicher, ob ich genau wusste, was es bedeutete, obwohl es sich nicht nach etwas anhörte, das mein Vater mit seiner Mutter tun sollte.

Blindlings stürmte ich zur Wohnungstür.

«Werd endlich erwachsen!», hörte ich Max noch. Dann schlug die Tür hinter mir zu.

ICH WEISS NICHT MEHR, wie ich den Weg nach Hause fand – so außer mir war ich. Meine Erinnerung setzt erst wieder ungefähr zwanzig Meter vor der alten Tankstelle ein. Einer der Freaks dort, der Dichter mit der voll geschriebenen Jeansjacke, stand auf und sah in meine Richtung. Ich dachte mir nichts dabei. Ich schöpfte auch keinen Verdacht, als Schlange, der Typ mit den gebleichten Haaren und den Schlangentattoos, sich von seiner Decke erhob.

«He du, hasse ma' 'ne Mark?», fragte er, als ich näher kam.

«Komm, lass sie in Ruhe», sagte der Dichter. «Die is doch noch 'ne Kleene.»

«Schon ma' ihre Mutter gesehn? Dit ist ma' ein scharfer

Schuss», sagte Schlange und kam auf mich zugeschlendert. «Du auch?»

«Tut mir Leid, ich hab kein Geld dabei», sagte ich.

Schlange streckte die Hand nach mir aus. «Und was is' im Rucksack?»

«He, Marco, lass sie in Ruhe», sagte der Dichter, stellte sich zwischen uns und hielt ihn zurück.

Ich wollte schon abhauen – die Situation wurde langsam brenzliger als gedacht –, als mir auffiel, dass ich nun endlich, da er mir den Rücken zukehrte, das Gedicht auf der Jacke des Dichters lesen konnte: *«Donnerkreischen, Blitzezucken, der Regen fiel mit Macht / Still netzten Tränen mein den Grund / Mein Herz schrie auf in der grausen Nacht / Mein Lieb, mein Lieb ich nimmermehr fund.»*

Monatelang hatte ich gewartet, um *das* lesen zu können? Was für ein superschlechtes Gedicht, dachte ich eben, als Schlange sich aus dem Griff des Dichters loswand und wieder auf mich zukam. Aber ich hatte keine Angst. Nicht eine Sekunde lang. Vielleicht war das naiv, aber so war es nun mal. Es ärgerte mich sogar, als ich hinter mir plötzlich eine Stimme *«Don't touch her!»* brüllen hörte. *Rühr sie nicht an.* Maximilian! Was hatte *der* denn hier zu suchen?

Ich bezweifle, dass Schlange oder der Dichter Englisch konnten, aber sie verstanden Max sofort. Sein Tonfall war unmissverständlich. Der Dichter zuckte zusammen. Schlange leckte sich die Lippen. Zwei der Irokesen kamen herüber, um zu sehen, was der Aufruhr zu bedeuten hatte.

«Was zum Geier bist *du* denn?», fuhr Schlange Max auf Deutsch an, blähte den Brustkorb auf und gaffte die kreideweiße, spinnennetzverzierte, schmierhaarige Erscheinung vor sich an. Die übrigen Burschen umstellten Max von allen Seiten. Ganz eindeutig war er eine Provokation.

«Willste was auf die Fresse, oder wie?», sagte einer der Irokesen.

124

«Hau ab, Nelly», befahl Max.

Was für ein Idiot, dachte ich. Wieso musste er sich denn hier einmischen, als wäre er Tarzan? Aber da er sich nun mal eingeschaltet hatte, blieb mir nichts übrig, als Leine zu ziehen.

Also lief ich weg. Nach wenigen Schritten aber versteckte ich mich hinter einem Auto. So konnte ich sehen, wie Schlange Max einen Stoß versetzte. Und wie die Bande dann, innerhalb weniger Sekunden, aus ihm Hackfleisch machte.

MAX STÜTZTE SICH auf mich. Er war schwer. Am schlimmsten waren die vier Etagen hoch zu meiner Wohnung.

«Das war total überflüssig», sagte ich. «Was wolltest du denn beweisen? Die haben dich ja fast umgebracht.»

«*Mich* fast umgebracht?», sagte Max. «Und was ist mit *dir*? Bist du blind oder nur blöd? Noch nie von Überfällen mitten auf der Straße gehört? Vergewaltigung? Körperverletzung?»

«Ich kann schon auf mich aufpassen», murrte ich, wenn auch ein bisschen weniger vorlaut als eben. Er war ja richtig besorgt.

Mühsam rang Max nach Atem.

«Alles nur deine Schuld», verteidigte ich mich lahm.

«*Meine* Schuld? Wer ist denn abgehauen?»

«Wer hat mich angebrüllt?»

«Wer ist einfach in mein Zimmer gegangen?»

«Wer ist ewig nicht gekommen?»

«Wer kam viel zu früh?»

Keuchend legten wir auf dem Treppenabsatz zwischen dem zweiten und dritten Stock eine Pause ein und stiegen dann weiter hoch bis zu unserer Wohnung.

Ich kramte nach meinem Schlüssel. «Vielleicht bekomme ich dich in mein Zimmer, ohne dass Risa was merkt. Meine Mutter ist, glaube ich, nicht da.»

Max nickte. Lieber Gott, sah er furchtbar aus! Seine Nase war lädiert, die Haut rings um die Augen verschwollen. Wegen

125

der weißen Schminke konnte ich nicht sehen, ob sie sich bereits grün oder blau oder schwärzlich oder lila oder wie auch immer verfärbte. Und natürlich war er voller Blut, frisch und getrocknet.

Erschöpft lehnte Max sich an die Tür. Dabei kam er mit dem Ellenbogen versehentlich an die Klingel. Bbrrrriing!

Unmittelbar darauf hörten wir Schritte. Die Tür ging auf.

Risa sah Max an. Dann mich. Dann wieder Max. «*Oj, gewalt*», sagte sie.

GENÄHT MUSSTE ER nicht werden, stellte Risa fest, wozu sollte Max also ins Krankenhaus? Sie ließ Wasser kochen und Handtücher, Verbandszeug, Heftpflaster, Salbe, Shampoo und eine Flasche Kognak zusammensuchen. Dann schickte sie mich vor die Tür. Die Operation, erklärte sie, würde sie allein vornehmen. Und ich muss zugeben, dass ich darüber absolut erleichtert war. Bis in die Küche konnte ich Max stöhnen hören. Lustig war das nicht. Eine medizinische Laufbahn, so entschied ich, kam für mich auf gar keinen Fall infrage.

Über eine Stunde später, nachdem Risa Max verarztet, gebadet und shampooniert hatte, rief sie mich wieder in mein Zimmer. Es war ziemlich dunkel. Risa erklärte, sie hätte die Lampen gedimmt, weil Max jetzt kein grelles Licht vertrug. Aber ich glaube, das war nur, damit ich nicht sehen konnte, wie schlimm er aussah.

Max saß aufrecht im Bett, die Beine lang ausgestreckt. Aus Angst, ihm ins Gesicht zu sehen, konzentrierte ich mich ganz auf seine schwarze Lederhose. Was für ein Kontrast zu meiner rosa Bettwäsche mit den winzigen Rosetten! Dann ließ ich den Blick zu seinen Armen wandern. Sie schienen unversehrt. Seine Hemdsärmel waren hochgekrempelt, und ich konnte die dunkelblonden Härchen erkennen. Irgendwelche offenen Knochenbrüche waren nicht zu entdecken.

Und dann sah ich in sein Gesicht.

126

Ich war so überrascht, dass ich nach Luft schnappte.

Risa lachte. «Wer hätte das gedacht?», sagte sie. «Unter all der Tünche steckte ein Junge. Na, Nelly?»

Die weiße Schminke war verschwunden. Die Schmiere und das schwarze Spinnennetz ebenfalls. Übrig geblieben war nur ein Gesicht. Es war zerschlagen und verschwollen, zerkratzt und verwundet, aber immerhin ein Gesicht. Max' Gesicht. Zwei Augen, eine Nase, ein Mund. Zwei Ohren. Und Haar. Blondes Haar. Dichtes, welliges, frisch gewaschenes blondes Haar. Und blaue Augen. Sehr blaue Augen.

«Buh», sagte Max.

Möglich, dass ich lächelte.

«Hi», sagte er dann, etwas sanfter. «Hi.»

«DU BIST MIR NACHGEGANGEN», war das Erste, was ich zu Max sagte, nachdem Risa uns allein gelassen hatte. «Wieso hast du das getan?»

Er zuckte mit den Schultern. «Keine Ahnung.» Nach kurzer Überlegung wusste er es aber doch. «Ich wollte mich entschuldigen», sagte er. «Ich kam mir so mies vor.»

«Wegen dem, was du über meinen Vater gesagt hast.»

«Ja. Und wegen meinem Wutanfall.»

«Und wegen dem, was du über mich gesagt hast.»

«Nein.»

«Wie, nein?»

«Nein, deswegen kam ich mir nicht mies vor. Was ich über dich gesagt habe, ist einfach die Wahrheit.»

Ich wurde rot. «Du bist ja ein echter Gentleman.»

Er versuchte zu lächeln, aber seine Lippen streikten.

«Wenn ich dich recht verstehe», sagte ich, «fühlst du dich mies, weil das, was du über meinen Vater gesagt hast, *nicht* stimmt.»

«Nein. Ich bereue nur, dass ich es dir gesagt habe.»

«Wie feinfühlig von dir. Wie aufrichtig.»

127

«Ich bin eben ein aufrichtiger Typ.»

«Ach ja? Warum tust du dann so, als könntest du kaum Deutsch?»

Max riss die Augen auf. Ganz kurz nur, aber da wusste ich, dass ich ins Schwarze getroffen hatte.

«Damals, am ersten Abend, hab ich gesehen, wie du gelesen hast», sagte ich. «In dem schwarzen Buch mit den Goldlettern. Und als ich jetzt bei dir im Zimmer war, hab ich darin deine Notizen entdeckt. Du bist ja ein halber Germanist.»

«Du kleine Schnüfflerin!»

«Ich hab nicht geschnüffelt! Ich hatte eben Langeweile. Und als ich dann in deinem Zimmer über das Buch gestolpert bin, war ich neugierig und hab mal reingeschaut. Und –»

In dem Moment fiel mir etwas ein, woran ich noch gar nicht gedacht hatte. Meine Entdeckung war Gold wert. Eton, ich komme!

«Und?», fragte Max herausfordernd.

«Und da hab ich mir so überlegt, was deine Mutter so täte, wenn sie von deinen guten Deutschkenntnissen wüsste. Ob sie dir da noch zum Ansporn die Reise nach New York schenkt? Allerdings muss sie es ja nie erfahren. Wenn du mir Basketballtraining gibst, halte ich bestimmt meinen Mu…»

«Willst du mich erpressen?», fiel er mir ins Wort. «Vergiss es. Sie ahnt, dass mein Deutsch gar nicht so schlecht ist.»

«Woher?»

«Weil sie mit mir als Kind Deutsch gesprochen hat. Hat sie dir das nicht erzählt?»

Dunkel erinnerte ich mich an so etwas. «Weswegen hat sie mich dann gebeten, dir Deutschunterricht zu geben?»

«Weil sie dachte, ich könnte ein bisschen Grammatik und so gut vertragen. Und du hast einfach bei Adam und Eva angefangen.»

Ich runzelte die Stirn. «Verstehe. Dann brauchst du mich also nicht mehr für Deutschstunden?»

128

«Ich hab dich *nie* gebraucht, Kiddo. Für gar nichts.»

Aber ich brauchte ihn – diesen eingebildeten Affen.

«Na gut», sagte ich, «wenn du mich nicht brauchst, hören wir mit den Stunden auf.»

«Gebongt.»

«Aber deiner Mutter sagen wir *nichts*. Sie glaubt, ich gebe dir weiterhin Nachhilfe, zahlt mir zehn Mark in der Stunde, du gibst mir stattdessen Basketballtraining und sackst das Geld ein! Was meinst du?»

«Du gibst nie auf, was?» Er lachte. Ohne Schmerzen hätte er sich sicher amüsiert.

Ich schaute ihn kurz an und überlegte meinen nächsten Schritt. Es war eigenartig, einen Jungen so auf meinem Bett liegen zu sehen. Auf einmal fiel mir auf, wie lang seine Beine waren und dass es in meinem Zimmer anders roch. Irgendwie nach Moschus. Kam der Geruch von Max' Lederhose? Oder von seinen Socken? Oder gar von ihm?

Und wenn er redete, konnte ich Kognak riechen. Hatte Risa ihm den gegen die Schmerzen verabreicht?

Max veränderte seine Lage, und da fiel mir wieder mein Problem ein. «Okay», sagte ich. «Falls dir an dem Geld nichts liegt, bekommst du Sex.»

So ganz sicher war ich mir nicht, ob ich *das* tatsächlich einhalten wollte, aber wenigstens würde ihm das eine Reaktion entlocken – dachte ich jedenfalls.

Für den Bruchteil einer Sekunde schien es, als würden sich Max' Augen weiten, aber er sagte nichts.

«Hast du gehört?», sagte ich. «Du hast gewonnen. Sex.»

Er schaute mich nicht einmal an. War er taub?

«Sex», wiederholte ich. «Ich hab gesagt, du kannst Sex von mir haben.»

Endlich sah Max mich an. «Okay. Wann kommt deine Mutter voraussichtlich nach Hause?»

129

Mir blieb das Herz stehen. «Jetzt?», krächzte ich kläglich. «Du willst es *jetzt*?»

Max beugte sich langsam zu mir. Dichter und dichter. Zentimeter für Zentimeter. Ich hielt den Atem an.

Dann, direkt vor meiner Nase, hielt er inne, drehte sich um und stand auf. «Ich nehm lieber das Geld», sagte er. «Morgen um vier.»

Was? Kein Sex?

Ich schluckte schwer. War ich erleichtert oder enttäuscht? Beides, glaube ich.

Max griff sich seine Lederjacke und warf sie sich über die Schulter, wo sie dumpf gegen seinen Rücken schlug.

Dann ging er.

Es war halb elf. Der Mond stand am Himmel.

VIERTEL NACH EINS. Seit Stunden saß ich in meinem Sessel am Fenster. Der Mond war inzwischen in die hinterste Ecke meines Fensters gewandert. Mein Vater war immer noch nicht zurück.

Ehrlich, ich wusste einfach nicht, was ich von meinem Vater und Melissa halten sollte. Teilweise verstand ich ihn. Wer konnte Melissa schon widerstehen? Aber mir wurde richtig übel, wenn ich mir die beiden nur zusammen vorstellte. Einmal, als ich besonders drastisch vor mir sah, wie er Melissa in der Speisekammer «nagelte», packte mich solcher Brechreiz, dass ich zum Klo rannte. Brechen musste ich dann zwar doch nicht, aber noch eine halbe Stunde später stieß ich immer wieder auf. In der *Speisekammer*?, dachte ich. Zwischen den *Weizenkeimen*? Und während *ich* im Nebenzimmer war? Ahnte meine Mutter was? Vermutlich nicht. Eigentlich hätte sie mir Leid tun sollen. Und das tat sie auch. Aber ich war auch wütend, und zwar nicht nur auf ihn. Auch auf sie, weil sie es so weit hatte kommen lassen. Wenn sie nicht immer so stinkstiefelig gewesen wäre, wenn sie rechtzeitig was gegen die Äderchen und das Gewabbel an ihren Oberschenkeln unternommen hätte …

130

Mein einziger Trost in dieser Nacht war, dass ich nun wenigstens richtig Basketballspielen lernen würde.

Ich war müde. Ich knipste die Nachttischlampe an, zog mir meinen Schlafanzug über und ging zum Schrank, um meine Sachen aufzuhängen. Plötzlich bemerkte ich William, wie er da stand, so majestätisch in seinem dunkelblauen Kaschmirnadelstreifen-Dreiteiler. Ich stellte mich vor ihn. Mein Kopf reichte nur bis an sein Schlüsselbein. Ich holte meinen Schemel und kletterte hinauf. Schon besser.

«Hi», sagte er. «Hi.»

Und dann küsste er mich. Es war vollkommen. Ich spürte ein prickelndes, warmes Gefühl, das durch meinen ganzen Körper strömte, von den Zehen bis in die Fingerspitzen, hinauf in meine Ohren, hinab in meinen Bauch, überallhin ... William nahm mich in die Arme, und ich legte den Kopf an seine Brust, schmiegte mich in seine Umarmung wie eine leise schnurrende Katze, die ihren Rücken gegen eine weiche Decke reibt. Er hob mein Kinn. Und küsste mich. Nochmal.

Dann pochte es an der Tür.

Ich sprang hastig ins Bett und griff nach meinem Basketballbuch. «Ja?», rief ich. «Herein.»

Es war mein Vater. Verstohlen warf ich einen Blick auf Prinz William. O nein! Sein Mund war feucht. Ich betete, mein Vater würde es nicht bemerken.

«Ich hab das Licht gesehen», sagte mein Vater. «Wollte nur gute Nacht sagen.» Er ließ sich auf meinem Bett nieder. «Schon ein bisschen spät zum Lesen, oder?»

Normalerweise hätte ich ihn umarmt. Aber jetzt war mir nicht danach. Also zuckte ich nur die Achseln.

Mein Vater beugte sich hinab und gab mir einen Kuss.

Und dann roch ich es. Rauch. Alkohol. Parfüm. Melissas Parfüm. Dümmer hätte er es wirklich nicht anstellen können.

«Du riechst komisch», sagte ich. «Nach Parfüm.»

«Meinst du mein neues Rasierwasser?»

Ich sah ihm direkt in die Augen. «Keine Ahnung. Kann sein.»

Er wich meinem Blick aus und griff nach dem Basketballbuch.

«Hast du jemanden gefunden, der dir hilft?», fragte er.

«Ja», sagte ich. «Max. Max wird mir helfen.»

Die plötzliche Fröhlichkeit in meiner Stimme überraschte nicht nur ihn.

NEUNTES KAPITEL

Unterricht für Nelly

MAX HATTE UNGEFÄHR zehn Tage, um mich in Form zu bringen. Das war eindeutig zu kurz. Zehn Wochen, zehn Monate, ach was: Zehn Jahre wären eher angemessen gewesen.

«Mensch, du kannst ja nicht mal dribbeln!», sagte er am ersten Tag auf dem Basketballplatz. Und am zweiten Tag sagte er das Gleiche. Vom Verstand her wusste ich, was ich zu tun hatte: den Ball mit den Fingerspitzen prellen, nicht mit der Handfläche; bei Korblegern stets auf das Quadrat auf dem Brett zielen, immer dran denken; den Ball dicht bei mir halten; das Spielfeld im Auge behalten, nicht den Ball. Das wusste ich alles. Wirklich. Unweigerlich aber versuchte meine ganze Hand, den Ball zu umschließen. Ständig vergaß ich, dass es so etwas wie ein Brett hinter dem Korb gab. Stand ich am Fleck, blieb der Ball schön bei mir, aber sobald ich loslief, machte er sich selbständig. Wenn ich nur für den Bruchteil einer Sekunde auf den Ball hinabsah, prallte ich im nächsten Moment mit Max zusammen, landete in einem Zaun oder stolperte über einen Zweig.

Nur gut, dass Max auf dem ganzen Drum und Dran bestand: Knieschützer, Knöchel- und Handgelenkbandagen, stabile Basketballschuhe, sogar ein Mundschutz musste her. Ohne diese Ausrüstung wäre ich ein Fall für die Notaufnahme gewesen – oder schlimmer noch: für die Leichenhalle. Mein Vater bezahlte mir die Sachen, aus Freude, dass ich mich mit Max verstand und gleichzeitig sportlich betätigte. Meine Mutter dagegen zeigte

133

sich weniger begeistert. Obwohl sie sich bestimmt freute, mich in kurzen Hosen und Achselhemd zu sehen, verschwitzt, mit hochrotem Gesicht und zerzaustem Zopf, misstraute sie meinen Beweggründen. Und bei jeder Erwähnung von Max konnte man spüren, dass unsere Freundschaft ihr nicht so recht passte. Es war ihr vom Gesicht abzulesen – wie ihr Mund sich verzog und es um ihre Nase zuckte. Kurz gesagt: Mein Basketballtraining war ganz offenbar Salz in den Wunden meiner Mutter. Und außerdem brachte es mich keinen Schritt näher an meine Bat-Mizwa.

Als Melissa Minsky dann die Eröffnung ihres Restaurants für Samstag, den 25. Oktober ankündigte, den Tag meiner Feier, war das Maß voll: Meine Mutter schäumte vor Wut.

«Dieses Miststück», hörte ich sie am Telefon zu ihrer Freundin Becky Bernstein, der Talkmasterin, sagen. «Dieses Luder. Dieses Drecksweib.»

Mein Vater bemühte sich, die Wogen zu glätten, doch ohne Erfolg. «Sie wollte den Termin noch ändern, als ihr das Debakel auffiel», erklärte er uns, «aber da waren die Einladungen bereits gedruckt. Was sollte sie machen?»

«Neue Einladungen drucken lassen», sagte meine Mutter.

Mein Vater seufzte.

«Denk bloß nicht, du könntest einfach so von Nellys Bat-Mizwa-Feier verschwinden, um bei *Minsky's* zu spielen!», zischte sie.

«Wofür hältst du mich eigentlich?», schnaubte mein Vater und hastete fluchtartig zur Tür. «Sie ist auch meine Tochter!»

Und ich? Die Tochter? Ich versuchte, die beiden zu ignorieren. So gut es ging, jedenfalls. Und außerdem wusste ich ja, dass sie sich bald wieder beruhigen würden. Wie immer.

AM DRITTEN TAG auf dem Basketballplatz, nach einem besonders anstrengenden Training, traf Max eine Entscheidung, die mein Leben verändern sollte.

134

«Hey, du, komm mal her», sagte Max mit breitem Brooklyner Akzent. Er hatte sich angewöhnt, wie ein italienischer Mafioso mit mir zu reden, was wohl aus einer Überdosis an Robert-De-Niro-Filmen rührte. Ich fand das superlustig. Und er wusste das. Für seinen Standard war das eine schier unglaubliche Geste der Freundlichkeit.

«Biste taub oder was? Presto, presto, hab ich gesagt!», raunzte er à la De Niro.

Völlig erhitzt, außer Atem, die Füße schweißnass, meine Zehen in den Basketballschuhen kaum noch spürend, trabte ich über den Platz. Ich war leicht benommen, spürte aber, dass es ziemlich kühl war. Kalte Luft fuhr mir über die Nasenspitze und zwickte mich in die Wangen. Es war schon fast dunkel, und die Kleinkinder auf dem Spielplatz nebenan wurden quengelig. Die Mütter schnallten sie in den Buggys fest und schoben ihnen Zwieback in den Mund, damit sie still waren.

«Beweg deinen Arsch», sagte Max.

Als ich ungefähr zwei Meter vor ihm war, warf er mir unvermittelt den Ball zu. Er traf mich voll in den Bauch. Ich krümmte mich, und der Ball rollte davon.

«Du hast mir wehgetan!», sagte ich.

«Mein Gott, du solltest ihn ja auch fangen, tut mir Leid.»

Ich hob den Ball auf.

Laut stieß Max die Luft aus. Ich merkte, dass er nach den richtigen Worten suchte. Ich musterte sein Gesicht. Es war immer noch lädiert, und die Haut um seine Augen schillerte in allen Farbtönen, von Gelb über Blau bis hin zu Violett. Auf der rechten Wange klebte ein Pflaster. Die Lippen waren auch noch leicht geschwollen. Den Nasenring und die weiße Schminke hatte er nicht mehr angelegt, doch das Haar stand wieder senkrecht hoch, wie nach einem Stromschlag. Mir war klar, dass die anderen von der Schule ihn cool fanden, aber es war mir einerlei. Für mich zählte nur eins: dass ich einen Basketballtrainer brauchte. Um die

Aufnahme in die Mädchen-Basketballmannschaft zu schaffen. Um zu dem Turnier nach Eton zu fahren. Um William zu treffen. So einfach war das.

«Ich glaube, wir kommen nicht weiter», sagte Max.

So etwas hatte ich doch erwartet. Mistkerl!

«Es bringt einfach nichts», fuhr er fort. Damit ich begriff, dass er es ernst meinte, sprach er mit seiner normalen Max-Minsky-Stimme. «Heute war das letzte Training. Dein Geld kriegst du zurück.»

Mein Herz presste sich hinauf in den Hals und hämmerte dort so rasend schnell, dass ich fast erstickte.

«Vielleicht kommst du ja irgendwie anders nach England», sagte er. «Wenn es eine Konferenz für Junior-Sterngucker oder so was gibt.»

«Aber ich will mit der Basketballmannschaft hin.»

«Warum, zum Teufel?»

«Darum!»

Er stand auf. «Es wird kalt. Hauen wir ab.»

Er ging los Richtung Ausgang. «Kannst du nicht einfach einen Shopping-Trip nach London machen? Übers Wochenende. Mit deiner Mutter. Geht zu *Harrods* und auf die Oxford Street, genehmigt euch irgendwo Tee und Crumpets und schaut dann beim Buckingham-Palast vorbei. Vielleicht ist er ja zu Hause.»

«Mach dich nicht über mich lustig. Es geht doch nicht nur darum!» Meine Stimme war mindestens zwei Oktaven höher als sonst. «Kapiert? Es geht nicht nur darum!»

Er fuhr herum. «Worum geht es dann? Liebst du es, dich zu quälen? Bist du Masochistin? Eine Geisteskranke? Denn eins bist du ganz sicher nicht: eine Basketballspielerin!»

«Ich kann das. Ich weiß, dass ich das kann.» Ich schlug mit der Faust auf meinen Oberschenkel.

«Nelly, das kannst du nicht! Dazu fehlt dir das Talent. Sieh der Wahrheit ins Gesicht. Basketball kannst du nicht.»

136

«Kann ich doch, verdammt nochmal! Kann ich doch!» Ich brach in Tränen aus. Ich war wütend auf mich. Ich wollte nicht weinen. Ich wollte stark sein. Tough. «Ich schaff das!», sagte ich. «Ich werd's allen beweisen. Dir werd ich's beweisen, den Leuten an der Schule werd ich's beweisen, und meiner Mutter werd ich's beweisen. Allen! Darauf kannst du dich verlassen! Hörst du?»

Max schleuderte mir den Ball zu. Fast hätte er mich umgerissen. Aber ich hielt ihn in den Händen. Ich hatte ihn gefangen!

«Du Mistkerl!», sagte ich und warf ihm den Ball zurück.

«Nicht zu mir, Idiotin!» Er warf mir den Ball wieder zu. «In den Scheißkorb. Wirf ihn in den Scheißkorb!»

Ich warf den Ball zum Scheißkorb.

Er traf die Ringkante, prallte ab und fiel wieder runter. Direkt in meine Arme.

«Nochmal», sagte er. «Verdammt, wirf nochmal! *Rebound!* Na los!»

Ich warf den Ball. Und er landete im Korb.

«Nochmal!», sagte Max. «Nochmal!»

Ich zielte, warf und landete einen weiteren Korb. Ich sprang hoch, um den fallenden Ball zu fangen, aber da kam Max mir zuvor. Er tauchte aus dem Nichts auf, sprang hoch, fing den Ball, dribbelte ihn zum Korb, und – zack! – hatte ich ihm den Ball wieder abgejagt. Ein Wunder! Ich dribbelte ein paar Schritte nach rechts und warf den Ball dann so rasch wie möglich ab. Er flog in den Korb, glitt durchs Netz, hüpfte ein paar Mal über den Boden und rollte weg. Max lief hinterher. Ich blieb stehen. Schwer atmend stand ich da und sah zu. Und dann kam er zurück.

«Damit du Bescheid weißt, du kleine Nervensäge, was du da gerade fertig gebracht hast, schafft jeder blöde, halbwegs geschickte Fünfjährige mit links», sagte er. «Und zwar besser.» Ohne Vorwarnung warf er mir den Ball zu.

Ich fing ihn.

137

«Morgen gleicher Ort, gleiche Zeit», sagte er. «Ich hoffe nur, Prinz William weiß zu würdigen, was ich hier für ihn tue.»

Er drehte sich um und lief zum Ausgang.

EIN PAAR MINUTEN später hatte ich Max eingeholt.

«Danke», sagte ich.

Er sah mich kaum an. «Bild dir bloß nichts ein. Ich steh auf harte Herausforderungen.»

Ein Weilchen gingen wir schweigend nebeneinanderher. Dann sagte Max mit einem Grinsen: «Du kannst ja ganz schön wütend werden.»

«Hast du etwa gedacht, du hättest das Recht auf Wutanfälle gepachtet?»

Max schlug mir den Basketball aus der Hand und fing an, ihn zu prellen. Er wirbelte um den Ball und zeigte eine bravouröse Dribbeleinlage. Als er fertig war, sah er mich an. «Meine Mutter meint, die Grufti-Aufmachung sei ‹meine Art gewesen, meine aufgestauten Aggressionen auszudrücken›. Sie sagt, ich bin voller Wut auf sie, weil sie sich von meinem Vater hat scheiden lassen und mich nach Berlin mitgenommen hat.»

«Und, stimmt das?»

«Aber hallo!»

Ich lächelte, und Max wandte den Blick ab. «Na ja, zumindest, was Berlin betrifft», sagte er. «Mein Vater, das ist ein Kapitel für sich.»

Wir waren an der Ecke angekommen. Die Ampel sprang auf Rot. Ich knöpfte mir die Jacke zu. Der Sommer war wirklich vorbei, das konnte man spüren. Max ließ unruhig den Ball auf und ab springen, während wir auf Grün warteten. «Mein Dad fehlt mir», sagte er plötzlich. «Frag nicht, warum. Er ist ein Spieler. Ich kann verstehen, warum sie abgehauen ist, weißt du. Sie musste weg von ihm. Und aus New York. Aber dann frag ich mich: Wieso musste sie mich unbedingt hierher schleifen?»

138

Die Ampel wurde grün.

«Hast du keine Angst gehabt, so rumzulaufen? Wie ein Grufti?», fragte ich.

«Angst nicht – Juckreiz! Ich glaube, ich bin allergisch gegen diese Schminke. Wäre nicht meine erste Allergie.»

«Ich meine, du forderst doch Ärger geradezu heraus?»

«Warum interessiert dich das so? Hast du vor, mal Psychologin zu werden?»

Theatralisch legte ich beide Hände ans Herz. «Ich will dir nur helfen», beteuerte ich.

«Meistens war ich nur zu Hause geschminkt», sagte er. «Für meine Mutter.» Er boxte mich freundschaftlich gegen die Schulter. «Und für dich. Und an dem einen Tag in der Schule. Es war wie schauspielern. Ich hab eine Rolle gespielt. Ich mach das ganz gerne, verkleiden und so. Wenn ich erwachsen bin, will ich Schauspieler werden – falls ich je erwachsen werde. Hast du gewusst, dass ich in New York in der Theater-AG war?»

«Echt?»

«Du hättest mich mal in *Unsere kleine Stadt* sehen sollen, als George. Alle Mädchen weinten, als ich meiner Frau Emily an ihrem Grab Lebewohl sagte.»

ZU HAUSE SASS MEIN VATER im Esszimmer und aß ein Brot mit Leberpastete. Risa pendelte zwischen Küche und Esszimmer hin und her, sie räumte gerade die Spülmaschine aus und das Geschirr ein. Ich setzte mich an den Tisch und nahm mir auch eine Scheibe Brot, bestrich sie schweigend und hörte zu, wie mein Vater seinen Bissen kaute und schließlich runterschluckte. Auf einmal fiel mir auf, wie laut er dabei war. Ich konnte förmlich hören, wie die Leber in seinem Mund im Speichel herumrutschte. Ganz schön eklig! Machte er mit Melissa auch solche Geräusche? Einen Augenblick lang versuchte ich ihn mir mit Melissa im Bett vorzustellen, aber mein Gehirn streikte bei dem Gedanken.

«Brrr», entfuhr es mir.

Mein Vater sah mich an. «Hast du was gesagt?»

Ich schüttelte den Kopf und überlegte, ob er wusste, dass ich sein Geheimnis kannte. Und ob meine Mutter wohl was ahnte?

«Und, was hast du heute Nachmittag so gemacht?», fragte mein Vater mich.

Ich scheuchte die Gedanken an sein Liebesleben aus meinem Kopf. «Ich bin dreckig und verschwitzt, habe stinkiges Sportzeug an, und du fragst mich, was ich gerade so gemacht habe?»

«Bitte um Vergebung, Eure verdreckte Hoheit.»

Ich versuchte ein Lächeln. «Wir haben heute einen Durchbruch geschafft.»

«Das freut mich für dich. Ich bin stolz auf dich, Prinzessin.» Nach einer kurzen Pause fügte er dann hinzu: «Stolz bin ich in jedem Fall – egal, ob du nun in die Basketballmannschaft kommst oder nicht.»

«Ob? Das *werde* ich.»

«Meinetwegen.» Mein Vater beugte sich herüber und gab mir einen Kuss auf die Stirn. Er fuhr sich mit der Zunge über die Lippen. «Mmh. Was schmecke ich denn da? Basketballschweiß?» Er tat, als müsste er brechen, riss den Mund auf und ließ die Zunge heraushängen. «Bah.»

Ich lachte und boxte ihn gegen den Arm. «Du bist eklig!»

«Bubele, ich hätte auch gern, dass du unter die Dusche gehst», schaltete Risa sich unvermittelt ein. «Du starrst ja vor Dreck. Und sieh dir nur diese Hände an!»

Ich zog ein Gesicht, und sie ging wieder in die Küche.

Auf einmal wurde mein Vater sehr ernst. «Prinzessin, nur weil du etwas möchtest, heißt das noch lange nicht, dass du es auch bekommst. Das weißt du doch, nicht wahr?»

«Ach, Papa! Ich bin doch nicht blöd. Aber versuchen kann ich es doch wenigstens.»

«Natürlich.»

140

«Und wenn ich mich genug anstrenge, erreiche ich auch, was ich will.»

Mein Vater schüttelte den Kopf. «Nein, so funktioniert das nicht. Wo hast du das her? Von deiner Mutter? Aus irgendeiner blöden amerikanischen Sitcom?»

Mein Vater griff nach seinem Bierglas und nahm einen Schluck. Er war irgendwie verärgert. Hatte ich ihn verletzt? Dachte er, ich fand, er strenge sich nicht genug an und sei deshalb kein erfolgreicher Musiker?

Vielleicht las mein Vater meine Gedanken, denn darauf sagte er: «Sich um das zu bemühen, was man sich wünscht, und zu wissen, dass man sich bemüht hat, *das* macht uns glücklich. Das Ziel ist vielleicht gar nicht so wichtig – mehr der Weg dahin. Schließlich findet man auf diesem Weg jede Menge über sich heraus.»

«So ein Blödsinn», sagte meine Mutter, die gerade ins Esszimmer kam, und setzte sich an den Tisch. Sie sah meinen Vater an. «Du hörst dich an wie Kahlil Gibran. Leute wie Beate fahren bestimmt auf so was ab, aber andere fänden es sinnvoller, Nelly würde ein paar konkrete Lebenstipps bekommen, statt diesen ganzen Hippie-Scheiß anzuhören. Wenn das Ziel ohne Bedeutung ist, warum sollte sie sich dann überhaupt auf den Weg machen? Wäre doch Zeitverschwendung.»

Wie konnte sie so mies sein? Kommt da einfach so hereinspaziert und verdirbt die ganze Stimmung. Und dabei glaubte sie ja nicht mal selbst, was sie da gerade gesagt hatte. Klar, für ein schönes Ziel hat sie immer was übrig, aber dass der Weg dahin wichtig ist, findet sie doch auch. Das weiß ich. Was hatte sie denn?

«Ich kann dir nichts vorschreiben, Prinzessin», sagte mein Vater, ohne auf meine Mutter einzugehen, «aber egal, was du tust, genieße es.» Er stand auf, nahm noch einen Schluck Bier, räumte sein Glas und den Teller weg und verließ den Tisch, ohne meine Mutter auch nur eines Blickes zu würdigen. Mir fiel auf, dass ihm die Hemdzipfel aus der Hose hingen.

Als er fort war, sackte meine Mutter auf ihrem Stuhl nach hinten. «Scheiße», sagte sie. «Oh, Scheiße.»

Dann fing sie, glaube ich, zu weinen an. Aber sicher weiß ich das nicht, weil ich mir die Hände waschen ging.

ALS ICH WIEDER ins Esszimmer zurückkam, unterhielten Risa und meine Mutter sich leise. Ich blieb kurz an der Tür stehen und lauschte.

«Ich weiß nicht», sagte meine Mutter. «Ich weiß es einfach nicht.» Ihre Stimme klang so müde. Und verbittert. «Sie hat sich schon wieder mit diesem Minsky getroffen. Wann hat sie das letzte Mal ihren Thora-Abschnitt geübt?»

«Lucy», fing Risa an, «ich weiß, du machst dir um vieles Gedanken, nicht nur um Nelly –»

«Sie hat also noch nichts getan!», fiel meine Mutter ihr ins Wort, jetzt lauter und strenger.

Unbefangen trat ich durch die Tür und setzte mich. «Ich bin wieder da.»

«Nelly», sagte meine Mutter, «bis zu deiner Bat-Mizwa sind es nur noch wenige Wochen. Du musst Prioritäten setzen.»

«Prioritäten?»

Aber sie hatte keine Lust auf Diskussionen. Stattdessen hielt sie mir lieber einen Vortrag. «Du hast Zeit für alles und jeden», sagte sie. «Für Astronomie. Für Pia. Fürs Lesen. Für die Schule. Für diesen Prinzen da. Und jetzt Basketball.» Die Stimme schien ihr versagen zu wollen. «Und was wird aus deiner Bat-Mizwa?»

Risa legte meiner Mutter die Hand auf die Schulter. «Lucy, Liebes.»

«Wieso verplemperst du deine Zeit mit Basketball?», sagte meine Mutter. «Damit kommst du doch nicht weiter.»

«Woher weißt du das denn?», schrie ich.

Kurz verschlug meine Lautstärke ihr die Sprache.

142

«Und was soll das heißen, ‹weiterkommen›?», sagte ich. «Welches ‹weiter› würdest du denn gut finden?»

«Ruhig jetzt!», schaltete Risa sich ein. «Alle beide!»

Risas Autorität wirkte sofort: Eingeschüchtert hielten wir den Mund. Risa sah mich an. «Nelly, ab morgen werden wir jeden Tag eine halbe Stunde an der Thora arbeiten. Keine Ausreden mehr, keine Sonderregelungen. Und falls du die Stammbäume des englischen Königshauses bis zurück ins Jahr 1500 auswendig lernen willst, dann erst, *nachdem* die Thora sitzt.»

Ich schluckte. So redete Risa sonst nie mit mir.

Zu meiner Mutter sagte sie: «Und dich, Lucy, möchte ich bitten, Basketball als eine Art Metapher zu begreifen.»

«Also, Risa, bitte», sagte meine Mutter und erhob sich.

«Setz dich!»

Meine Mutter setzte sich. Wie schön, dass es jemanden gab, der sich ihre Ausfälle nicht bieten ließ.

«Ich hab mal etwas gelesen, das ich dir jetzt erzählen möchte», fuhr Risa fort. «Hörst du mir zu?»

Meine Mutter verdrehte die Augen.

«Wusstest du, dass im *Midrasch*, dem großen theologischen Werk», fuhr Risa unbeirrt fort, «die Thora mit dem Ball eines jungen Mädchens verglichen wird? Mit einem *Ball*. Es heißt dort, ‹wie ein Kind dem anderen einen Ball zuwirft, so wurde die Thora von Moses auf dem Berg Sinai empfangen und an Josua weitergegeben, von Josua an die Väter, von den Vätern an die Propheten. Und aus den Händen der Propheten gelangte sie dann zu den Männern der großen Versammlung.›»

Meine Mutter und ich waren ganz still. Wenn Risa redete, hörte man zu. Wir saßen da und waren völlig in den Bann geschlagen von ihren Worten, ihren Augen und ihrem wie ein Diamant funkelnden Glasstein.

«Bildlich gesprochen bedeutet eine Bat-Mizwa also, dass es an der Zeit ist, den Ball dem jungen Mädchen zuzuwerfen», sagte

Risa leise, fast zu sich selbst. «Sie muss wissen, wie man den Ball fängt und damit rennt. Wissen, wie der Ball beschaffen ist, wie er sich anfühlt, wie er sich dreht und hüpft, um ihn ihren Kindern und der nächsten Generation von Ballfängern zuwerfen zu können.» Risa blickte meine Mutter an. «Verstehst du, Lucy? Lass Nelly Basketball spielen. Dadurch wird sie eine verflixt gute Fängerin und noch bessere Werferin. Das sind wir uns schuldig.»

Meine Mutter und ich saßen einen Moment wie betäubt da. Keine von uns, niemand – womöglich nicht einmal Gott selbst – hatte Basketball je als jüdische Metapher gesehen. Es war genial. Absolut genial.

«Ha!», sagte ich zu meiner Mutter. «Siehst du?!»

DIE NÄCHSTE WOCHE war ein Rausch von Aktivität. Wenn ich heute daran zurückdenke, sehe ich alles im Schnelldurchlauf, wie in einem alten Charlie-Chaplin-Film, in dem die Schauspieler herumwuseln wie kopflose Hühner. Ich wache auf, gehe zur Schule, haste nach Hause, ziehe mich fürs Basketballtraining um, treffe mich mit Max, übe Korbwürfe, vertilge mindestens zwei Portionen von Melissas Kascha Warnischkes – oder Max und ich fallen über Risas Käse-Sahne-Kuchen her –, gehe unter die Dusche, rase in die Altenresidenz, übe meine Haftara, analysiere meinen Thora-Abschnitt, spiele Karten mit Rosi Goldfarb, Helena Lewi und Risa, verputze Junk-Food. Meine Mutter kommt in meinem Leben nur am Rande vor, sagt guten Morgen, wie geht's, gute Nacht. Vor dem Schlafengehen trinkt sie neuerdings harte Drinks. Sie sucht einen Job beim Fernsehen, sie sucht einen Job bei einer Zeitung, sie sucht meinen Vater. Er ist die meiste Zeit unterwegs, auch er nur eine Randfigur in meinem Leben. Er spielt Klarinette, probt mit seiner Band, nagelt Melissa. In seine Musik hat sich ein verzweifelter Unterton eingeschlichen. Ich bin trotzdem gut drauf, bin auf Erfolgskurs. Yvonne lässt das Sticheln nicht, Anton wirft mir böse Blicke zu, aber wen kümmert's? Ich verspreche Pia, einen allerletzten Schöne-Unbekannte-Brief an Anton zu schreiben. Max und ich geben uns alle Mühe, miteinander auszukommen. Ich lerne Passen. Verteidigen. Werfen. Ich werde besser. Ja. Wirklich. Kaum zu glauben, aber wahr. Max weiß das. Ich weiß das. Der Korb weiß das. Der Ball auch. Allmählich tut er, was ich will.

Max und Risa sind Freunde geworden.

«NUN ZIER DICH DOCH NICHT SO», sagte Risa gerade, als ich ins Zimmer kam. «Willst du denn bei der Eröffnungsfeier deiner Mutter wie ein Nebbich aussehen? Zieh das Sweatshirt aus.»

Max trug weite Bermudashorts und eine schlabbrige königsblaue Sweatshirtjacke mit Kapuze und dem Aufdruck «Stuyvesant». Darunter sah man ein Achselhemd. Nachdem er das Sweatshirt ausgezogen hatte, baumelten seine bloßen Arme an ihm runter, endlos lang und dünn. Seine Schultern jedoch wirkten fast ein wenig bullig, als könnten sie im Notfall zupacken.

Max hatte meinen Blick wohl gespürt, denn er drehte sich zu mir um, aber ich schaute verlegen weg. Ich setzte mich und sah zu, wie Risa seine Maße nahm.

Es war der Nachmittag vor den Sichtungsspielen. Risa hatte angeboten, Max einen Anzug für die Eröffnung seiner Mutter zu schneidern. Während sie beratschlagten, wie er aussehen sollte, hatte ich in meinem Zimmer gesessen und heimlich Pias letzten Brief an Anton verfasst. Ich hatte ihn ausgedruckt, steckte ihn in einen Umschlag, adressierte ihn und warf ihn in meinen Rucksack. Morgen wollte ich ihn Pia in der Schule zu lesen geben. Nach getaner Arbeit brannte ich auf mein letztes Basketballtraining vor der großen Entscheidung morgen. Aber Risa und Max hatten es nicht eilig. Risa ließ sich Zeit beim Maßnehmen.

«Na, so was!», sagte sie zu Max. «Du hast die gleichen Maße wie mein lieber Mann Leopold seligen Angedenkens.» Sie zwinkerte Max zu. «Du bist gut gebaut.»

Max wurde rot, aber es war nicht zu übersehen, dass ihm Risas Aufmerksamkeit gefiel. Und ihr machte es offenbar Spaß, ihn aufzuziehen. Sie trat zurück und warf noch einen letzten prüfenden Blick auf Max, der sich nun wieder seine Sweatshirtjacke überzog.

«Fehlt er Ihnen?», fragte Max.

So perplex hatte ich Risa noch nie gesehen. Ich glaube, niemand von uns hatte ihr diese Frage je gestellt, so einfach sie auch war. Und ich wusste auch, warum: weil sie es nicht gewollt hätte.

Risa richtete ihre ganze Konzentration darauf, ihr Bandmaß aufzuwickeln. Dann sagte sie ganz unvermittelt: «Er ist schon lange tot. Schon über sieben Jahren.»

«Ach?», sagte Max. Offensichtlich fand er die Antwort nicht ausreichend.

Risa sah ihm in die Augen. «Natürlich fehlt er mir. Was glaubst du denn?»

Ich winkte Max ein Zeichen zu, damit er nicht weiter darauf herumritt. Er begriff.

«Das ist ein wunderschöner Stein», sagte er, um das Thema zu wechseln, und zeigte auf Risas Glasstein.

Ich verdrehte die Augen. Max, der Edelsteinexperte. Wahrscheinlich konnte er einen Mond- nicht von einem Gallenstein unterscheiden.

«Ist der echt?», fragte er.

«Natürlich ist der echt. Er ist doch hier, oder?», sagte Risa spöttisch und hielt ihm den Klunker entgegen.

Max berührte ihn. «Ich meine, ist er *echt* echt. Ein Diamant oder so?»

«Ein Diamant, fragt er! Kindchen, wenn das ein Diamant wäre, hätte ich mich längst an der französischen Riviera zur Ruhe gesetzt. Er ist nur aus Glas, ein Familienerbstück, das von Generation zu Generation weitergegeben wurde, auf weiblicher Seite.» Sie schwieg einen Moment lang. «Meine Mutter und ich waren die letzten beiden Frauen in unserer Familie.» Sie räusperte sich. «Und ich habe selbst keine Kinder. Wenn also die Zeit gekommen ist, vererbe ich diesen Stein an Nellys Mutter, Lucy. Mit Lucys Mutter Hanna, Nellys Großmutter, war ich von klein auf befreundet.»

«Cool», sagte Max ein bisschen verlegen.

«Ja, er ist wunderschön. Habe ich immer schon gefunden», sagte ich. Die beiden sollten ruhig wissen, dass ich auch noch da war.

«Als ich klein war, ließ meine Mutter mich immer damit spielen», sagte Risa lächelnd. Sie setzte sich hin. «Er reflektiert das Licht, und ich richtete ihn gerne in dunkle Nischen, in die Sonne und Licht nie hineinkamen. Es war immer spannend, zu sehen, ob ich Licht ins Dunkel bringen konnte.»

Risa sah uns nicht an. Sie war irgendwo anders – in ihrem Kopf, in dem ihre Erinnerungen in Stein gemeißelt waren wie die Zehn Gebote.

«Aber dann kam der Krieg», sagte sie. «Und es gab keine Zeit mehr für Spielereien, keine Zeit mehr, Kind zu sein. Wir mussten uns verstecken. Den Stein nahmen wir mit. Lange Zeit war er unser Glücksbringer.»

Diese Geschichte hörte ich heute zum ersten Mal. Es erstaunte mich, dass sie überhaupt darüber redete. Über den Krieg. Das Leben im Versteck. Ihre Eltern. Ich sah Max an. Er saß auf der Lehne von Risas Biedermeiersofa und hörte ihr gebannt zu.

«Aber dann verließ uns das Glück. Ich war nur wenig älter als du, Nelly, als meine Eltern und ich getrennt wurden», sagte Risa und schaute mich an. «Es war eine sehr finstere, kalte Zeit. Die schlimmste meines Lebens. Aber trotz all der Finsternis um mich herum, trotz meiner Einsamkeit und meiner furchtbaren Angst vor Hunger und Tod, trotz der Angst, meine Eltern vielleicht nie wieder zu sehen, trotz alldem wurde mir eines Tages bewusst, dass ich *lebte*. Dieser Gedanke war wie ein Sonnenstrahl, der plötzlich durch die Wolken bricht. Er wärmte mich. Er gab mir Hoffnung. Und diese Hoffnung, meine erstaunliche Hoffnung, hellte das Leben der Menschen um mich herum auf. Plötzlich war mir klar, dass ich etwas mit dem Stein gemein hatte: Ich konnte Licht in die Finsternis strahlen lassen.»

Risa hob den Blick und sah uns an. Erst Max, dann mich. «Deswegen trage ich ihn immer», sagte sie. «Damit er mich immer daran erinnert.» Sie blickte mir lange in die Augen. Ich wusste nicht recht, ob sie zu Ende gesprochen hatte oder nicht, ob ich nun etwas sagen sollte oder nicht. Aber mir fiel nichts ein, was ich hätte sagen können, also schwieg ich, und Max sagte auch nichts.

«Licht gibt es überall, Nelly», sagte Risa dann. «Selbst in der Finsternis. Wir müssen es nur finden und zu einem Teil von uns werden lassen. Und wenn wir uns von Herzen bemühen, können wir es eines Tages weiterstrahlen lassen, damit auch andere den Weg sehen.»

Erschöpft, so wirkte es wenigstens, lehnte Risa sich zurück. «Na, das wird euch jungen Leuten alles ein bisschen rührselig vorkommen, ich weiß», sagte sie mit einem leisen Lächeln. «Was soll's – ich bin eben eine sentimentale alte Frau.» Sie setzte sich aufrecht hin. «Aber jetzt zu dir», sagte sie zu Max. «Fehlt dir dein Vater?»

Vor Schreck fiel Max darauf erst mal gar nichts ein. Nachdem er seine Gedanken sortiert hatte, setzte er sich neben Risa. «Ja. Er fehlt mir. Obwohl ich eigentlich nie viel Zeit mit ihm zusammen war. Meine Freunde fehlen mir sicher mehr. Und die *World Series*. Und Randolph, mein *shrink*. Mit *dem* hab ich ziemlich viel Zeit verbracht.» Max lachte.

Ich ließ den Ball ein paar Mal aufspringen, damit Risa und Max merkten, dass ich los wollte. Aber Max kümmerte das nicht. «Warum sind Sie nach dem Krieg nach Deutschland gezogen?», fragte er Risa. «Ich meine, *wie* konnten Sie nur? Nach dem, was die Deutschen getan hatten?»

Innerlich verwünschte ich Max. Darüber redet man mit Risa einfach nicht.

«Leopold hat sich als Deutscher gefühlt.»

«Und?»

«Du stellst schwierige Fragen, Kindchen. Aber ich werde mich kurz fassen, damit unser ungeduldiges Fräulein nicht mehr so lange warten muss», sagte sie mit einem Blick auf mich.

Sofort hörte ich mit dem Ballprellen auf.

Risa hielt Max ein silbernes Tablett mit Pralinen hin. «*Ess a bissl.*»

Max schüttelte den Kopf. «Ich vertrag keine Schokolade.»

Risa nickte. «Ein Jammer.» Sie sah mich an. «Hier, nimm du eine.»

Ich stand auf und nahm zwei. «Die von Max auch», sagte ich.

Risa verzog das Gesicht und widmete sich dann wieder Max. «Leicht ist das nicht zu erklären, vor allem jemandem wie dir, der gar nicht hier sein möchte. Leopold bekam eine Stelle in Berlin angeboten, eine gute, und nach dem Krieg konnte man so was nicht ablehnen. Das musst du verstehen, wir hatten nichts. Rein gar nichts. Ein Paar Schuhe. Ein Hemd. Ein paar Pfennige. Aber Leopold, der hatte noch Berlin. Berlin war sein Leben, seine Stadt. Die Luft, die er zum Atmen brauchte. Seine Kultur. Berlin ist auch die Stadt deiner Mutter. So, wie New York deine ist. Also ist Leo zurückgekommen. Wie deine Mutter zurückgekommen ist. Und wie du vielleicht einmal nach New York zurückkehrst.»

«Aber –»

«Aber was? – Aah, ich weiß. Ich weiß. Du willst wissen, *wie*? Du willst wissen, *wie* ich dazu imstande war? Ja, warum nicht, Kindchen? Warum sollten wir nicht hier leben? Wer zum Teufel sind die denn? Sie sollten ruhig sehen, dass sie uns nicht alle umgebracht haben.»

149

«KOMMST DU DIR hier nicht wie ein Wesen vom anderen Stern vor?», fragte Max, als wir durchs Treppenhaus nach unten gingen. «Als Jüdin? Anders als alle anderen? Immer wenn ich alte Männer auf der Straße sehe, die vielleicht noch als Soldaten im Krieg waren, denke ich: ‹Hätte er mich auch umgebracht?› Geht dir so was nicht durch den Kopf?»

Ich hatte gewusst, dass er mich das irgendwann fragen würde. Die Frage stellen sie alle. Alle Juden, die neu in der Stadt sind.

«Du erinnerst mich an meine Oma Hanna», sagte ich, als ich die Haustür aufmachte. «Die Mutter meiner Mutter. Sie ist schon tot. Sie starb vor vier Jahren, aber ich erinnere mich daran, wie sie uns einmal besuchen kam. Ich war sechs oder so. Und wir machten einen Spaziergang im Tiergarten, nur meine Großmutter und ich, als sie plötzlich stehen blieb und auf einen alten Mann im Trenchcoat zeigte. Er stand an einem Imbiss, trank ein Bier und rauchte eine Zigarette. Und sie sagte: ‹O mein Gott – o mein Gott! Nelly, da drüben ist Mengele. Doktor Mengele.›»

Max lachte.

«Ich hatte keine Ahnung, wer Doktor Mengele war. Damals kannte ich an Doktoren bloß meinen Augenarzt, meinen Zahnarzt und den Kinderarzt, und von denen hieß keiner Mengele. Jedenfalls erzählte ich zu Hause meiner Mutter als Erstes, wir hätten im Tiergarten Doktor Mengele gesehen und dass er geraucht hätte. Meine Mutter kochte vor Wut. Sie war so was von sauer auf meine Großmutter! Und dann hat sie mich auf einen Stuhl gesetzt, meinen Vater geholt und gesagt: ‹Benny, das ist deine Abteilung. Erzähl's ihr.› Und dann fing mein Vater einen ganzen Vortrag an, dass vor fünfzig Jahren die Deutschen, Leute wie Doktor Mengele, Menschen wie Risa und Leopold entsetzliche Dinge angetan hätten. Und ich fragte ihn, was für Deutsche? Und er sagte, ‹die Nazis›. Das Wort kam mir irgendwie bekannt vor. Ich fragte ihn, was Nazis genau waren, und er sagte: ‹Böse Deutsche›, und da sagte ich: ‹Wie Herr Pomplun?› Und er sagte, das wüsste er nicht. Dann hab ich ihn gefragt, ob Oma Anneliese und Opa Hans-Otto auch Nazis waren. Und er sagte: ‹Nein, aber Leute, mit denen sie aufgewachsen sind.›»

Max und ich gingen ein Weilchen schweigend nebeneinanderher. Dann blieb ich stehen. «Warum erzähle ich dir das?»

«Ich hatte gefragt, ob du dir hier wie ein Wesen vom anderen Stern vorkommst.»

«Nein, tu ich nicht. Wenigstens nicht, weil ich Jüdin bin. Ich bin ja nicht alleine hier, es gibt hier doch einige. Nicht viele, aber genug.»

«Du hast keine Angst oder so? Es steht doch ständig was in der Zeitung. Machst du dir keine Sorgen, dass zum Beispiel jemand bei deiner Bat-Mizwa-Feier eine Bombe werfen könnte oder etwas Ähnliches?»

«O Gott! Meine Mutter bekäme einen Herzinfarkt. All die schönen Blumenarrangements, puff!»

Max lachte so laut, dass ich mir vorkam wie der neue Jerry Seinfeld.

«Aber nein», sagte ich. «Ich vergesse immer total, Angst zu haben. An der Schule gibt es eine ganze Reihe jüdischer Kids, weißt du. Da ist das ziemlich normal. Wir haben sogar jüdischen Religionsunterricht. Kennst du Anton Weißenberger schon?»

«Schwarzenegger?» Max ließ die Muskeln an seinem rechten Arm spielen.

«Genau. Sein Vater ist Rabbi.»

Wir lächelten beide. Wie Verschwörer. Als wären wir schon seit ewigen Zeiten befreundet und wüssten genau, was der andere dachte – wie Fiona und ich damals in unserer einhelligen Meinung über wenig Hirn, viel Busen und MCM-Taschen.

«Und du kennst auch Yvonne Cohen.»

Ich dachte, Max würde nun wieder ein Verschwörerlächeln mit mir teilen, aber er lächelte nicht. Er wich sogar meinem Blick aus, und ich spürte, wie mir flau im Magen wurde. Aber das dauerte nur den Bruchteil einer Sekunde, und als er mich wieder ansah, beruhigte sich mein Magen.

«Aber über eins bin ich doch froh», verriet ich ihm dann, «ich bin froh, dass ich zur Hälfte Amerikanerin bin – aber sag das bloß nicht meiner Mutter!»

Max hielt die Hand wie ein imaginäres Mikrophon vor den Mund. «Hallo, Frau Edelmeister, hier spricht die Geheimpolizei. Wir haben Grund zu der Annahme, dass Ihre Tochter –»

«Moment, Moment! Ich glaub, ich muss dir das erklären. Es ist mir nicht so wichtig, *Amerikanerin* zu sein. Ich könnte alles sein. Alles, solange ich nicht hundert Prozent *Deutsche* bin.»

Max sah mich skeptisch an und sprach wieder in sein «Funkgerät»: «Hallo, Frau Edelmeister? Hören Sie das? Ich glaube, das ist wichtig.» Er hielt mir die Hand wie ein Mikrophon vor den Mund.

Ich wählte meine Worte mit Bedacht. «Deutschen ist es nicht gestattet, sich selbst zu mögen. Die deutschen Kids von heute sind ganz schön arm dran. Sie leben mit einem permanenten schlechten Gewissen, das –»

«Vor allem diese armen, armen, harmlosen Neonazis. Die leiden ja so unter diesen furchtbaren Gewissensbissen!»

«Schscht! Darum geht es jetzt nicht. Hör doch mal zu! Stell dir vor, du würdest ständig daran erinnert, dass du und deine Freunde vor gar nicht allzu langer Zeit die Bösen wart. Richtig Böse. In Deutschland bekommen die Kids doch laufend zu hören, wie fürchterlich ihre Großeltern waren, was für Schlächter oder Schwächlinge oder Mitläufer. Ich meine, ich finde schon, dass sie daran erinnert werden sollten. Es ist schließlich gerade mal zwei Generationen her. Und es sind ihre Großeltern, Herr im Himmel. Und die waren ja auch Schlächter. Trotzdem bin ich froh, dass *ich* mich nicht mit diesem schlechten Gewissen plagen muss. Wenigstens nicht zu hundert Prozent. Das ist so eine Bürde!»

152

«Ach, die armen deutschen Kinder», spottete Max. «Die armen deutschen Jugendlichen. Buhu. Buhu.»

«Es ist ja schließlich nicht *ihre* Schuld, Max. Die haben sie geerbt. Wie eine Blasenschwäche.»

«Darüber hast du dir ja echt Gedanken gemacht.»

«In Deutschland zu leben, ohne nachzudenken, das geht überhaupt nicht – das gibt's nur im Gesamtpaket. – Aber versteh mich nicht falsch, ich lebe gern hier. Es gefällt mir. Sehr sogar. Berlin ist meine Stadt. Okay?»

«Du denkst viel nach. Stimmt's?»

Ich wurde rot. «Diese Schwäche bringt mich bestimmt noch ins Gefängnis.»

«Das war ein Kompliment.»

Meine Wangen glühten, als würden sie gleich zerschmelzen. Ich ließ meinen Ball ein paar Mal aufspringen. «Früher kam ich mir mehr wie ein Freak vor, weil ich so viel im Kopf hatte, aber in den letzten paar Wochen hat sich das geändert.»

«Das kommt davon, weil du jetzt so viel an der frischen Luft bist», sagte er schulmeisterlich, schnappte mir ohne Vorwarnung den Ball aus der Hand und flitzte über die Straße.

Ich rannte ihm nach.

WIR LIEFEN den ganzen Weg bis zum Basketballplatz und machten dort gleich weiter. Zum Aufwärmen spielten wir *Around the World* und *5-3-1*. Ich durchmaß den Platz in halbkreisförmigen Bögen, warf einen Korb nach dem anderen, Korbleger von rechts, Würfe aus der rechten Ecke, vom rechten Flügel, vom Freiwurfkreis aus, den Korb immer neu umrundend und dann wieder zurück, werfen, fangen, zielen, rebounden. Wie zwei Eiskunstläufer beim Einüben der Kür verfielen wir automatisch in einen Drill, erst die Angriffsdrills – Passen, Dribbeln, Sprungwurf –, dann die Verteidigungsübungen. Max dribbelte das Spielfeld hinab, und ich versuchte ihn aufzuhalten. Es gelang mir nicht. Beim nächsten Versuch klappte es. (Oder machte er es mir absichtlich leicht?) Dann gingen wir richtig in die Vollen, beim Scrimmage. Meine Arme, Finger und Beine arbeiteten von ganz allein. Es war, als hätte sich in mir ein Knoten gelöst. Mein Kopf machte Pause. Laufend griff ich an, dribbelte und sprang, tanzte über den Platz, verlor den Ball, holte ihn mir wieder, foulte, stahl den Ball. Wir machten keine einzige Pause. Dazu wäre ich gar nicht imstande gewesen. Ich hatte zu viel Tempo drauf, um aufzuhören, so flitzte, sauste, spurtete ich über den Platz.

Aber dann, *boing*! stoppte mich etwas mitten im Sprung. Prallte gegen mich. Eine Wand. Eine Kraft. Ein Körper. Max. Seine Hände umklammerten meine Schultern, hielten mich fest. Er hatte sein Sweatshirt ausgezogen und atmete schwer.

Ich atmete ebenso schwer. Meine Brille war voller Tröpfchen. Meine Wangen standen in Flammen. Mein Zopf hatte sich aufgelöst, lose Haarsträhnen kitzelten mich im Gesicht.

«Es regnet», sagte Max.

Ich versuchte, Atem zu schöpfen.

Wir standen dicht voreinander, so dicht, dass ich die Hitze von Max' Körper spüren konnte. Schweißperlen lagen auf seiner Oberlippe, wie eine Kette winziger Diamanten. Benommen sah ich, wie er sachte die Hand hob. Mein Herz pochte so wild, dass es bestimmt bald vor Erschöpfung streiken würde. Endlich, wie ein Wunder, fühlte ich, wie er mir mit den äußersten Spitzen seiner Fingerkuppen über die Stirn fuhr. Und dann, quälend langsam, strich er mir sanft die losen Strähnen aus dem Gesicht.

«Du bist gut», sagte er. «Richtig gut. Vielleicht kriegst du's hin.»

SPÄTER, VOR DEM ABENDESSEN, nickte ich, versunken in den Anblick des Abendhimmels, ein. Als ich die Augen wieder aufschlug, erhob ich mich von meinem Sessel und schwebte himmelwärts in die dunkelsamtene Nacht. Prinz William wartete dort,

154

das wusste ich. Und da war er auch schon, zwischen Millionen funkelnder Lichtpünktchen schwebend. Aber etwas war anders. Seine Kleidung. Der dunkelblaue Kaschmirnadelstreifen-Dreiteiler war verschwunden. Jetzt trug er weite Bermudashorts und eine schlabbrige, königsblaue Kapuzensweatshirtjacke. Aber wir küssten uns trotzdem. Wie immer.

ZEHNTES KAPITEL
Das Schwarze Loch

AUS EINEM SCHWARZEN LOCH, so heißt es, gibt es kein Entrinnen, selbst Licht wird auf Nimmerwiedersehen verschluckt. Wird man hineingesogen, ist Schluss, alles verschwindet, Zeit, Raum, du – *adieu*.

Andererseits glauben manche Kosmologen mit Berufung auf Einsteins Theorien, dass man beim Sturz in ein Schwarzes Loch möglicherweise nicht umkommt, sondern dort so genannte Wurmlöcher passiert, Tunnel, die einen Teil der Raum-Zeit mit einem anderen verbinden, um dann in einem anderen Teil unseres Universums zu landen, in einem anderen Universum oder auf einer anderen Zeitebene.

Ich stelle mir gerne vor, dass, ganz bildlich gesprochen, so etwas mir damals widerfuhr: Ich wurde in ein Schwarzes Loch gesogen, sauste durch ein Wurmloch, wurde am anderen Ende wieder herausgeschleudert und fand mich dann in einem anderen Teil des Universums wieder. Alles hier war neu und fremd.

Schon seit Wochen hatte das Schwarze Loch seinen Sog auf mich ausgeübt. Nur hatte ich das nicht gemerkt. Erst als ich mich an jenem Abend an den Esstisch setzte, ging es mir auf.

«MAX MEINT, dass ich das mit der Basketballmannschaft morgen vielleicht wirklich schaffe», verkündete ich meiner Mutter und meinem Vater. Ein wohlig warmes Gefühl durchströmte mich, wenn ich nur an das letzte Training dachte. «Das Sichtungsspiel fängt um vier an. In der großen Turnhalle.»

«Tut mir Leid, Sweetie», sagte meine Mutter. «Herr Lerner hat für morgen ein Treffen mit einem Produzenten arrangiert. Das kann ich unmöglich absagen.»

Überraschenderweise war ich ziemlich enttäuscht. Vermutlich, weil ich meine Mutter bei meinem Triumph doch lieber dabeigehabt hätte. Ohne sie würde der Sieg nur halb so süß sein. Und überhaupt: Hatte sie wirklich einen Termin, oder war das nur eine Ausrede?

«Aber Risa will auf jeden Fall dabei sein», sagte meine Mutter. «Und dein Vater –»

«Hast du Angst, ich blamiere dich?», fiel ich ihr schroff ins Wort.

«Mich blamieren? Nelly, was redest du denn da für einen Quatsch? Du blamierst mich nie.»

«Darf ich dich in Zukunft mal an diese Aussage erinnern?»

«Du ärgerst mich. Du machst mich wahnsinnig. Mir platzt der Kragen wegen dir. Aber du blamierst mich doch nicht.»

«Kommen willst du aber auch nicht.»

«Ich würde ja gern, aber es geht nicht. Verstehst du das nicht? Ich verspreche dir, bei deinem ersten Spiel bin ich dabei.» Sie zwinkerte mir zu und kreuzte die Finger. «Okay?»

Ich sah meinen Vater an.

«Ich wusste gar nicht, dass es morgen ist …», druckste er. Er wich meinem Blick aus.

Meine Mutter knallte ihre Gabel hin. «Ich habe triftige Gründe, warum ich nicht kann. Und du?» Ihre Stimme war ungewohnt schrill.

Mein Vater stierte nur vor sich hin.

Meine Mutter sprang auf, die Platte mit dem Rest des Hackbratens in der Hand. Einen Moment lang dachte ich, sie würde ihn meinem Vater jetzt gleich ins Gesicht schmettern, wie in Filmen, wo die Leute siebenstöckige Sahnetorten ins Gesicht bekommen. Aber sie ließ es bleiben. «Der Caterer für die Bat-

Mizwa kommt gleich», sagte sie ziemlich beherrscht und ging zum Kühlschrank.

«Gibt's bei dem auch Kascha Warnischkes?», fragte ich, um die gespannte Stimmung etwas aufzulockern.

«Kascha Warnischkes? Glaub ich nicht. Nein», sagte sie. «Seit wann bist du denn wild auf Kascha Warnischkes?»

«Ich hab bei Melissa welche gegessen und mir gedacht –»

Meine Mutter fuhr herum. «Bei Melissa?»

Mein Vater legte sich die Hand an die Stirn und ließ den Kopf sinken.

«Warum nicht?», sagte ich. «Sie ist Köchin.»

Meine Mutter schmetterte einen Teller förmlich in die Spülmaschine.

«Ist doch nur ein Vorschlag, Mommy. Ich dachte mir, vielleicht könnten wir auf dem Büffet auch Kascha Warnischkes anbieten.»

«Nein!»

«Nein? Wieso nicht?»

«Weil ich das sage.»

Ich schoss hoch. «Weil *du* das sagst? Warum ist alles immer falsch, was ich sage oder tu? Immer muss alles nach *deiner* Nase gehen.» Ich kämpfte mit den Tränen. Zum Ausgleich versetzte ich dem Stuhl einen Tritt. «Wessen Bat-Mizwa ist das denn? Erst sagst du, ich soll mich für die Vorbereitungen interessieren, und wenn ich dann mal was sag, keifst du mich an. Das kotzt mich an!»

«Ach, Nelly!», sagte meine Mutter.

Obwohl ich vor Tränen kaum etwas sehen konnte, fand ich den Weg zur Tür. Und stürmte hinaus.

«O Gott!», hörte ich meine Mutter sagen. «O Gott. Ich bin so ungerecht zu ihr.»

Sie lief mir nach. Dann hörte ich, wie der Stuhl meines Vaters über die Küchenfliesen scharrte. Er kam ebenfalls. Ich rannte in

158

mein Zimmer, knallte die Tür zu und warf mich aufs Bett. Sie standen draußen im Flur.

Mein Vater streckte wohl die Hand nach ihr aus, wollte ihr sie vielleicht auf die Schulter legen, denn plötzlich hörte ich, wie sie fauchte: «Rühr mich nicht an, du Mistkerl!»

«Lucy», sagte er.

«Was, ‹Lucy›? Was?»

Ich zog mir ein Kissen über den Kopf, presste es mir gegen die Ohren. Aber hören konnte ich immer noch.

«Was willst du sagen?», schrie meine Mutter. «Raus damit, sag's schon.»

«Lucy, ich –»

«Was, ‹Lucy, ich –›? Soll ich den Satz auch noch für dich beenden? Lucy, ich: liebe dich nicht mehr. Lucy, ich: liebe eine andere. Lucy, ich: habe dich gedemütigt, Lucy, ich: möchte mich entschuldigen. Lucy, ich – was, verdammt nochmal, was?»

Ich hörte auf zu weinen. Meine Mutter weinte genug für uns beide.

«Die Dinge laufen eben nicht immer so, wie wir es gern hätten», sagte mein Vater.

«Da hast du allerdings Recht! Ich könnte wetten, dass du zum Beispiel einen gemütlichen Abend zu Hause haben wolltest. Aber das kannst du dir abschminken. Weil ich dich nämlich rausschmeiße. Und zwar jetzt. Sofort. Sieh zu, ob du bei deiner süßen Melissa ins Bett kriechen kannst. Und wenn's bei ihr nicht klappt, dann hat ja bestimmt Beate ein Plätzchen für dich!»

Ich hielt den Atem an.

Beate?! Was hatte Beate damit zu tun? Beate, die Ex-beste-Freundin meiner Mutter?

«Beate?», sagte mein Vater.

«Ja, Beate!», sagte meine Mutter. «Für wie blöd hältst du mich eigentlich?»

159

«Lucy», raunte mein Vater nun mit gedämpfter Stimme. «Nelly bekommt alles mit.»

«Das ist mir doch scheißegal! Sie soll alles hören. Wahrscheinlich weiß sie sowieso längst Bescheid.»

Tu ich nicht! Das heißt bisher nicht. Ich hatte ja keine Ahnung. Beate?

«Sie soll ruhig wissen, was für ein mieser Typ du bist», sagte sie. «Und wie mies ich bin.»

Und dann fing sie an, richtig zu weinen. Es war schon kein bloßes Weinen mehr, sie schluchzte und hickste. Heulte Rotz und Wasser. So hörte es sich jedenfalls an.

Was ich dann auch noch hörte, ließ mir die Haare zu Berge stehen. Es kam von meinem Vater. Und er weinte auch. Ich hatte ihn noch nie weinen gehört. Es klang wie ein Wimmern. «Lucy, Lucy, es tut mir Leid», schluchzte er immer wieder.

Meine Mutter war plötzlich still. Vielleicht hatte sie nur meinen Vater weinen hören wollen?

Kurz darauf sagte sie ruhig: «Ich will so nicht mehr leben, Benny. Ich hab die Schnauze voll. Von deinen Affären, deinen Lügen, deinen Versprechungen. Von dir. Sogar von mir hab ich die Schnauze voll.»

Dann wurde es ganz still. Bis auf das *wuusch-wuusch-wuusch* der Planeten, die auf meinem Bildschirmschoner die Sonne umkreisten, hörte ich nichts.

«Geh», sagte meine Mutter leise. «Geh jetzt.»

«Lucy», begann mein Vater, kaum hörbar. «Lass mich –»

«Geh, hab ich gesagt!», kreischte sie. «Verschwinde!!!»

Mit einem Ruck fuhr ich hoch. Ich hielt mir die Hand ans Herz, damit es nicht den Brustkorb durchschlug.

Nebenan bellten die drei Schäferhunde von Herrn Pomplun.

Und dann hörte ich auf dem Parkett die Schritte meines Vaters. Sie entfernten sich weiter und weiter von mir.

Und dann konnte ich sie gar nicht mehr hören.

Die Wohnungstür wurde geöffnet und zugezogen.

Er war fort.

Mein Vater war fort.

Papa.

GANZ LANGSAM öffnete ich meine Tür einen Spalt und rechnete damit, meine Mutter wie ein Häufchen Elend zusammengesunken auf dem Boden im Flur vorzufinden. Aber sie hatte sich wohl unbemerkt leise weggeschlichen.

Die Wohnung war in Dunkelheit getaucht. Fast schon gruselig. Am Ende des Flurs aber konnte ich einen schwachen Lichtschein ausmachen. Ich folgte ihm bis ins Wohnzimmer, wo ich meine Mutter in nahezu völliger Dunkelheit auf dem grünen Sofa sitzend vorfand, den Blick starr geradeaus gerichtet, wie eine Komapatientin. Sie war so weit nach hinten gerutscht, dass ihre Füße kaum den Boden berührten. Wie ein kleines Mädchen wirkte sie hilflos und verloren. Es fehlte nur noch ein Paar Lackschühchen an ihren Füßen, um das Bild abzurunden. Einen Augenblick lang hätte ich mich am liebsten neben sie gesetzt, sie in den Arm genommen und getröstet. Sie tat mir so Leid, dass mir fast die Tränen gekommen wären.

Aber dann richtete sie sich auf und sah wieder wie eine Erwachsene aus, wie meine Mutter, Powerfrau Lucy Bloom-Edelmeister.

Und da setzte etwas in mir aus. Ein greller weißer Blitz blendete mich, versetzte mir einen Schlag, und ich empfand nur noch Wut. Rasende Wut.

«Das ist alles deine Schuld», sagte ich zu ihr.

Sie sah mich an. «Vielleicht. Vielleicht.»

«Er hat sich nicht mal verabschiedet.»

«Das ist nicht meine Schuld.»

Ich brach in Tränen aus.

«Ach, Sweetie», sagte sie und kam auf mich zu.

Doch bevor sie mich erreichte, bevor sie mich in den Arm nehmen und ich mich in ihre Umarmung fallen lassen – oder sie auch wegstoßen – konnte, schrillte die Türklingel. Ich spürte buchstäblich, wie mir das Blut ins Gesicht zurückschoss. Und auch meiner Mutter kehrte die Farbe ins Gesicht zurück. Ich rannte zur Wohnungstür, meine Mutter mir nach. Mein Vater war wieder da!

Ich riss die Tür auf. Und erblickte einen sehr dicken, sehr kahlköpfigen, sehr rotbackigen und meinem Vater kein bisschen ähnelnden Mann.

«Guten Abend», sagte er zu meiner Mutter. «Wilko Kompatzki. Kompatzki Catering. Wir haben einen Termin.» Er blickte zu mir runter. «Ah! Dann bist du wohl das glückliche Bat-Mizwa-Mädchen!»

ICH ÜBERLEBTE DIE NACHT. Max hatte wohl Recht. Die viele frische Luft bekam mir gut: Ich schlief ohne Unterbrechung durch.

Mehr oder weniger ausgeruht erwachte ich und verließ das Haus, bevor meine Mutter und Risa auf den Beinen waren. Ich musste mit Max reden. Sofort. Oder wusste er etwa schon über meine Eltern Bescheid? Hatte mein Vater die Nacht bei ihnen verbracht? Wie konnte er nur?

Auf dem Schulhof aber konnte ich Max nirgends entdecken. Ich versuchte es innen, aber da war er in all dem Gewusel erst recht unauffindbar.

«Bist du taub?», plärrte mir jemand ins Ohr.

Es war Pia. Ich zog wohl ein grimmiges Gesicht, denn sie sagte: «Du freust dich ja riesig, mich zu sehen.»

Ich zuckte die Achseln und versuchte weiter, in der Menge Max ausfindig zu machen.

«Du siehst ja fürchterlich aus», sagte Pia auf einmal teilnahmsvoll. «Mein Gott, was ist denn los?»

162

Mir war ganz kurz, als müsste ich gleich weinen. Warum war sie so nett zu mir? Ich wollte nur in Ruhe gelassen werden, um Max zu finden.

«Ach, keine Ahnung», sagte ich. «Nichts. Meine Eltern. Vergiss es.»

«Na gut», sagte sie. «Und, hast du meinen Brief?»

«Hier irgendwo.» Ich griff in meinen Rucksack und kramte ihn hektisch durch. Mein Federmäppchen. Mein Portemonnaie. Mein Himbeerlippenstift. Mein Block.

«Im Ernst, was ist los?», fragte Pia. «Du wirkst so bekümmert.»

Ich sah hoch. «Bekümmert?», höhnte ich. «Drückst du dich heute aber gewählt aus. Und außerdem will ich nicht drüber reden.»

Das kam nicht sehr gut an. «Manchmal kannst du echt eklig sein, weißt du das», schnaubte Pia.

«Ich hab's nicht so ge—»

Und dann entdeckte ich Max.

Und etwas Verblüffendes geschah.

Ich spürte eine plötzliche Wärme im Bauch, wie eine Welle, eine ungeheure, heranflutende Welle. Max lächelte mir zu, und die Welt, wie ich sie kannte, kam zum Stillstand. Es gab nichts mehr außer mir, Max und der Luft zwischen uns. Als ich auf ihn zuging, winkte er. Sein Blick schien sich auf ein Ziel hinter mir zu richten. Reflexartig drehte ich den Kopf, und ich erblickte Yvonne.

Mein Magen krampfte sich zusammen.

Max lächelte Yvonne zu! Nicht mir.

Ich sah, wie sie sich begrüßten und fröhlich zusammen weitergingen, angeregt plaudernd, wie in einer Fernsehwerbung für zuckerfreien Kaugummi. Oder Lebensversicherungen.

Und ich kehrte in die Wirklichkeit des Schulkorridors zurück.

«Oje», sagte Pia.

163

«Er hat mich bloß nicht gesehen.»

«Woran das wohl gelegen hat?», sagte Pia ziemlich sarkastisch.

«Hi», ertönte da eine Stimme hinter uns.

Es war Anton. Pias Gesicht erstrahlte hell wie der Weihnachtsbaum vor dem Rockefeller Center. Kurz fragte ich mich, ob ich denselben Anblick geboten hatte, als ich Max sah.

«Hab gehört, du nimmst nachher an dem Sichtungsspiel teil. Für die Mädchen-Basketballmannschaft», sagte Anton zu mir. Seit wann redete Anton Weißenberger denn in so einem normalen Tonfall mit mir?

«Ja, stimmt», sagte ich. «Nachher. Nachher, da werde ich's versuchen …» Weiter sagte ich nichts, weil ich Max und Yvonne den Korridor entlang verschwinden sah.

«Wo musst du hin?», fragte Anton. «Ich geh ein Stück mit.»

Ich sah, wie Pia kreidebleich wurde. Die Arme. Warum bot Anton nicht *ihr* an, sie zu ihrer Klasse zu begleiten? Ich hatte jedenfalls keinen Bedarf an ihm, so viel stand fest – auch wenn meine Mutter hoch entzückt gewesen wäre: Endlich nahm der Sohn des Rabbis die Existenz ihrer Tochter zur Kenntnis. Halleluja. Läutet die Glocken. Blast den Schofar.

«Danke, ich komm schon klar», sagte ich zu Anton und zeigte auf die Mädchentoilette. «Da kannst du wohl kaum mit reinkommen, oder?» Ich lächelte ihn an, zwinkerte Pia zu und huschte schnurstracks zur Toilette.

Ich hatte gedacht, Pia würde mir folgen, aber sie kam nicht. Ich schloss mich in eine der Kabinen ein, wo mich auf einmal schreckliche Verzweiflung überkam. Vor meinem geistigen Auge sah ich meinen Vater den Flur runtergehen, hörte seine Schritte in der Ferne verhallen, sah meine Mutter auf dem Sofa sitzen, den Blick ins Leere gerichtet, hörte, wie mein Vater die Tür zuzog, sah das tränenüberströmte Gesicht von ihr. Immer dicker wurde der Kloß in meinem Hals, und beinahe hätte ich mich einfach

164

gehen lassen, als die Toilettentür aufging und sich mit einem Kichern wieder schloss.

«Pia?», sagte ich.

«Nein», ertönte es aus der Nachbarkabine.

Wenn jemand nebenan war, wollte ich nicht weinen. Also putzte ich mir stattdessen die Nase mit Klopapier und versuchte angestrengt, mir Max ganz lebhaft vorzustellen. Und es klappte. Wieder wurde mir ganz warm und flau im Bauch. So etwas hatte ich noch nie erlebt! Ich schloss die Augen und stellte mir Max in seinem Achselhemd vor. Und die Wellen in mir fluteten wieder auf.

Was wollte Max von Yvonne? Sex? War er interessiert an ihr? Mein Bauch wurde noch flauer – aber leider nicht angenehm.

Ich stand auf, spülte und trat an den Spiegel.

Eine rasche Begutachtung ergab, dass Pia Recht hatte. Ich sah tatsächlich fürchterlich aus. Ich richtete meinen Zopf, kämmte mir den Pony, trug etwas Himbeerlippenstift auf und tupfte mir auch ein wenig davon auf die Wangen, als Rouge. Ich musste einfach mit Max reden. Aber erst würde ich Pia ihren dämlichen Brief geben. Ganz unten in meinem Rucksack fand ich ihn endlich und trat auf den Flur hinaus. Doch Pia war verschwunden. Achtlos schob ich den Brief in die Vordertasche meines Rucksacks und ging den Flur hinab.

IN DER PAUSE fand ich Max. Aber er war nicht allein, er spielte Fußball mit ein paar Jungs. Eine Gruppe Mädchen, darunter Yvonne, Nicole und Caroline, stand, vor Kälte bibbernd, auf der anderen Platzseite und verfolgte das Spiel. Ich nahm den schweren Rucksack ab und wartete am Spielfeldrand, sprang auf und ab, um mich warm zu halten, scharrte vor Ungeduld mit den Füßen und hoffte, Max würde mal in meine Richtung schauen. Aber vergebens. Endlich erbarmte sich einer der Mitspieler und machte Max auf mich aufmerksam.

«Ich bin mitten in einem Spiel», sagte er, als er angelaufen kam.

«Ich bin nicht blind. Aber es ist dringend.»

Wir gingen ein Stück beiseite, um außer Hörweite zu sein.

«He, Max!», rief einer der Jungs. «Komm schon! Seit wann gibst du dich mit Nerds ab?»

«Komm ja gleich», rief er. Dann wandte er sich wieder zu mir. Seine Stimme war sanft. «Wie geht's dir?»

«Klasse. Mir ist es nie besser gegangen.»

«Er hat gestern bei uns übernachtet, aber im Wohnzimmer, falls du das wissen willst. Und heute Morgen hat sie ihn vor die Tür gesetzt. Ich hörte sie so was sagen wie: ‹Du bist kein Kind mehr. Du musst eine Entscheidung treffen.› Und dann hat sie noch gesagt: ‹Ich hab schon einen Teenager im Haus. Zwei kann ich nicht gebrauchen.›»

«Geschieht ihm recht!», sagte ich. «Weißt du, dass er –» Ich bekam es nicht über die Lippen.

«Was?»

«Er –» Lieber Gott, würde ich etwa in Tränen ausbrechen? Hier, vor aller Augen? «Mit der besten Freundin von meiner Mutter hat er auch was gehabt!»

Max stieß einen Pfiff aus.

«Ihrer *besten* Freundin!», wiederholte ich und atmete tief durch, um nicht loszuweinen.

Mein Zorn überraschte mich. Gleich darauf aber plagten mich Gewissensbisse, als hätte ich meinen Vater verraten.

«Ich glaube, meine Mutter hat was für ihn übrig, Nelly. Ich meine, immerhin hat sie sich von ihm nageln lassen.»

«Deutlicher geht's wohl nicht!»

Max verdrehte die Augen. «Und ich glaube auch, er hat meine Mutter wirklich gern. Nur eine Affäre ist das nicht.»

Nun durfte ich die Augen verdrehen.

«Vielleicht hat sie ihn rausgeworfen, weil sie momentan einfach keine Probleme brauchen kann», sagte Max.

166

«Findest du nicht, dazu ist es ein bisschen spät? Ich meine, sie ist mit einem verheirateten Mann ins Bett gegangen. War doch klar, dass es da Probleme geben würde.»

Max grinste. «Wahrscheinlich hat sie Angst, deine Mutter taucht mit einer zehn Tonnen schweren Bratpfanne bei ihr auf.»

Ich versuchte mir meine Mutter vorzustellen, wie sie eine zehn Tonnen schwere Bratpfanne schwang, und sah es lebhaft vor mir. Fast hätte ich lachen müssen. «Na ja, vielleicht kommt er ja nun zu uns zurück», sagte ich und fühlte mich sofort erleichtert und fast fröhlich.

«Sei da nicht so sicher.»

«Wieso?»

«Hab da Erfahrung.»

«He, Max, spielst du, oder spielst du nicht?», rief einer der Jungs. «Entweder zerrst du sie jetzt in die Büsche, oder du kommst her!»

«Schmatz, schmatz», höhnte ein anderer und ahmte Kussgeräusche nach.

«Ich komme!», rief Max zurück. Er drehte sich nochmal zu mir um, und ich sah, dass er rot war. «Ich muss!»

Ich seufzte. «Na dann, bis nach den Vorspielen.»

Er schaute hinunter auf seine Turnschuhe. Sie waren schwarz – wie fast alles, was er trug. «Da hab ich schon was vor», sagte er.

Sicher bin ich mir nicht, aber ich meinte zu sehen, wie er Yvonne einen verstohlenen Blick zuwarf.

«Du hast zu tun?», sagte ich. «Was? Wieso? Ich dachte –»

«Hör mal, Nelly, wir sind Freunde, ja? Kein Ehepaar. In meinem Leben gibt's auch noch was anderes. Wir hatten einen Deal, und der ist erledigt.» Er schaute auf den Platz. Dort stand alles herum und erwartete ihn ungeduldig. «Bis dann», sagte er und rannte davon.

Ach so. Wir hatten einen Deal. Und der ist erledigt. Und der Sex? Was war damit?

Ich bemerkte, wie grau der Himmel war. Wie schneidend der Wind. Wie tief die Wolken hingen. Yvonne feixte zu mir herüber. Niedergeschlagen wollte ich den Rückzug antreten, als ich mit Anton zusammenstieß, buchstäblich.

«Nelly», sagte er mit hochrotem Gesicht, «den hab ich gefunden. Da drüben.» Er hielt den Umschlag mit Pias Brief hoch. «Er lag auf dem Rasen, neben deinem Rucksack.»

Mist, Mist, Mist! Der musste aus der Seitentasche gefallen sein, als ich den Rucksack abnahm.

«Ich hab meinen Namen auf dem Umschlag gelesen», sagte Anton, «also war ich so frei, ihn aufzumachen, und ... da hab ich gedacht ...»

Er stotterte und errötete und ähnelte kein bisschen dem rüpeligen Anton Weißenberger, wie ich ihn kannte. Und ich? Ich war auch nicht die Nelly, die er kannte. Noch nie im Leben war ich so um Worte verlegen. Am liebsten wäre ich in einem Erdloch versunken, notfalls auch in einem Wurmloch. Es war mir einfach alles zu viel.

«Tut mir Leid», stammelte ich. «Ich wollte nicht ... das heißt ... ich ...»

«Ich dachte mir schon, dass du es bist», sagte Anton.

«O nein. Das ist ein Missverständnis. Du darfst nicht denken, dass ich ...»

Er klopfte sich auf den Po. «Niemand außer dir hätte wissen können, was Glutaeusmuskeln sind.» Er streckte den Arm aus. «Und hier, fass mal meinen Bizeps an.»

«O nein. Das kann ich nicht.»

«Na klar kannst du das.»

Aus dem Augenwinkel sah ich, dass Max stehen geblieben war und uns anschaute. Dem werd ich's zeigen, dachte ich und legte die Hand um Antons Arm. In dem Moment fiel mir aber auch siedend heiß auf, dass auch Pia zu uns rüberschaute. Verlegen wollte ich die Hand zurückziehen, aber Anton war schneller, legte seine andere Hand auf meine und spannte die Muskeln an. Ich fühlte, wie sein Oberarmmuskel zu einer harten Kugel schwoll, wie in einem *Popeye*-Comic. Anton lächelte mich stolz an.

«Also, das ist ja ... das ist ja wirklich toll», sagte ich zu ihm – aber nur halbherzig, denn von der anderen Feldseite starrte Max uns noch immer an. Als er meinen Blick bemerkte, zog er seine Sweatshirtjacke aus und legte sie Yvonne um die Schultern. Ich spürte einen Stich im Magen. Und dann noch einen. Und ich wusste, dass ich eifersüchtig war.

EIN UNHEIL zieht immer das nächste nach sich. Genau wie in einem Hollywood-Film. Regen ist da nie einfach Regen, sondern ein Wolkenbruch. Gerade sieht es aus, als wäre der Held kurz vorm Ziel, da kommt ihm etwas in die Quere. Und aus dieser kleinen Störung entwickelt sich ein echtes Problem, und dann taucht ein weiteres Problem auf, und das führt dann zu einer mittleren Katastrophe, und dann, oje, ereignet sich eine schwere Katastrophe, und wenn man schon denkt, jetzt kann es nicht mehr schlimmer kommen, weil der Held schon genug gelitten hat, kommt es natürlich noch mal viel dicker: der totale Super-GAU. Solche Gedanken schwirrten durch meinen Kopf, als ich in den Mädchenumkleideraum kam, um mich für das Sichtungsspiel umzuziehen. Es reichte nicht, dass meine Eltern nicht da sein würden, dass mein Vater uns verlassen hatte, dass meine Mutter im Koma dämmerte, Max mir einen Korb gegeben hatte, Pia Groll gegen mich empfand und Anton hinter mir her war. Die Gesetze der Logik sagten mir, dass alles noch schlimmer werden würde, bevor es wieder besser wurde.

PIA BRACHTE DEN STEIN ins Rollen. Ich rüstete mich gerade für das große Spiel und band mir die Schnürsenkel zu, als sie in die Umkleide gestürmt kam, umlodert von ihrem langen, flammend roten Haar. «Ich dachte, du wärst meine Freundin», sagte sie.

«Ich *bin* deine Freundin», entgegnete ich ruhig.

«Warum hast du mir dann Schwarzenegger ausgespannt?»

«Hab ich nicht. Es sieht zwar so aus, aber es ist nicht so.» Pia tat mir Leid, aber was konnte ich tun? Was sollte ich noch sagen?

«Er denkt, du hättest die Briefe geschrieben», fuhr sie fort.

«Das Problem ist, ich *hab* die Briefe ja geschrieben, Pia. Aber du kannst ihm doch sagen, dass sie von dir sind, oder?»

«Das tu ich auch!»

«Aber pass auf, dass du weißt, was Glutaeusmuskeln sind.»

Das war nicht boshaft gemeint. Sie musste das doch wirklich wissen. Aber irgendwie traf ich den falschen Tonfall.

«Wie kannst du das nur!», sagte sie. «Wie kannst du mich nur immer als totalen Schwachkopf hinstellen?»

Und weg war sie.

Sollte ich ihr nacheilen und das Missverständnis aufklären? Deshalb zu spät zum Spiel kommen, am Ende noch disqualifiziert werden? Oder sollte ich die Sache lieber später klären? Ich entschied mich für Letzteres.

Es war ein schwieriger Tag gewesen – womöglich der schwierigste meines Lebens. Bevor ich von der Bank aufstand, resümierte ich: Warum trug ich, Nelly Sue Edelmeister, dreizehn Jahre alt, ein Meter sechsundfünfzig groß, achtundvierzig Kilo schwer, IQ von 148, Notendurchschnitt glatt 1, Teilnehmerin bei *Jugend forscht* und künftige Kosmologin, warum trug ich Turnschuhe und kurze Sporthosen und Ellenbogenschützer? Warum tat ich das? Wie hatte dieser Wahnsinn angefangen? Ich wollte gern Prinz William sehen, nicht wahr? Ich wollte nach England. Also wollte ich in die Basketballmannschaft, die nach England fahren würde. Zwischendurch aber war offenbar irgendetwas geschehen, wodurch das Ganze eine ganz andere Dimension annahm. Nun zählte für mich nicht mehr nur die Begegnung mit Prinz William, ich wollte auch etwas beweisen: dass ich die Aufnahme in die Basketballmannschaft schaffen, dass ich wie alle

170

anderen sein konnte. Das wollte ich Yvonne und Co. beweisen, und meiner Mutter, und Max.

Aber das war es nicht allein, oder? Ich wusste, dass ich es noch einer anderen Person beweisen wollte, einer mit dünnen Beinen, dicken Brillengläsern und einem Dickschädel; einer Person, die mir das nie im Leben zugetraut hätte; einer Person, die vor lauter Intelligenz ihre einfachsten Gefühle nicht kapiert. Kurz, *mir* wollte ich es beweisen. Ich wollte mir selbst beweisen, dass ich es schaffen konnte.

Und das würde ich auch.

Ich würde mich dem Ruhm entgegendribbeln.

Ich stand auf und wollte los. Und fiel längelang hin. Ich hatte meine Schnürsenkel zusammengeknotet.

DIE MANNSCHAFT benötigte zwei neue Spielerinnen. Eine davon würde ganz bestimmt Tall Tillie sein. Sechzehn weitere Mädchen wetteiferten darum, die Zweite zu werden. Die Chancen standen gegen mich, das sah man auch als Nichtmathematiker.

Die Bewerberinnen saßen in der ersten Reihe der Zuschauertribüne. Gegenüber saß die Jury. Das Spiel sollte wie folgt ablaufen: Die bestehende Basketballmannschaft wurde in zwei Teams à sechs Spielerinnen aufgeteilt, wobei jede Seite pro Spielviertel um zwei der Kandidatinnen ergänzt wurde. So hatte jede Kandidatin eine Spielzeit von etwa fünfzehn Minuten, und in der Zeit musste sie versuchen, der Jury alles zu zeigen, was sie draufhatte: Ball stehlen, werfen, treffen, dribbeln.

Ich hatte noch nie an so einem Sichtungsspiel teilgenommen, also wusste ich nicht, was mich erwartete. Zu meiner Überraschung war die Halle voller Schüler, die mit Trillerpfeifen und Ratschen herumlärmten, klatschten und aus voller Kehle in die Anfeuerungsgesänge der Cheerleader einstimmten: «Suse Ulrich, Suse Ulrich, *go, go, go*.» Vereinzelt waren auch Erwachsene zu sehen, Eltern von Testspielerinnen und Angehörige des Elternrats der Schule, die Getränke und Snacks feilboten. Ich entdeckte Risa, Frau Goldfarb und Frau Lewi, aber Max war nirgends zu sehen. Mit den Augen suchte ich die Reihen auf der Tribüne ab, um zu sehen, ob meine Eltern eventuell doch gekommen waren, aber nein, sie waren nicht da. Pia allerdings entdeckte ich, sie saß in der ersten Tribünenreihe seitlich von mir.

Ich war erleichtert, nicht zu den Ersten zu gehören, die aufs Spielfeld geschickt wurden. Froh war ich auch, nicht mit Tall Tillie spielen zu müssen. Gegen Ende der ersten Hälfte spielte sie alle in Grund und Boden. Als ich nach der Pause aber nicht aufgerufen wurde, befiel mich leise Unruhe. Nagende Selbstzweifel stellten sich ein. Vielleicht würde ich mich bis auf die Knochen blamieren. Wahrscheinlich war ich nicht mal halb so gut, wie ich dachte. Das hatte Max nur so dahingesagt, um mich aufzumuntern, wie etwa ein großer Bruder, der seine kleine Schwester mit einer netten Floskel abspeist. Ja, so war es. Ich war schon drauf und dran, aufzustehen und zu gehen, als Frau Sander ihre Trillerpfeife ertönen ließ und das Megaphon hob. «Und jetzt die letzten vier», verkündete sie. «Rotes Team: Karla Schmidt und Yvonne Cohen. Blaues Team: Nana Seeberger und Nelly Edelmeister.»

Hab ich's nicht gesagt? Genau, wie ich befürchtet hatte. Mein Leben glich einem Hollywood-Film, einer endlosen Folge von Hürden, Hindernissen, Stolpersteinen. Nun durfte ich, Nelly Sue Edelmeister, auch noch gegen meine Erzfeindin Yvonne Cohen antreten.

Frau Sander heftete mir eine Nummer ans Hemd und blies in ihre Trillerpfeife.

ICH WAR EINE KATASTROPHE. Anders kann man das einfach nicht sagen. Das Problem bestand in meinem Mangel an Erfahrung. Zehn Tage lang hatte ich allein gegen Max gespielt. Er hatte mir zwar immer wieder was von Teamspiel, von Abgeben etc. erzählt, aber in der Praxis fehlte mir einfach die Erfahrung, wie man sich auf einem Feld voller Spieler durchschlägt. Die schnelle, fast aggressive Bewegung, das laute Keuchen, die vielen Füße und Hände, die an mir vorbeisausten, all das überforderte mich. Ich hatte das Gefühl, zwei linke Füße und keine rechte Hand zu haben. Hilflos stand ich dabei, als Yvonne sich souverän den Ball sicherte und ihn spielfeldaufwärts trieb. Sie führte einen Wurf aus und erzielte einen Punkt.

«S-u-p-e-r, Yvonne ist super!», kreischten unsere Cheerleader, die *Twain Twisters*.

Auf der Tribüne wurde wild gejohlt. Monika Kladow, Kapitänin des blauen Teams, schrie mir zu, ich solle «Yvonne decken, Mensch!». Nun musste ich zwischen dem Ball und Yvonne bleiben. Aber das misslang. Dann musste ich zwischen Yvonne und dem Korb bleiben. Das misslang ebenfalls. Yvonne dribbelte, ich deckte sie. Ihr glattes blondes Haar war in heftiger Bewegung – wie ein Weizenfeld, bevor ein Sturm losbricht. Mir brach unter meinem dicken Zopf Schweiß aus. Bei jeder heftigen Bewegung schlug er mir gegen den Rücken, *zaa-wumpp*, *zaa-wumpp*.

«Na los, Brillenschlange», höhnte Yvonne, «versuch doch, mir den Ball abzunehmen. Das kannst du nämlich nicht. Hat Max mir erzählt.»

«Hat er nicht, ich kann's nämlich!»

«Hat er wohl. Und du kannst es nicht. Guck, da sitzt er. Und er hält zu *mir*.»

Ich sah mich um, und tatsächlich, da saß Max, neben Caroline und Nicole. Verärgert drehte ich mich wieder um. Aber es war schon zu spät! Yvonne zielte bereits. Der Ball zischte durch die Luft wie eine Kanonenkugel. Oh, ich hätte mich ohrfeigen können! Wie konnte ich nur so dämlich sein? Warum hatte ich mich von ihr ablenken lassen?

Aber, o Wunder! Ihr Ball verfehlte den Korb! Er prallte von der Kante ab und fiel runter. Sie stürzte los, um ihn für den Rebound zu fangen, aber ich war eine Nanosekunde schneller. Ich schnellte hoch, und – zack! – hatte ich den Ball.

«*Go*, Nelly, go!», hörte ich die *Twain Twisters* rufen. «*Go*, Nelly, *go*!»

Ich hatte den Ball. Endlich hatte ich ihn! Meine Fingerspitzen tanzten über seine raue Oberfläche. Meine Füße hielten Schritt. Meine Beine, meine Knie, mein ganzer Körper waren eins mit dem Ball. Aber nicht meine Augen. Die waren nach vorn gerichtet und bahnten mir den Weg zum Korb. Es gelang mir, ganz allein durch ein voll besetztes Spielfeld zu dribbeln, zum Korb zu gelangen, zu zielen und zu werfen. Der Ball flog durch den Reifen. Ein Punkt! Ich hatte einen Punkt gemacht!

Ich hätte am liebsten geschrien. Geweint. Den Himmel geküsst. Aber dazu war keine Zeit.

«*Go*, Nelly, *go*!», hörte ich. Füße trampelten. Trillerpfeifen schrillten. Ratschen lärmten. Alle Gefühle des Tages – Wut, Eifersucht, Trauer – verblassten im fieberhaften Spielgetümmel. Nichts war mehr von Bedeutung, nichts außer mir, dem Ball und dem Korb. Und dazu die Worte «*Go*, Nelly, *go*!».

Aber dann verlor ich den Ball! Tina Nadelmann hatte sich angepirscht und ihn mir weggenommen. Ich rannte ihr nach, Yvonne dicht neben mir, und – schnapp! – hatte ich ihn wieder. Ich drehte mich nach rechts, nach links, wieder nach rechts. Völlig von Gegenspielerinnen geblockt! Aus dem Augenwinkel sah ich meine Teamkollegin Nana Seeberger, die ebenfalls zur Probe spielte, zu meiner Hilfe herbeieilen. Ich könnte den Ball an sie abgeben, und sie könnte vielleicht einen Punkt einheimsen. Aber halt! Vielleicht war genug Platz, um zwischen Tina und Yvonne durchzustoßen, mich zwischen ihnen durchzuschlängeln. Vielleicht könnte ich das Feld auch allein überqueren.

Ich riskierte es, und – ja! Es gelang!

Ich rannte los, spielfeldabwärts.

Und so lief das Spiel weiter. Sekunde für Sekunde. Minute für Minute. Ich verlor jedes Zeitgefühl – so sehr hielt es mich in Atem. Ich war völlig entrückt – wie es mir sonst nur beim Betrachten der Sterne ging. Oder wie in dem einen Traum, als ich durch das All schwebte und fliegen konnte, vor lauter Verzückung über das Wunder des Universums.

Ich punktete nicht als Einzige. Kann sein, dass Yvonne sogar mehr Körbe erzielte, aber als Frau Sander das Spiel abpfiff und ich ihr ungläubiges Gesicht sah, dann die erstaunten Mienen von Risa, Frau Goldfarb und Frau Lewi, von meinen Mitspielerinnen und vom Publikum, wusste ich felsenfest, dass ich es geschafft hatte. Ich war eine Gewinnerin! Fehlte nur noch die Bestätigung durch die Jury.

WÄHREND DIE JURY sich beriet, zog ich mich rasch um. Zurück in der Halle, hoffte ich, Max zu finden. Er fand mich.

«Und?», sagte ich.

«Du warst gut», sagte er.

«Gut? Ist das dein ganzer Kommentar? Ich war grandios!»

Max zuckte die Achseln. «Verglichen damit, wie du früher warst, schon.»

«Ich komme in die Mannschaft! Und nach England!»

«Prinz William wird bestimmt sehr stolz auf dich sein», sagte er, nicht frei von Sarkasmus. Er sah mich an, als erwartete er etwas von mir. «Und?»

«Was, und?»

«Schon mal von den Worten ‹danke schön› gehört?», sagte er.

Ich hatte keine Ahnung, worauf er hinauswollte.

«Danke schön», wiederholte er, «d-a-n-k-e s-c-h- —»

«Ich weiß, wie man das schreibt, Max.»

«Ich hab mich nur grade gefragt, ob du auch weißt, wie man es sagt.» Schroff drehte er mir den Rücken zu.

«Moment mal», sagte ich.

Max fuhr herum. «Was denn?»

Mir fiel auf, dass er sein Sweatshirt nicht anhatte. Ich sah zur Tribüne hinüber. Und tatsächlich, da saß Yvonne, mit Max' Sweatshirt um die Schultern.

«Du hast doch gesagt, wir hätten einen Deal gehabt und dass der jetzt erledigt ist», sagte ich wütend. «Muss ich mich da für den Rest meines Lebens bei dir bedanken?» Ich war den Tränen nah. «Dieser Tag war einfach grässlich, fast so schlimm wie gestern Abend und heute Nacht. Ich dachte, wenigstens du hättest dafür ein bisschen Verständnis.»

Eine Trillerpfeife schrillte, und wir sahen, dass die Jury zurückkehrte. Um nicht vor Max in Tränen auszubrechen, lief ich zu Risa.

Die alten Damen veranstalteten einen Riesenwirbel um mich, sparten nicht mit Lob, Umarmungen und Küsschen. Risa war ein wenig zurückhaltender als sonst, nahm lediglich meine Hand und tätschelte sie. Frau Lewi bot mir von ihrem Popcorn an, und ich hätte mich fast daran verschluckt. Frau Goldfarb zwickte mich in die Wange. Ihre Parkinson-Finger zitterten so sehr, dass es sich eher wie eine Massage anfühlte. Ja, es war nett, mit den «Mädels» zusammen zu sein, aber noch glücklicher hätte es mich gemacht, wenn meine Eltern auch da gewesen wären.

Lautes Brummen drang aus den Lautsprechern. «Die Entscheidung heute Nachmittag ist uns nicht leicht gefallen», sagte Frau Sander. «Zunächst möchten wir allen Mädchen, die heute zur Probe gespielt haben, für ihr Engagement und ihren Einsatz danken.» Sie richtete den Blick auf mich. «Einige von euch haben sich verblüffend gut geschlagen! Und für alle, die heute die Aufnahme in die Mannschaft nicht geschafft haben, gilt: Versucht es in der nächsten Saison noch einmal.» Sie blickte auf einen Zettel in ihrer Hand. «Okay. Nun kommt der Moment, auf den ihr alle schon wartet. Die beiden neuen Spielerinnen der *Twain Tigers* heißen …» Sie legte eine dramatische Pause ein, um dann, wie bei einer Oscar-Verleihung, laut zu verkünden: «Mathilda Lichtenberg und Yvonne Priscilla Cohen!»

Tall Tillie und Yvonne rannten in die Mitte des Spielfelds, lächelten, winkten, verbeugten sich. Ich sackte gegen Risa, und sie nahm mich in die Arme. Ihr Glasstein stieß mir gegen die Brust, und ihr Parfüm stieg mir in die Nase. *Je reviens.*

«BUBELE, DU HAST dein Bestes gegeben, und nur darauf kommt es an», sagte Risa zu mir.

«Ich hab versagt», widersprach ich. «Darauf kommt es an.»

«Ich habe Hunger», sagte Frau Lewi. «Und darauf, meine lieben Damen, kommt es wirklich an.» Sie hob die Hand, um unsere Kellnerin auf sich aufmerksam zu machen, aber die schien Scheuklappen zu tragen.

An diesem Montagabend um sieben war es im Tanzcafé Tietze brechend voll. Risa kam mit ihren Freundinnen immer hierher, wenn sie Sehnsucht nach der Musik ihrer Jugend verspürten, nach den Comedian Harmonists, den Drei Rulands, Marlene Dietrich, Count Basie, «Ich küsse Ihre Hand, Madame». Auf der Tanzfläche legten gerade ein paar Senioren einen gekonnten Walzer aufs Parkett. Die Musik war furchtbar altmodisch, und die Platten knackten und knisterten, aber es war nicht zu überhören, wie viel Spaß die Sänger und Musiker hatten – was für meine Laune an dem Abend nicht unbedingt galt.

«Nelly», sagte Risa, «warum sich den Kopf über Erfolg oder Misserfolg zerbrechen? Das hängt alles von Dingen ab, die du nicht steuern kannst. Wer weiß schon, warum die Jury dich nicht ausgewählt hat? Das wissen die vermutlich selbst nicht. Denk lieber, was für ein Wunder es ist, dass du etwas geschafft hast, was du dir noch vor ein paar Wochen nicht hättest träumen lassen.»

Ich konnte Risas Gerede nicht mehr hören. Sie erinnerte mich an meinen Vater. Wie hatte meine Mutter ihn nochmal genannt? Kahlil Gibran? Den Namen musste ich gelegentlich im Lexikon nachschlagen.

«Nelly, Schätzchen», sagte Frau Goldfarb, «lass uns mal das Tanzbein schwingen.»

Ich wollte nicht. Ein betont unauffälliger Blickwechsel der drei verriet mir, dass sie alle über gestern Abend und meine Eltern Bescheid wussten. Meine Mutter hatte wohl mit Risa gesprochen.

«Hat Papa angerufen oder so?», fragte ich Risa.

Risa behagte die Frage offenkundig nicht. Sie zuckte mit den Schultern und sagte ablenkend: «Na ja, wenn du nicht willst, dann tanz eben ich.» Leichtfüßig strebte sie mit Rosi Goldfarb auf die Tanzfläche.

Obwohl es so ziemlich der schlimmste Tag meines Lebens war, weiß ich trotzdem noch, wie sehr ich von Risa und Frau Goldfarb fasziniert war. Gerade erklang ein Tango, *Hernando's Hideaway*. Ihre Tanzschritte sahen so vertrackt aus – und das bei Frau Goldfarbs hohen Absätzen! Ich weiß noch, wie mir die Frage durch den Kopf ging, wo sie so tanzen gelernt hatten. In einer Tanzschule? Vor dem Krieg? Erst danach? Und was für ein Wunder es war, dass sie nach allem, was sie durchgemacht hatten, immer noch Spaß am Tanzen hatten.

Der Tango ging in einen Foxtrott über. Ein paar Minuten später kam ein Jitterbug. Ich saß da und sah zu und auch wieder nicht, weil ich im Kopf immer und immer wieder das Basketballmatch durchspielte. Wo hatte ich was falsch gemacht? Dann lief der letzte Streit meiner Eltern vor mir ab. Vorwärts und rückwärts und rückwärts und vorwärts. Als ich es nicht mehr ertrug, schaltete ich auf ein anderes Programm: Max, der Yvonne sein Sweatshirt um die Schultern legt. Max, der mich stehen lässt. Als das Bild zu schmerzlich wurde, schaltete ich noch mal um: auf Pia, Pias schockiertes Gesicht.

178

Gelächter und Händeklatschen holten mich zurück ins Tanzcafé. Der ganze Saal amüsierte sich glänzend. Die Frauen sangen *Rum and Coca-Cola* mit und wiegten dabei kokett die Köpfe.

«Herr im Himmel!», entfuhr es Frau Lewi. Ich folgte ihrem Blick. Auf der Tanzfläche stimmte irgendetwas nicht.

MANCHE LEUTE erinnern sich vor allem an den Geruch, diesen aseptischen, blitzsauberen Duft, den man gleich beim Betreten eines Krankenhauses wahrnimmt. Oder an die Farbe der Wände – Gelb, Beige, manchmal Minzgrün. Andere wiederum sagen, es sei das rhythmische Plop-plop-plop des Tropfes, das ihnen im Gedächtnis haften geblieben ist. Oder das öde Klinikmobiliar.

Ich erinnere mich, wie die Schuhe des Arztes quietschten, als er auf uns zukam. Was würde er uns sagen? Eben hatte Risa noch getanzt – im nächsten Moment sackte sie zu Boden. Und jetzt, zwei Stunden später, kam ein Notarzt mit quietschenden Schuhen auf uns zu, um uns zu sagen, was mit Risa war. Dass sie lebte. Oder im Sterben lag. Oder bereits tot war.

«Frau Edelmeister?», fragte der Arzt, der bemerkenswert jung aussah. Um den Hals trug er ein Stethoskop, an dem ein Mini-Plüschpanda baumelte, und aus der Brusttasche ragte ein Kugelschreiber. Er machte ein ernstes Gesicht.

Meine Mutter stand auf. «Ja?»

Er lächelte. «Ich bin Dr. Leuchtmann. Wir würden Frau Ginsberg gern bis morgen Mittag hier behalten. Es kommt vor, dass so eine Störung ein Vorbote für ein ernsthafteres Ereignis ist.»

Nur eine *Störung*? Hatte ich recht gehört? Vor lauter Freude blieb mir der Atem weg.

«Dann erholt sie sich also wieder?», fragte meine Mutter.

Der Arzt lächelte beruhigend. «Auf mich macht sie einen stabilen Eindruck.»

ALS ICH DAS ZIMMER betrat, lehnte Risa aufrecht in ihrem Bett. Lediglich ein Lämpchen auf ihrem Nachttisch brannte, und im Halbdunkel konnte ich nur vage Formen ausmachen. Ich war auf ein hochmodernes Klinikambiente gefasst, voll High-Tech-Geräten, Monitoren mit auf und ab zuckenden Messlinien. Doch von alldem keine Spur – stattdessen Risa winzig klein in einem hellblauen Krankenhausnachthemd, die im Bett döste oder vielleicht auch nur tagträumte. Kein Tropf, keine Schläuche in der Nase, kein Katheter, kein gar nichts. So schlimm konnte es also gar nicht sein!

Die Tür fiel leise hinter mir ins Schloss, und Risa drehte sich zu mir. Sie lächelte, und ich ging zu ihr und ließ mich auf einen Stuhl neben ihrem Bett plumpsen.

«Wir haben uns solche Sorgen um dich gemacht!», sagte ich.

Sie reagierte einigermaßen verwundert. «Sorgen? Um mich?»

War sie sich etwa über den Ernst ihres Herzanfalls nicht im Klaren? «Ja, um dich!»

«Um mich?», wiederholte sie nun so übertrieben erstaunt, dass ich merkte, sie wollte mich nur auf den Arm nehmen. Aber die kleine Vorstellung hatte sie viel Kraft gekostet, denn dann schloss sie die Augen und lehnte sich gegen das Kissen. Mir fiel auf, dass sie ihren Glasstein in der Hand hielt, ihn rieb und drehte, ähnlich wie die alten Männer, die ich in einem Urlaub auf Kreta gesehen hatte, die ständig an ihren Rosenkränzen herumspielten.

«Mommy hat gesagt, ich darf zwei Minuten bleiben.»

Sie öffnete die Augen und lächelte. «Sehr klug von ihr. Es ist schon spät.»

«Sie hat gesagt, danach bleibt sie bei dir.»

Risa nickte, und ich merkte, dass sie kurzatmig war.

«Hat es wehgetan?», traute ich mich zu fragen. «War es sehr schlimm?»

«Ach, Bubele. Was soll ich sagen? Ich habe schon Schlimmeres erlebt.»

Mehr wollte sie offensichtlich nicht sagen. Sie richtete sich auf. «Komm, lass dich umarmen», sagte sie.

IN DER NACHT konnte ich nicht schlafen. Ich saß in meinem Sessel am Fenster und starrte hinaus in den Himmel, über den unablässig Wolken zogen, sah ein Flugzeug und einen Hubschrauber an meinem regennassen Fenster vorübergleiten, verfolgte das Aufleuchten und Erlöschen der trüben gelben Fensterrechtecke in den anderen Häusern. Unter mir gähnte die mitternächtliche Finsternis der verlassenen Schrebergärten, über mir dehnte sich der von Regenwolken bezogene Himmel. Ich sah den Mond im Wolkenmeer auftauchen und verschwinden, wie eine dicke runde Boje in tosender See. Ich sah die Zeiger an meinem Wecker eine Runde nach der anderen drehen. Ich sah, wie ein Schwarm Vögel sich flatternd in die Lüfte erhob, vom plötzlichen Klirren einer Glasscheibe aus dem Schlaf geschreckt.

Und dann war wieder alles ruhig.

Lange Zeit herrschte völlige Stille.

Dann spürte ich einen kühlen Luftzug. Ich drehte mich um und sah, dass meine Mutter im Zimmer stand. Ihr Trenchcoat war vom Regen durchnässt, ihre Stiefel schmutzig. Ihr Haar, von Regentröpfchen glänzend und strubbelig, wirkte im Schein der Lampen wie ein Strahlenkranz. Was wollte sie hier? Warum war sie nicht im Krankenhaus?

Sie kam zu mir und kniete sich auf den Boden. Sie ergriff meine Hände.

Der Mund meiner Mutter verzog sich nach oben, dann nach unten, und einen Moment lang ähnelte sie diesen Masken, die Komödie und Tragödie in einem verkörpern, die eine Seite mit einem breiten, ausgeschnittenen Lächeln, die andere zu einer rohen Grimasse verzerrt. Dann rollten meiner Mutter dicke Tränen über die Wangen, sie wimmerte. Ich konnte sehen, wie die

Tränen ihr die Nase entlangliefen, am Mund vorbei und übers Kinn, um ihr dann auf die Brust zu tropfen.

Angst kroch in mich hinein.

«Nelly», sagte meine Mutter. «Ich saß einfach da und redete mit ihr. Und dann schloss sie die Augen. Ich hab mir nichts dabei gedacht. Warum sollte sie nicht die Augen schließen? Aber dann war sie so still. Zu still.» Meine Mutter schloss kurz die Augen, um den Film vor sich ablaufen zu sehen. Dann sah sie mich an. «Es war ihr Herz», sagte sie. «Es blieb einfach stehen. Es blieb stehen, und sie war fort.»

Meine Mutter ließ den Kopf auf meinen Schoß sinken. Er fühlte sich schwer an. Wie eine zentnerschwere Bowlingkugel. Sie schlang die Arme fest um meinen Körper. Ich bekam keine Luft mehr und griff nach hinten, versuchte behutsam, ihre Hände zu lösen. Aber sie hafteten wie Kletten an mir.

«Es tut mir so Leid, Sweetie», sagte sie. «So Leid.»

In meinen Ohren begann es zu dröhnen. Dann waren sie auf einmal wie taub. Und dann dröhnte es wieder. Langsam bekam ich Panik. Meine Hände waren schweißnass. Ich konnte das Haar meiner Mutter riechen, die Süße des Shampoos. Mir war schlecht. Vor und zurück wiegte sie sich, und der Stoff ihres Trenchcoats raschelte ohrenbetäubend laut.

Mit aller Kraft befreite ich mich aus ihren Händen. Überrascht hob sie den Blick.

«Jetzt sind alle weg», sagte ich. «Alle. Risa. Und Papa. Max. Pia. Alle. Alles. Jetzt hab ich überhaupt niemanden mehr.»

Ich weinte.

Meine Mutter streckte die Hände aus, um mich in den Arm zu nehmen, mir über die Stirn zu streichen, übers Haar, was weiß ich. «Nelly, Sweetie, mein kleines Baby», sagte sie. «*Ich* bin doch da.»

Ich wich zurück. «Du? Dich will ich nicht haben. Ich will Papa. Ich will Risa.»

182

«Wie kann ich dir helfen? Was kann ich tun? Was?»

«Nichts. Gar nichts.»

Dann aber fiel mir doch etwas ein. Ich riss mir das Messer aus meinem Magen und drehte es in ihrem herum. «Du willst was für mich tun? Dann sag alles ab. Sag die Bat-Mizwa ab. Ich wollte es nur für Risa machen. Jetzt hat es keinen Sinn mehr.»

Meine Mutter richtete sich auf. «Sweetie. Das ist nicht der Moment, um –»

«Sag sie ab!», fiel ich ihr ins Wort. «Sag sie ab!» Ich sprang auf und warf mich auf mein Bett.

Und dann verschluckte mich das Schwarze Loch.

ELFTES KAPITEL
Die große Kälte

RISA WURDE schon zwei Tage später beerdigt, doch auf einen Grabstein musste sie noch ein Jahr warten. Es heißt, dass die Verstorbenen so lange in unserer Erinnerung lebendig bleiben, wie das Kaddisch-Gebet gesprochen wird – und das dauert ein ganzes Jahr lang. Deshalb benötigen sie in dieser Zeit noch keinen Grabstein. Ob ich das Kaddisch nun sprach oder nicht, Risa würde immer einen Platz in meiner Erinnerung haben – aber ich hätte mir trotzdem gewünscht, dass sie auch gleich einen Grabstein bekam, wenigstens als Schutz gegen die Witterung. Wenn ich sie auf dem Friedhof besuchen ging – in der ersten Woche war das jeden Tag –, quälte es mich, wie Wind und Regen erbarmungslos der weichen Erde zusetzten, unter der sie erst ein paar Tage zuvor verschwunden war.

Eines Nachmittags beschloss ich, Herbstlaub zu sammeln und wie eine Decke über ihrem Grab auszubreiten. Dass die Idee lächerlich war, war mir klar: Risa war für immer von mir gegangen, ob mit oder ohne schützende Blätter. Trotzdem tat es mir gut.

Meinen Vater sah ich manchmal, aber in diesen ersten Wochen waren wir im Umgang seltsam befangen und wortkarg. Meine Eltern sahen sich ebenfalls. Erst hoffte ich, sie hätten sich wieder zusammengerauft, denn ich hörte sie nie mehr streiten. Am Ende des Abends aber ging mein Vater jedes Mal wieder fort, und meine Mutter kehrte, wenn sie sich außerhalb der Wohnung trafen, allein nach Hause zurück. Mein Vater wohnte in Charlottenburg, bloß ein paar Ecken weiter, bei seinem australischen Freund. Grant plante nächstes Frühjahr nach England zu ziehen. Falls mein Vater bis dahin einen festen Job fand, wollte er Grants Wohnung übernehmen. Der Gedanke machte mich traurig. Ich vermisste unsere Dreisamkeit: Vater, Mutter, Kind. Wenn mein Vater sich eine eigene Wohnung nahm, war es wohl für immer vorbei. Bloß nicht daran denken!

In den Tagen nach Risas Tod kamen unzählige Besucher und Trauernde – das verscheuchte die finsteren Gedanken zumindest teilweise. Sogar Max kam einmal vorbei, um sein Beileid auszusprechen. Meine Mutter war erstaunlich freundlich zu ihm und bot ihm sogar Kekse an. Max nahm das Gebäck dankend an und setzte sich neben mich auf das grüne Wildledersofa. Er versuchte zwar, ein Gespräch anzufangen, aber wir hatten uns nichts zu sagen. Oder vielmehr: Es gab so viel zu sagen, dass es uns die Sprache verschlug. Ich war enttäuscht von ihm, weil er am Tag des Vorspiels kein Verständnis für mein Desaster aufgebracht hatte, und mir ging ständig das Bild durch den Kopf, wie er Yvonne sein Stuyvesant-Sweatshirt um die Schultern gelegt hatte. Er war enttäuscht von mir und nahm mir meine Undankbarkeit und den «Flirt» mit Anton übel. Zumindest sehe ich das jetzt so, im Rückblick. Jedenfalls waren wir beide starrköpfig genug, nicht miteinander zu reden.

Gläubige Juden halten eine Trauerzeit von sieben Tagen ein. Das wird *Schiwe sitzen* genannt und ist eine ziemlich komplizierte Angelegenheit mit einer Vielzahl von Ritualen, die schon seit Jahrtausenden praktiziert werden. Dazu gehört, dass man auf Kissen statt auf Stühlen sitzt, sämtliche Spiegel im Haus verhängt, nicht duscht oder badet und keine Schuhe mit Ledersohlen trägt. Zum Glück hielten wir uns nicht daran – man denke an die Sache mit dem Duschen! Aber meine Mutter ließ es sich nicht nehmen, sieben Tage lang eine Kerze brennen zu lassen. Sie erklärte, nur für den Fall, dass es so etwas wie ein Paradies gibt – und konnte sie das ausschließen? –, könnte die flackernde Flamme Risa vielleicht helfen, den Weg dorthin leichter zu finden.

Gelegentlich saß ich an meinem gigantischen Fenster und hielt dort oben im Himmel Ausschau nach irgendeinem Zeichen von Risa, oder auch nur nach einem Licht in der Finsternis. Aber ich sah nur dunkle Wolken und die Vorboten eines endlos langen Winters. Ich entsann mich, wie Risa mir und Max erklärte, dass es überall Licht gibt, auch in der Finsternis. Dass wir es nur zu finden brauchten und lernen mussten, es weiterzugeben. Ich starrte unverwandt in den schwarzen Himmel und grübelte, wo Risa die Kraft dazu hergenommen hatte. Und als mir jäh klar wurde, dass ich sie das nie mehr würde fragen können, musste ich furchtbar weinen.

Eines Abends, während ich so in die Leere starrte, hörte ich, wie etwas leise gegen mein Fenster pochte. Es war eine Art Käfer, groß und braun und hässlich, ungefähr fünf Zentimeter lang und knapp einen breit. Er sah aus wie eine riesige Grille, aber mir kamen Zweifel, ob Grillen vier Stockwerke hoch fliegen können oder ob sie überhaupt flugfähig sind. Ich bin kein großer Fan von Insekten, egal, ob Grillen oder andere, also klopfte ich gegen die Fensterscheibe, um den Käfer zu verscheuchen. Aber er war hartnäckig, schlug ausdauernd mit seinem Körper gegen die Scheibe, als wollte er rein. Vielleicht musste der Käfer mir etwas mitteilen, ging es mir durch den Kopf, oder er hatte eine Botschaft von Risa zu überbringen. Vielleicht war es sogar Risa selbst. Wider besseres Wissen öffnete ich das Fenster, um das Viech hereinzulassen. Zu meiner Erleichterung blieb es draußen sitzen, unbewegt starrend, und hielt dort die ganze Nacht über in der Kälte Wache. Als ich morgens aufstand, hockte das Tier immer noch dort, doch als ich von der Schule nach Hause kam, stellte ich bestürzt fest, dass es fort war. Nach diesem Vorfall fühlte ich mich merkwürdig verlassen. Aber dann ging ich in Risas Zimmer und versprühte eini-

186

ge Spritzer von ihrem Parfüm. *Je reviens*. Ich atmete es tief ein und streifte ein wenig umher, bis ich einen flüchtigen Moment lang das Gefühl hatte, Risa sei tatsächlich wieder zu Hause.

Aber das war eben nur ein Moment.

Draußen fielen die Blätter, und drinnen kam mir sogar mein eigenes Zimmer grau und leer vor. Bobe, mein Computer, stand einsam und verwaist auf dem Schreibtisch, das Bild des Vixen-Teleskops neben meinem Spiegel schien mich zu verhöhnen, und Prinz William lächelte mir ausdruckslos aus meinem Schrank entgegen. Die letzte Woche war er weder in meinen Gedanken noch Träumen aufgetaucht. Und sein Poster, so fiel mir auf, hatte ich seit Tagen keines Blickes gewürdigt. Ich suchte in seinen Augen nach Spuren seines eigenen Verlustes. Aber das Bild war vor dem Tod seiner Mutter aufgenommen worden.

Meine Mutter und ich sprachen kaum miteinander, und wenn, dann nur einsilbig: Wie möchtest du dein Ei? Weich. Wann kommst du heute Abend zurück? Spät. Hast du wenigstens Onkel Bruce geschrieben, warum du die Bat-Mizwa abgesagt hast? Nein. Gibst du mir Geld für neue Sportsocken? Ja.

Fairerweise muss ich einräumen, dass meine Mutter an dieser Situation nicht schuld war. Ich war diejenige, die alle Kommunikationsversuche abblockte, sie mitten im Satz stehen ließ oder so schnoddrige und freche Antworten gab, dass es mich wundert, warum sie mich nicht an Ort und Stelle abmurkste.

Stattdessen zog sie sich ins Schlafzimmer zurück, schloss alle Fenster und Vorhänge, schlief lange, las tagsüber in alten Nummern des *New Yorker*, klagte über Migräne, ging früh schlafen.

Unsere Wohnung war dunkel und kalt.

Ungefähr zehn Tage nach Risas Tod klopfte meine Mutter morgens an meine Tür, kurz bevor ich zur Schule los musste. Sie hielt ein Päckchen im Arm.

«Das hab ich beim Aufräumen in Risas Zimmer gefunden», sagte sie. «Es ist für Max.»

«Max?»

«Sein Anzug. Risa hat ihn offenbar noch fertig genäht.»

«Was für ein Anzug?»

«Für die Eröffnung. Die ist am Samstag.»

Das hatte ich ganz vergessen. Samstag war der 25. Oktober – da hätte auch meine Bat-Mizwa sein sollen.

«Möchtest du ihm den mitnehmen?», fragte meine Mutter.

Meine Antwort kam prompt. «Nein.»

Sie zog eine Braue hoch. «Na gut. Dann schick ich ihn per Post.» Sie schien schon gehen zu wollen, aber dann hielt etwas sie zurück. Ihre Stimme klang sanfter. «Was ist passiert?»

Ich wollte ihr Mitleid nicht. «Was kratzt das dich denn?», fauchte ich, selbst über meine Heftigkeit überrascht. «Du hast ihn doch sowieso nie gemocht. Bestimmt freut es dich riesig, dass wir keine Freunde mehr sind.»

«Du gehst also am Samstag nicht zu *Minsky's*?»

«Nein. Du?»

«Auch nicht.»

«Also», sagte ich, «da haben wir doch mal was gemeinsam. Oder?»

IN DER SCHULE lief es zum Glück besser als zu Hause. Ich war zu einer gefeierten Persönlichkeit geworden: *Magic Edelmeister* war mein neuer Spitzname. Aber um ehrlich zu sein, eine glänzende Sportlerin war ich immer noch nicht. Nachdem ich einmal den Dreh raushatte, im Team zu spielen, lief es ganz okay, aber nicht überragend. Der Ehrgeiz, der mich vorher so beflügelt hatte, war verflogen. Trotzdem, verglichen mit der Zeit vor dem Training mit Max, war meine Entwicklung einfach atemberaubend – und zwar sowohl sportlich als auch sozial. Die jüngeren Schüler hatten Ehrfurcht vor mir, die älteren luden mich zum Volleyball ein und baten, ihnen die Gesetze der Schwerkraft zu erklären. Anton lief mir nach wie ein Gänschen seiner

188

Mama. Sogar Yvonne verhielt sich anders. Es spricht für sie, dass sie sich nicht als meine beste Freundin ausgab. Sie war höflich, aber nicht übertrieben freundlich. Seit neuestem ging sie mit Danny Diller, dem Ass aus der Theater-AG. Hatte sie mit Max Schluss gemacht? Er mit ihr? Oder was? Das würde ich wohl nie erfahren, dachte ich, denn zwischen mir und den beiden Personen, die mir Antwort hätten geben können, herrschte Funkstille: Pia, meine Exfreundin, und Max, mein Extrainer. Tatsächlich waren sie als Einzige an der Schule immun gegen meine neue Popularität, hielten sich bedeckt – so kam es mir wenigstens vor.

Eines Nachmittags jedoch wendete eine Zufallsbegegnung das Blatt – zumindest was Pia betraf. Ich war noch länger in der Schule geblieben und hatte in der Bibliothek Hausaufgaben gemacht. Auf dem Weg nach draußen kam ich an einem Raum vorbei, an dessen Tür ein Schild mit der Aufschrift «ASTRO-NOMIE-AG – Heute um fünf – Hier – Mitglieder willkommen!» hing. Seit wann gab es an unserer Schule eine Astronomie-AG? Es war zehn vor fünf. Ich öffnete die Tür und ging hinein.

Der Raum war leer, aber zu meinem größten Erstaunen stand in der Ecke das Vixen-Teleskop von ASTRO*FRITZ. Als ich darauf zuging, hörte ich eine Stimme. «Ein echtes Prachtstück, nicht wahr?»

Pia!

Prachtstück? Was verstand Pia denn von Teleskopen?

«Und es hat alle notwendigen Extras», sagte Pia. «Sogar einen T-2-Ringadapter.»

Normalerweise wäre mein Hirn in der Lage gewesen, so eine Situation ziemlich schnell zu erfassen, aber diese Situation überforderte mich.

Endlich gelang mir die Frage: «Wie ist denn mein Teleskop hierher gekommen?»

«Was soll das heißen, *dein* Teleskop? Es gehört uns.»

«Wem, uns?»

«Unserer Astronomie-AG!»

«Welcher Astronomie-AG?»

«Der an unserer Schule.»

«Seit wann gibt es eine Astronomie-AG an der Schule?»

«Seit heute. Ich bin Vorsitzende. Und als Vorsitzende habe ich die Abteilung Naturwissenschaften dazu bewegen können, in diese Ausrüstung zu investieren.» Sie tätschelte das Teleskop wie ein Schoßhündchen.

«Du? Du interessierst dich für Astronomie?»

«Entschuldige bitte, dass ich einen Kopf auf den Schultern habe», sagte sie aufgebracht.

Das war zu viel für mich. «Seit wann?»

«Seit wann ich einen Kopf habe?»

«Seit wann du dich für Sterne interessierst?»

«Seit du mir das Buch über die Schwarzen Löcher geliehen hast. Astronomie ist einfach klasse.»

«Ich hatte ja keine Ahnung!»

«Weil du nie gefragt hast, du arrogante Kuh. Für dich stand doch fest, dass ich nur Stroh im Kopf habe.»

Erstaunlich, dachte ich. Das ist absolut erstaunlich. Wieso war mir das entgangen? Was hatte mir den Blick darauf verstellt?

«Dafür, dass du Klassenbeste bist», sagte Pia, «bist du ganz schön dämlich. Sozusagen strunzblöd. Aber gefehlt hast du mir trotzdem.»

«Obwohl ich dir Schwarzenegger weggeschnappt habe?»

Sie verzog das Gesicht. «Du hast ihn mir nicht weggeschnappt.»

«Ach?»

«Das ging nicht – ich hatte ihn ja nie.»

Ich lächelte. «Du hast mir auch gefehlt.»

«Sind wir also wieder Freundinnen?», fragte sie.

«Denke schon.»

190

«Klasse. Die Astronomie-AG braucht nämlich eine Zweite Vorsitzende.»

MEIN HERZ RASTE schneller nach Hause als meine Füße. Zum ersten Mal seit Jahrhunderten, Ewigkeiten, Äonen empfand ich annähernd so etwas wie Freude. Ich war Zweite Vorsitzende der Astronomie-AG! Pia und ich waren wieder Freundinnen! Ich platzte ungestüm in unser Haus und hätte dabei um ein Haar Herrn Pompluns Schäferhunde hinter der schweren Haustür zu Tode gequetscht. Zwei Stufen auf einmal nehmend, hastete ich hoch in den vierten Stock. Ich spurtete durch die Wohnung. Wo steckte meine Mutter?

«Mommy, ich bin wieder da», rief ich. Ihre Bürotür war zu. Ich riss sie auf. «Mommy?»

«Oh!» Meine Mutter schreckte hoch.

Das Zimmer war dunkel. Die Jalousien waren heruntergelassen. Sie hatte wohl ein Schläfchen auf dem Sofa gehalten. Sie richtete sich auf.

«Mein Gott, Nelly!», schnaufte sie. «Du hast mir einen Schrecken eingejagt. Ich habe geschlafen!»

«Entschuldigung.»

Sie verzog das Gesicht. «Au, ich hab schreckliches Kopfweh.» Sie rieb sich die Stirn. «Also, was gibt's? Was ist so wichtig?»

Ich schnappte ein. «Nichts», sagte ich. «Gar nichts.»

MEINE MUTTER saß vorm Fernseher, zappte teilnahmslos herum und genehmigte sich ein Schlückchen Himbeergeist, als ich ins Zimmer kam, um gute Nacht zu sagen. Kaum hatte sie mich bemerkt, schaltete sie den Kasten aus, legte die Fernbedienung weg und drehte sich zu mir um. Offenbar hatte sie etwas auf dem Herzen. Was, wollte ich gar nicht wissen.

«Nelly, können wir uns mal unterhalten?», begann sie.

«Ich bin müde, Mommy.»

191

«Ich auch», sagte sie, was der Aufforderung gleichkam, mich jetzt sofort zu setzen und zuzuhören.

Ich ließ mich in den Sessel gegenüber fallen. «Und?»

Dieses «und» gefiel ihr gar nicht, aber sie ging nicht darauf ein. Sie atmete tief durch. «Ich hab mir überlegt, ob du bei deinem Vater nicht glücklicher wärst.»

Es war, als ob sie mir einen Schlag mit einer riesigen Fliegenklatsche versetzt hätte – so sehr brannten mir die Wangen. «Was soll das heißen?», fragte ich. Ich merkte, dass ich nicht schlucken konnte. Ein Kloß saß mir im Hals.

«Vielleicht sind wir momentan einfach nicht gut füreinander.» Mensch, drückte sie sich vorsichtig aus! «Es wäre womöglich besser, wenn –»

«Willst du mich loswerden?», fiel ich ihr ins Wort. «Ist es das?»

«Nelly! Natürlich nicht!»

«Was dann? Wie soll ich das denn sonst verstehen?» Der Kloß in meinem Hals war inzwischen so groß wie ein Golfball. Er drohte mich zu ersticken. «Hast du Probleme, mit mir fertig zu werden? Willst du deine Ruhe? Keine Kopfschmerzen? So was?»

«Du bist unfair!», sagte sie, wütend, verletzt.

«*Ich* bin unfair?»

«Wofür hältst du mich eigentlich, Nelly? Meinst du wirklich, ich sage gerne: ‹Geh zu deinem Vater›? Meinst du wirklich, ich möchte, dass du von mir weggehst? Aber hier sitze ich und sehe, wie unzufrieden du bist, wie unglücklich, und ich weiß einfach nicht weiter.» Sie verknotete nervös die Hände, so sehr arbeitete es in ihr. Ihr Blick war nach innen gerichtet. Die nächsten Worte flüsterte sie: «Du weißt doch genauso gut wie ich, dass dein Vater dir immer schon lieber war.»

Der Golfball löste sich in einen Strom von Tränen auf. «Weil er mich nicht so rumschikaniert wie du! Weil er mich nie zwingt, etwas zu sein, was ich nicht bin! Weil er mich so nimmt, wie ich

192

bin! Aber bei dir muss ich immer sein, wie *du* willst, und tun, was *du* willst. Aber ich will nicht *du* sein, Mommy. Ich will bloß ich sein! Ich!»

Nun weinte meine Mutter auch. «Ich will nur, dass du glücklich bist.»

Ich sprang auf. All mein Schmerz brach aus mir hervor. Und auch all meine Bosheit. «Ach, plötzlich interessierst du dich für meine Gefühle. ‹Ich hab mir überlegt, ob du bei deinem Vater nicht glücklicher wärst.› Ha! Meinetwegen tu ruhig so, als bedeute ich dir was. Aber das nehm ich dir nicht ab. Kein bisschen! Nicht eine Sekunde lang. Weil dir nur *du selbst* etwas bedeutet. Und was die Leute über dich denken, über deine Arbeit und über deinen Erfolg. Und sonst gar nichts.»

Ebenso gut hätte ich ihr einen Peitschenhieb versetzen können. So zerstört sah sie aus.

«Du warst nicht immer so», sagte sie, und ihre Lippen bebten. «Es gab eine Zeit, da warst du ein ganz normales, fröhliches Kind. Mehr hab ich mir nie gewünscht.»

«Ich auch nicht. Mehr hab ich mir auch nie gewünscht. Nicht mehr als eine ganz normale, fröhliche Mutter.»

Sie stand auf und ging aus dem Zimmer.

Wäre sie nur einen Sekundenbruchteil länger geblieben, hätte sie sehen können, wie Leid es mir sofort tat. Aber sie war fort. Und es war, als trennten uns plötzlich Millionen von Lichtjahren.

VON FRAGEN GEMARTERT, wachte ich morgens auf. Warum versuchte meine Mutter mich loszuwerden? Weil ich sie ständig an ihr Unglück erinnerte? Sah ich meinem Vater zu ähnlich? Oder hatte sie einfach die Nase voll von meinen Launen? Ich lag im Bett und grübelte, ob wir wohl je miteinander auskommen könnten. Sollte ich bei ihr bleiben oder zu meinem Vater ziehen? Nie hätte ich Risa dringender gebraucht als an diesem Morgen. Sie hätte mir geholfen, eine Entscheidung zu treffen. Jetzt hatte ich nur noch mich.

In Pantoffeln und Bademantel schlurfte ich durch die Wohnung und suchte meine Mutter, aber sie war bereits aus dem Haus gegangen. Ich beschloss, die ersten Stunden zu schwänzen und mit meinem Vater zu sprechen.

Da es überraschend warm und sonnig war, trafen wir uns in einem Straßencafé. Wir saßen da und betrachteten die Passanten, Leute beim vormittäglichen Einkauf, Kinderwagen schiebende Muttis, Händler, die Auslagetheken mit Waren hinaus auf den Bürgersteig wuchteten. Auf der anderen Straßenseite baute ein Gemüsehändler als Halloween-Dekoration eine Reihe zu grotesken Fratzen geschnitzter Kürbisköpfe auf. Mein Vater sah selbst ein wenig mitgenommen aus, aber ich bemerkte, dass die vorbeischlendernden Frauen ihn immer noch so anlächelten wie früher. Ihm entging das, glaube ich, auch nicht.

«Und?», fragte ich. «Was meinst du?»

«Du kannst gern bei mir einziehen, Prinzessin. Das liegt ganz bei dir.»

Ich nickte erleichtert. Mir gefiel die Vorstellung, allein mit meinem Vater zusammenzuwohnen. Vorausgesetzt natürlich, wir waren wirklich allein! Eine andere Frau im Haus, selbst jemand wie Melissa, käme nie infrage. Auf eine Fremde, die das Bad blockierte – oder sich in der Küche breit machte –, konnte ich gut verzichten. «Ich kann für dich kochen», sagte ich zu meinem Vater. «Dir deine Hemden bügeln.»

Mein Vater gluckste. «Aber Prinzessin – das ist doch meine Aufgabe! *Ich* koche für *dich*.» Er trank ein Schlückchen Kaffee. «Aber wie du dich auch entscheidest: Du darfst nicht denken, dass deine Mutter dich weniger lieb hat als ich.»

«Aber es war doch ihre Idee. Erst wirft sie dich raus. Dann mich.»

194

«Sie wirft dich nicht raus!», wies er mich scharf zurecht. «Und außerdem hat das eine nichts mit dem anderen zu tun.»

Geschäftige Betriebsamkeit unterbrach uns. Es war die Kellnerin. «Bitte sehr», sagte sie und stellte uns unser Frühstück auf den Tisch.

Schweigend warteten wir, bis sie wieder weg war. Die Unterbrechung kam mir ganz gelegen. In der Zeit konnte ich mich vom Ausbruch meines Vaters erholen.

Kaum hatte die Kellnerin uns «Guten Appetit!» gewünscht und sich entfernt, nahm mein Vater den Gesprächsfaden wieder auf. «Deine Mutter hat gute Gründe, auf mich sauer zu sein.»

«Aber weswegen? Du bist der beste Vater der Welt!», platzte es aus mir heraus.

Fast hätte er lachen müssen. «Oh, Nelly, Nelly», sagte er kopfschüttelnd. Dann nahm er mein Gesicht in die Hände und streichelte mir sanft über die Wange. «Manchmal liebe ich dich so sehr, dass es wehtut.» Er küsste mich auf die Stirn und sah mir dann direkt in die Augen. «Aber ich war ein miserabler *Ehemann*, Prinzessin. Deswegen.»

Verlegen senkte ich den Blick.

«Aber du sollst wissen, dass ich den Frauen inzwischen entsagt habe», sagte er übertrieben ernsthaft, als mache er sich über sich selbst lustig. «Allen Frauen. Bis auf dich, natürlich.»

Ich schaute wieder hoch und sah, wie er mich angrinste.

«Und was ist mit Melissa?», fragte ich.

Sein Grinsen verschwand auf der Stelle. Und – jawohl! – er erbleichte. Oje. Ich war zu schroff gewesen. Vielleicht hatte ich mich angehört wie meine Mutter.

«Das liegt erst mal auf Eis, Prinzessin», sagte er, «bis wir alles geklärt haben. Vorerst arbeite ich nur für sie. Mehr nicht.»

«Weiß Mommy das?»

«Wohl noch nicht. Aber das ändert auch nichts.» Er überlegte, was er als Nächstes sagen wollte, aber es dauerte ein Weilchen,

195

bis er seine Gedanken sortiert hatte. «Ich denke, es ist an der Zeit für mich, erwachsen zu werden, was?», sagte er schließlich. Er lächelte, aber dann verzog sich sein Mund, sodass ich schon dachte, er würde gleich weinen. Er schaute weg, und plötzlich empfand ich tiefes Bedauern und Beschämung für ihn.

Ein paar Minuten sagten wir nichts. Aber dann kam die Kellnerin an den Tisch und fragte, ob er noch Kaffee wünsche, was er bejahte, und dann lenkte er das Gespräch wieder auf mich und meine Mutter.

«Glaub mir, sie will dich nicht loswerden», sagte er. «Sie meint einfach, du wärst bei mir glücklicher. Wer weiß, warum. Ihr beiden habt eure Probleme, aber du brauchst sie. Sie ist deine Mutter. Und sie braucht dich genauso.»

«Von wegen! Sie braucht nur jemanden zum Rumkommandieren.»

«Nelly, sie braucht dich, weil du ihre Familie bist! Und weil sie dich lieb hat.» Nun klang er wieder ärgerlich. Mit dem Zeigefinger tippte er mir mehrmals gegen den Kopf. «Wann wirst du das endlich in deinen Dickschädel bekommen? Du bist alles, was sie hat. Ihr Ein und Alles. Ihre Vergangenheit. Ihre Zukunft. Du bist der Grund, warum sie hier ist.»

«Warum sie hier ist? Was soll das schon wieder heißen?»

Mein Vater biss in sein Croissant, kaute gründlich, nippte an seinem Kaffee, tupfte sich die Lippen ab – alles nur, um etwas Zeit zum Nachdenken zu gewinnen.

«Ich bin mir nicht sicher, ob deine Mutter hier glücklich ist», fing er an. «Berlin ist nicht ihre Heimat. Sie ist in dieser Kultur nicht aufgewachsen. Hier ist nicht, wo ihr Herz …», einen Moment lang suchte er die richtigen Worte, «… singen lernte. Klar, sie mag Berlin und fühlt sich hier zu Hause. Aber sich zu Hause zu fühlen ist nicht dasselbe, wie zu Hause zu sein. An dem einen Ort, dem man sich hundert Prozent und unbedingt zugehörig fühlt.»

196

«Warum ist sie dann überhaupt hier geblieben?»

«Sie war verliebt.»

Ich sah wohl ein wenig verwirrt drein, denn er fügte rasch hinzu: «In mich, Prinzessin. Sie war verliebt in mich.» Er lächelte traurig. «Und ich habe sie enttäuscht.»

«Und du meinst, das Einzige, was sie jetzt noch hier hält, bin ich?»

«Genau.»

Das war alles ein bisschen viel für mich.

«Und ich glaube auch», fügte er hinzu, «aus genau diesem Grund ist sie so lange mit mir verheiratet geblieben.»

Ich saß da, knabberte an meinem Brötchen und betrachtete die Leute um mich herum. Ein Weilchen sagten wir nichts. Die Sonne verschwand hinter ein paar Wolken, und es sah fast nach Regen aus.

Zwei Frauen um die zwanzig, vielleicht Studentinnen, setzten sich an den Tisch neben uns. Die eine war sehr lang und dünn, mit knallroten, ganz kurzen Stoppelhaaren. Das Rot war so grell, dass es gefärbt sein musste. Die andere war kleiner und runder und sehr hübsch. Sie hatte alabasterweiße Haut, sehr fein und durchschimmernd, langes, glänzendes schwarzes Haar, ein keckes Kinn und vollkommen geformte Lippen, die noch dazu perfekt geschminkt waren. Außen mit dunkelrotem Konturenstift zart umrandet, innen mit heller rotem Lippenstift ausgemalt.

«Du meinst also, Mommy vermisst Amerika?», fragte ich.

«Ich denke schon. Vielleicht ist ihr das gar nicht bewusst. Aber uns!», sagte er und zwinkerte mir zu.

Ich wies auf den Obst-und-Gemüseladen auf der anderen Straßenseite. Der Gemüsehändler sah gerade zum Himmel hoch, um abzuschätzen, ob es wohl Regen geben würde.

«Vielleicht sollte ich ihr zu Halloween einen Kürbiskuchen backen», sagte ich.

Er grinste. «Du und deine Mutter, ihr seid euch ähnlicher, als dir bewusst ist, Prinzessin. Du hast viel Humor. Und du bist clever. Genau wie sie.»

Ich sah, dass die Alabaster-Frau ihren Blazer aufgeknöpft hatte, obwohl die Sonne verschwunden war. Darunter trug sie einen tief ausgeschnittenen bordeauxroten Pulli. Sie unterhielt sich mit ihrer Freundin, warf aber meinem Vater ständig verstohlene Blicke zu und fuhr sich mit den Fingern durchs Haar. Ihr Nagellack stimmte mit dem Lippenstift überein. Mein Vater bemerkte ihren Blick, und sie warf den Kopf ein wenig zurück, schüttelte ihre Mähne und strich sie sich dann hinter die Schultern, sodass ihr langer, anmutiger Hals zur Geltung kam. Mein Vater lächelte ihr zu.

Ich wurde rot.

«Meinst du, sie geht deshalb immer in die Synagoge?», fragte ich meinen Vater.

Mit einem Ruck wandte er sich wieder mir zu. «Was?»

«Meinst du, Mommy geht deshalb in die Synagoge?», wiederholte ich. «Obwohl sie nicht religiös ist? Weil das für sie wie ein Zuhause ist?»

«So hab ich das noch nie gesehen. Aber kann sein.» Er überlegte kurz. «Ja, ich glaube, da könntest du Recht haben, Prinzessin.»

Auf einmal war mir seltsam flau im Magen. Als stünde ich kurz vor einer unglaublich bedeutenden Entdeckung. Wie damals, als ich zum ersten Mal den Mond ganz aus der Nähe sah, durch das Teleskop im Observatorium. Ein Gedanke nahm in meinem Kopf Gestalt an, der mich in große Aufregung versetzte. Stockend und mit leiser Stimme sagte ich: «Vielleicht war es ihr deshalb so wichtig, dass ich Bat-Mizwa werde. Sie wollte, dass wir die gleiche Heimat haben, die gleiche spirituelle Heimat. Was denkst du, Papa?»

Aber mein Vater dachte gar nichts mehr. Er hörte nicht mal

198

zu. Er lehnte sich zur Alabaster-Frau rüber, dicht genug, um ihr in den Ausschnitt zu lugen, wenn er gewollt hätte. Vielleicht spitzte er sogar gerade hinein. Er zeigte auf ein Gericht in der aufgeschlagenen Speisekarte.

«Probieren Sie mal den Joghurt-Becher mit Früchten», sagte er.

Alabaster lächelte ihm zu. Rote Zora steckte sich eine Zigarette zwischen die Lippen, und mein Vater griff nach ihrem Feuerzeug und gab ihr Feuer.

Ich stand abrupt auf. «Papa.»

Er drehte sich zu mir um.

«Ich gehe jetzt.»

ES WAR, ALS HÄTTE ich das alles längst wissen müssen. Und wahrscheinlich hatte ich das auch. Denn als es so ganz und gar in mein Bewusstsein sickerte, dass mein Vater ein wirklich miserabler Ehemann war, wenn nicht gar ein unverbesserlich treuloser Mensch, überraschte mich das nicht und riss mir nicht den Boden unter den Füßen weg. Ja, ich glaube, ich hatte es immer schon gewusst, nur den Gedanken nicht zugelassen. Jetzt war ich traurig, das schon, aber nicht völlig zerstört.

In der S-Bahn ging mir durch den Kopf, wie gut es in gewisser Weise war, dass mein Vater kein berühmter Musiker war. Man stelle sich nur vor, alle Welt wüsste über seine Seitensprünge Bescheid! Ich würde mich zu Tode schämen. Der arme William! Es musste schrecklich für ihn sein. Ich grübelte: Ob er wohl stark genug war, sich gegen den ganzen Klatsch zu wappnen, ohne sein Herz darüber zu verschließen? War er stark genug, er selbst zu sein, ungeachtet seiner Eltern? Vielleicht würde es ihn ja stark machen, ein solches Trauma durchzustehen? In den letzten paar Wochen war mir William fremd geworden, aber nun fühlte ich mich ihm wieder nah. Wie eine nahe Vertraute.

199

ALS ICH ZU RISAS Grab kam, schien wieder die Sonne. Zu meiner Überraschung lagen nicht nur die Blätter immer noch dort, wo ich sie auf dem Erdboden ausgebreitet hatte. Jemand hatte sogar ein paar Steine gesammelt und sie zur Beschwerung obendrauf gelegt, wie bei einer dünnen Decke an einem windigen Strand. Lange, lange Zeit stand ich dort, spürte nur den beißenden Wind an der Nase und die Sonnenwärme auf den Wangen, sah den Wolken zu, die gemächlich über den flachen blauen Himmel zogen, lauschte auf das Rascheln der Blätter.

ZU HAUSE FAND ICH meine Mutter inmitten von Umzugskartons in Risas Zimmer. Die Vorhänge waren zugezogen. Sie schaute hoch.

«Ich will was von dem Zeug in den Keller bringen», sagte sie. Sie lächelte, offenbar erfreut darüber, mich zu sehen. «Keine Schule heute?», fragte sie.

«Ich hab mich mit Papa getroffen», sagte ich.

Sie nickte.

Mein blaues Bat-Mizwa-Kleid war über Risas Schneiderpuppe drapiert. Ich griff nach einem der Ärmel und befühlte geistesabwesend den weichen Samtstoff. «Ich hab über das, was du gestern Abend gesagt hast, nachgedacht.»

«Pass auf, Nelly», fing sie an, «vergiss einfach, was ich –»

«Ich kann bei Papa wohnen», fiel ich ihr ins Wort.

Meine Mutter holte tief Luft. Und ließ sich dann auf Risas Sofa nieder. Sie lächelte, aber ich glaube, sie versuchte nur tapfer zu sein. Ihre Enttäuschung war offensichtlich. «Schön, Sweetie», sagte sie. «Das wird wohl das Beste sein.»

«Ich kann bei ihm wohnen», präzisierte ich, «falls du mal in Urlaub bist oder so. Mal ein paar Wochen. Ansonsten aber, fürchte ich, wirst du mich nicht los. Wenigstens nicht, bis ich groß bin.»

Meiner Mutter klappte der Mund auf, wie im Film, wenn jemand völlig überrumpelt wird.

200

«Wenn du also nach New York musst, um für dein Buch zu recherchieren, oder nur so, weil du Heimweh hast, komme ich wohl bei Papa gut zurecht», sagte ich. «Glaube ich zumindest.»

Meiner Mutter kamen die Tränen. Oje. Wenn ich geahnt hätte, dass sie gleich losflennen würde, hätte ich ihr eine E-Mail geschickt.

Ich ging zum Sofa, und sie schloss mich in die Arme. «Nelly, Nelly. Mein kleines Baby.» Sie drückte mir Küsschen auf die Stirn, aufs Haar. Sogar aufs Ohr. «Ach, ich liebe dich so sehr. Mein kleines Baby.» Sie drückte mich fest an sich, so fest, dass ich kaum Luft bekam. Was nicht weiter schlimm war. Ich genoss es. Ein paar Minuten lang. Dann aber, das muss ich zugeben, brauchte ich dringend Luft.

«Ganz schön stickig hier», sagte ich, trat ans Fenster und riss die Vorhänge auf. Blendend goldenes Licht flutete ins Zimmer. Ich öffnete das Fenster und ließ die kühle Herbstluft herein. Das Sonnenlicht fiel auf die Schneiderpuppe und ließ das Bat-Mizwa-Kleid aufleuchten.

«Noch was, Mommy», sagte ich.

Sie schaute hoch.

«Ich möchte meine Bat-Mizwa machen.»

Meiner Mutter klappte der Mund auf – schon wieder.

«Ich hab über ein paar Sachen nachgedacht, die Risa gesagt hat. Lass uns die Bat-Mizwa feiern», sagte ich. «Genau wie geplant. Diesen Samstag. Am Fünfundzwanzigsten. Sonst müsste ich einen ganz neuen Thora-Abschnitt lernen.»

Meine Mutter sah mich verblüfft an. «Diesen Samstag? Deine Bat-Mizwa?»

«Ich kann den hebräischen Text auswendig. Ich hab meinen Thora-Abschnitt drauf. Die Haftara auch. Ich kann das.»

«Aber, Nelly –»

«Was, aber Nelly?»

Sie war fassungslos und überlegte fieberhaft. «Ich weiß nicht, ob der Rabbi da einverstanden ist.»

«Der Rabbi? Mach dir um den mal keine Gedanken. Das kann er ja wohl kaum ablehnen. Ich meine, sie müssen doch froh sein über jeden, den sie kriegen, oder?»

«Aber –»

«Was denn noch?», sagte ich und verdrehte theatralisch die Augen.

«Was ist mit unseren Gästen aus Amerika?»

«Keine Ahnung», sagte ich. «Ich meine, es wäre schön, sie dabeizuhaben, klar. Andererseits mache ich das ja für *mich*, für *uns*.»

«Und wo sollen wir feiern? Den Festsaal habe ich abgesagt.»

Über die Frage hatte ich mir keine Gedanken gemacht. Tatsächlich hatte ich mir *überhaupt* kaum Gedanken gemacht. Trotzdem kam meine Antwort wie aus der Pistole geschossen, als hätte ich das immer schon gewusst. «Wir feiern bei *Minsky's*.»

Meine Mutter war regelrecht schockiert. «Bei *Minsky's*? Am Samstag? Bei der Eröffnung?»

«Wieso nicht? Da werden doch sowieso alle hinkommen. Und Melissa wird sich freuen, unsere Gäste bei sich zu haben. Ist gut fürs Geschäft.»

«Das ist lächerlich, Nelly. Ich setze keinen Fuß ins Restaurant dieser Frau.»

«Warum denn nicht? Ihr zwei sitzt jetzt doch in einem Boot.»

Meine Mutter sah mich bestürzt an.

«Papa hat mir erzählt», sagte ich leise und behutsam, «dass sie die Sache auf Eis gelegt haben.»

Meine Mutter verdrehte die Augen. «Waren das *seine* Worte?»

Ich nickte.

«Erstens», sagte sie, «bin ich nicht so sicher, ob das stimmt. Und zweitens, selbst wenn es so wäre, sind wir deshalb noch lange keine Verbündeten.»

202

«Aber du und Melissa, ihr habt einen gemeinsamen Feind», sagte ich etwas leichthin. «Papa.»

«Nelly! Dein Vater ist nicht mein Feind. Ich liebe ihn. Ich kann nur nicht mehr mit ihm zusammenleben.»

Ich dachte schon, sie würde wieder weinen. Und das wollte ich nicht. Ich eilte zu ihr. «Weiß ich. Tut mir Leid, Mommy», sagte ich. «Es ist nur, dass … keine Ahnung … ich wünschte mir nur so sehr ein Happy End, mehr nicht.»

«Ach, Nelly», sagte sie und lächelte spontan. «Du bist so amerikanisch! Ein Happy End? Mein kleines Mädchen wünscht sich ein Happy End?» Sie umarmte mich. Und als sie losließ, sagte sie: «Na schön. Ich denk drüber nach. Vielleicht.»

Ich traute meinen Ohren nicht. «Echt?»

«Ja, ja. Vielleicht.»

«Und überleg doch mal», sprudelte ich heraus, wieder ganz aufgeregt. «Da gibt es doch auf jeden Fall Essen und Trinken. Dann musst du nicht mal fürs Catering bezahlen.»

«Na ja!», sagte sie. «Von manchen Sachen hast du wirklich noch keine Ahnung. Sie mag ja deinen Vater verschmähen, Sweetie, aber unser Geld ganz bestimmt nicht.»

Doch dann zog plötzlich ein Schatten über ihr Gesicht. «O nein!», rief sie aus. «O nein!»

«Was hast du denn?»

«Wir können nicht Bat-Mizwa feiern!», jammerte sie. «Ich hab nichts zum Anziehen!»

Einen Moment lang war ich mir nicht ganz sicher, ob sie das ernst meinte oder nicht. Aber dann sprang sie auf und bekam einen Lachanfall. Es war ansteckend, und wir lachten uns zusammen schief, schrien vor Lachen und konnten einfach nicht aufhören, bis wir nach Atem ringen mussten, sonst wären wir noch vor Albernheit erstickt.

«Hilfe!», schnaufte meine Mutter. «Das reicht!» Sie stand auf. «Komm, tragen wir das Zeug hier in den Keller.»

IM KELLER war es finster. Es roch feucht und modrig und ungesund. Rasch gingen wir zu unserem Abteil und stellten die Kisten darin ab. Als wir gerade um die Ecke bogen, die zur Treppe zurückführte, sahen wir etwas an uns vorüberhuschen. Uns fuhr ein tüchtiger Schreck in die Glieder.

«Ratten», sagte ich. «O mein Gott, Ratten.»

Mein Vater hätte natürlich behauptet, es seien Mäuse, aber jetzt war ich mit meiner Mutter zusammen. Ihr Wort galt. Und für sie waren es Ratten.

Meine Mutter leuchtete mit der Taschenlampe. Und wir sahen noch mehr Ratten herumhuschen.

«Mäuse», sagte sie, sichtlich erleichtert. «Es sind nur Mäuse.»

«Woher weißt du das?», fragte ich.

«Wusste ich immer.»

ZWÖLFTES KAPITEL
Prinzessin Nelly

DIE SYNAGOGE war brechend voll – denn
zur normalen Gemeinde kamen heute
noch unsere Gäste hinzu. Meine Mutter hatte nur vier Tage für
die Vorbereitung gehabt und war dieser Herausforderung glänzend gerecht geworden. Was für ein Auflauf! Uncle Bruce und
Aunt Debbie waren mit einem günstigen Last-Minute-Flug aus
New York angedüst gekommen. Oma Anneliese und Opa Hans-
Otto reisten von Hannover aus mit Tante Klara und Onkel Rein-
hard nebst Fabian und Luise in einem eigens gemieteten Minivan
an. Frau Goldfarb und Frau Lewi hatten noch ein paar Freundinnen aus der Seniorenresidenz «Abendgold» mitgebracht. Pia und
ihre Eltern, Anton, Tall Tillie, sogar Yvonne waren auch da,
nicht zu vergessen meine Hebräischklasse, darunter mein Lehrer
Wladimir Kasarow und meine Klassenkameradin Agness, deren
Mutter sich als die russische Maniküre meiner Mutter entpuppte.
Selbst Astro-Fritz hatte sich eingefunden. Man stelle sich vor:
Sie alle waren gekommen, um mich hebräisch aus der Thora vorlesen zu hören, um mit mir mein Erwachsenwerden zu feiern.
Und um meine Mutter weinen zu sehen, als ich die Worte «Heute
bin ich eine Frau» sagte. (Mein Vater weinte auch.) Ich war beein-
druckt.

In einem schlichten Hosenanzug stand ich oben auf der *Bima*,
dem zentralen Lesepult der Synagoge, von dem aus die Thora
verlesen wird, und rezitierte auf Hebräisch aus der Genesis. Eine
Gänsehaut überlief mich, als ich die Worte verlas «Und der Geist

205

Gottes schwebend über der Fläche der Wasser. Und Gott sprach: Es werde Licht! Und es ward Licht.»

Die meisten Gäste verstanden zwar kein Wort Hebräisch, doch ich möchte glauben, dass auch sie eine Gänsehaut bekamen.

Risas Geist schien mich die ganze Zeremonie über zu begleiten, besonders während meiner Rede. Die hatte ich am Vorabend verfasst, den Blick auf die Sterne vor meinem Fenster. Die Gemeinde wurde ganz, ganz still. Ich sprach langsam und deutlich – damit mich auch jeder hörte und verstand, vor allem Risa – nur für den Fall, dass sie irgendwo da draußen war, über uns schwebte und auch zuhörte.

«Ich halte es für einen sehr glücklichen Zufall, dass meine Bat-Mizwa auf den Tag fällt, an dem aus der Thora die Schöpfungsgeschichte gelesen wird», begann ich. «Ich möchte mal eines Tages Kosmologin sein und die Geheimnisse des Universums und seiner Entstehung ergründen. Seit ich als kleines Mädchen begonnen habe, die Sterne durch ein Teleskop zu betrachten, versuche ich zu verstehen, *wie* das alles anfing, wie die Erde und die Sterne, unser gesamter Kosmos, entstanden sind. Ich fragte mich: Was genau ist unser Universum? Was musste geschehen, um all das zu erschaffen? Welche Gesetze beherrschen unseren Planeten und unser Universum? Ich blickte durch mein Teleskop und suchte nach Antworten.

Es dauerte eine Weile, aber schließlich erkannte ich, dass sich noch eine weitere Frage stellt – und zu ihrer Beantwortung braucht man kein Teleskop. Und diese Frage lautet: Warum? Warum ist das geschehen? Warum existieren wir? Warum wurde unser Universum erschaffen? Diese Frage nach dem Warum ist nicht nur schwieriger zu beantworten, sondern auch schwieriger zu stellen, zumindest für jemanden wie mich, die Fakten, Belege, Beweise liebt. Sie ist schwieriger, weil sie Herz und Seele betrifft, nicht den Verstand.

Ich weiß nun, dass die Thora, und besonders die Schöpfungsgeschichte, uns keine Antwort darauf geben will, *wie* die Welt erschaffen wurde – obwohl es den Anschein haben könnte. Doch nein, Gott war kein Professor der Physik.» An dieser Stelle lachten viele Zuhörer. «Nein, Gott ist es um anderes zu tun. Die Schöpfungsgeschichte soll unserem Staunen Ausdruck verleihen, unserem Staunen darüber, wie das Leben begann. Und wenn wir lernen, uns dieses Staunen in unseren Herzen zu bewahren, wenn wir zulassen, dass es uns emporträgt, uns Flügel verleiht, könnten wir sogar eines Tages die Sterne erreichen. Und endlich verstehen, *warum*.»

Am Ende meiner Rede schaute ich zu meiner Mutter und meinem Vater. Sie saßen Seite an Seite, Hand in Hand. *Sie hielten Händchen?* Mein Herz jauchzte! War das möglich? Hatte ich eine Versöhnung herbeigeführt? Beim zweiten Blick merkte ich jedoch, dass ich mich gründlich getäuscht hatte. Ihre Hände hielten sorgsam Abstand. Einen Moment lang kam ich mir völlig allein und verlassen vor und hätte bestimmt geweint – wenn nicht Rabbi Weißenberger sich geräuspert hätte, um seine Rede an mich, das Bat-Mizwa-Mädchen, zu beginnen. Ich wandte ihm meine ganze Aufmerksamkeit zu und zwang mich, meinen Kummer zu vergessen.

«Lange Zeit», setzte er an, «hat Nelly hinterfragt, welchen Sinn es hat, Bat-Mizwa zu haben. Sie ist das, was wir ‹einen mit Gott Ringenden› nennen. Und das ist auch gut so. Denn was wäre das jüdische Volk ohne seine Zweifler? Keine andere Religion der Welt ermutigt, wie das Judentum, ihre Gläubigen so sehr dazu, sowohl Gott als auch die Bedeutung von Religion selbst zu hinterfragen. Wir lieben Skeptiker. Und unser heutiges Bat-Mizwa-Mädchen ist eine große Skeptikerin, eine aus einer langen Reihe von Skeptikern: Abraham, Moses, Hiob, Jakob – und Nelly Sue Edelmeister.»

Hier lachten alle.

«Und so», fuhr der Rabbi, der seiner Heiterkeit selbst Herr

werden musste, fort, «freue ich mich heute, Nelly Sue Edelmeister in unserer Gemeinde zu begrüßen. *Masl-tow!*»

Woraufhin aus der Gemeinde zahlreiche weitere Masl-tows erschollen – und, tja, da stand ich nun, endlich eine Frau.

VOR DER FEIER AM ABEND stand ich vor meinem Spiegel und erkannte mich in meinem königsblauen, schulterfreien Samtkleid kaum wieder. Ich hatte meine Brille abgesetzt – nein nicht deswegen erkannte ich mich nicht. Ich kann auch ohne ganz gut sehen –, und das wirkte sich recht vorteilhaft aus. Hinter mir im Spiegel konnte ich Prinz William aus meinem Schrank hervorlugen sehen. Ich ging hin, öffnete die Schranktür so weit wie möglich, holte meinen Hocker und stellte mich neben den Prinzen. Dann schaute ich wieder in den Spiegel. Mit ein wenig Phantasie konnte ich mir fast vorstellen, wir wären ein echtes Paar aus Fleisch und Blut, herausgeputzt für einen Ball, und die Pferdekutsche erwartete uns bereits. Ich sah die Untertanen des britischen Königreichs vor mir, Tausende und Abertausende, wie sie uns über die Polizeiabsperrungen hinweg zuwinkten. Huldvoll hob ich die Hand zum Gruß, wie Prinzessin Diana oder die Queen Mum, und – pardauz! – kippte ich vom Hocker.

«Alles deine Schuld!», sagte ich.

William starrte mich nur an, sagte nichts, tat nichts, fühlte nichts.

Ein paar Minuten lang betrachtete ich das Poster, bewunderte meinen Prinzen in seinem dreiteiligen dunkelblauen Kaschmirnadelstreifen-Dreiteiler, dem azurblauen Hemd mit der rubinroten Seidenkrawatte und dem rubinroten Einstecktuch aus Seide, seine azurblauen Augen.

Und dann bückte ich mich und löste das Klebeband unten am Poster, stieg wieder auf den Hocker, reckte mich ein wenig und löste auch die oberen Klebestreifen. Das Poster glitt zu Boden. Ich glättete es, so gut es ging, faltete es sorgfältig zusammen und verstaute es ganz hinten im Schrank unter meinem alten Barbie-Reisekoffer. Dann drehte ich mich wieder zum Spiegel um, lächelte und machte einen Knicks. Mein Zopf glitt mir über die Schulter und kitzelte mich am Dekolleté. Ich richtete mich wieder auf und winkte. «Hallo, ihr da draußen!», sagte ich. «Hi! Ich bin's, Nelly Sue Edelmeister.»

WAS SCHMINKEN betraf, war meine Mutter eine begabte Künstlerin. Als sie mit mir fertig war, erkannte ich mich wirklich nicht mehr wieder. Unglaublich, ich sah ja sogar fast *hübsch* aus.

Kaum konnte ich mich an meinem Spiegelbild satt sehen. Hübsch sein, das war ein äußerst ungewohnter Zustand für mich. Trotzdem hatte mein Gesicht etwas merkwürdig Vertrautes. Nach kurzem Nachdenken kam ich endlich drauf.

«Weißt du was?», sagte ich zu meiner Mutter, «ich sehe aus wie du.»

Sie nickte. «Bist du fertig?», fragte sie dann mit etwas belegter Stimme.

«Fast», sagte ich, drehte mich wieder zum Spiegel, löste meinen Zopf und schüttelte mein Haar frei. Die Locken sprangen auf – es war gar nicht alles nur Krause. Gut, ein bisschen kraus war es schon – aber alles meins!

«Risa wäre so glücklich, dich zu sehen», sagte meine Mutter, während sie mir das Haar wie einen schimmernden Umhang um die Schultern breitete.

«Ich hab dich lieb, Mommy», sagte ich und umarmte sie.

«Ich habe etwas für dich.» Sie griff in ihre Tasche und zog Risas Glasstein hervor. Zu meinem Erstaunen legte sie mir die Kette um den Hals und hakte den Verschluss zu. «Ich hab dich auch lieb, Sweetie Pie», sagte sie und drückte mir einen Kuss aufs Haar.

Der Klunker fühlte sich an meiner Brust kühl an, aber schnell schien er meine Wärme aufzunehmen. Ich sah, wie er im Licht schimmerte.

«Risa meinte, ich sollte ihn dir geben, wenn du herausgefunden hast, wie du Licht in die dunklen Ecken deines Lebens bringen kannst», erklärte meine Mutter. «Und das weißt du nun.»

BEI MINSKY'S gab es genügend Kascha Warnischkes, um eine ganze Armee satt zu bekommen. Alles war da, Essen und Wein, Blumen, Musik, der Hoffotograf und viele, viele Gäste. Alle kamen: Es war, als wäre die ganze Synagoge erschienen, die Freunde meiner Eltern, meine Freunde, meine Verwandten, alle. Das heißt alle bis auf einen. Maximilian Minsky.

Suchend ließ ich den Blick durch die Menge schweifen, dahin, dorthin, vorbei an Dutzenden und Aberdutzenden bekannter und unbekannter Gesichter. Ich spazierte unter den Gästen umher, schüttelte Hände, nahm Glückwünsche entgegen, Masltow, und ließ mich von jedermann küssen und zwicken und stürmisch umarmen. Und die ganze Zeit hielt ich weiter sehnsüchtig Ausschau. Aber Max war nirgends zu entdecken.

Mein Vater führte mich in die Mitte der Tanzfläche. Er wirbelte mich schwungvoll herum, ganz der stolze Bat-Mizwa-Vater. Im Taumel sah ich noch mehr Paare Walzer tanzen, Aunt Debbie und Uncle Bruce, Pias Eltern, Astro-Fritz mit Frau Goldfarb, Rabbi Weißenberger mit seiner Frau, meine Großeltern und, nicht zu fassen: sogar Anton und Pia. Als ich an ihnen vorbeitanzte, zwinkerte sie mir zu.

Mein Blick fiel auf Melissa Minsky, ganz in Weiß, nicht weit von mir. Wie eine Königin wandelte sie zwischen ihren Gästen umher, anmutig und wunderschön wie immer. Auf der anderen Seite des Lokals stand meine Mutter, ganz in Schwarz, flinkzüngig, tough. Die beiden Frauen glichen zwei feindlichen Generälen, die in Stellung gingen. Mein Vater und ich befanden uns im Niemandsland zwischen ihnen – dabei hatte die Schlacht noch nicht einmal begonnen.

Mein Vater und ich tanzten also weiter, und mein Blick

210

schweifte rastlos in der Menge umher, unablässig suchend ... bis endlich im Hintergrund eine Figur Gestalt anzunehmen begann. Träumte ich? War das möglich? Konnte *das* Max sein?

Auf der anderen Seite des Raums stand ein großer junger Mann im dunkelblauen Kaschmirnadelstreifen-Dreiteiler, darunter ein azurblaues Hemd mit rubinroter Krawatte, in der Brusttasche ein rubinrotes Seidentuch.

Ich legte mir die Hand auf die Brust, so aufgeregt war ich. Mit den Fingern streifte ich Risas Glasstein und fühlte seine Wärme, die von meiner eigenen Körperwärme stammte, und sah sein Funkeln, das der Aufregung in meinem Herzen entsprach.

Das dichte Meer aus Gesichtern und Körpern vor mir schien sich zu teilen. Mein Vater trat sachte beiseite, die Musik wurde leiser, ich konnte mein Herz pochen hören. Und auf einmal waren Max und ich ganz allein auf der Tanzfläche, allein auf der Welt, im Universum, und bewegten uns langsam, ganz langsam aufeinander zu. Und als wir einander gegenüberstanden, als Max sein Gesicht neigte, wie um mich zu küssen, als ich tausend Tode starb in der Erwartung, die erste Wärme seiner Lippen zu spüren, flüsterte er mir stattdessen leise ins Ohr: «Er juckt. Der verdammte Anzug juckt. Ich hab eine Kaschmirallergie.»

Dann aber lächelte er trotz seines Unbehagens und nahm meine Hand, um mich auf die Tanzfläche zu geleiten. Und als er mich an sich zog und fest im Arm hielt, ging mir, glaube ich, zum ersten Mal in meinem Leben auf, wie sich eine Prinzessin fühlt.

Aber natürlich war ich keine. Ich war ich:

Nelly Sue Edelmeister, dreizehn Jahre alt, zukünftige Kosmologin, auch bekannt unter dem Namen Nerd Nelly, noch bekannter als Magic Edelmeister; Tochter von Lucy Bloom-Edelmeister und Bernhard Nikolaus Edelmeister alias Bazooka Benny, König der gebrochenen Herzen; Pias Vize, Max' Erste; Erbin der von uns gegangenen, schmerzlich vermissten Risa Ginsberg.

Aber bevor ich noch weiter ins Detail gehe, mache ich hier lieber Schluss. «Genug ist genug», höre ich meine Mutter sagen. «Zu viel Epilog ist zu viel Epilog. Raus aus der Geschichte – mach Schluss.»

Dies eine Mal vielleicht werde ich ihrem Rat folgen. Ich meine, schließlich wollte ich ja nur von mir und Prinz William erzählen. Und das habe ich doch getan. Oder?

Ende

Danke schön

AN ALLE, die dieses Buch in den verschiedensten Entstehungs-phasen gelesen haben und die es durch ihre Ermutigungen, ihren Enthusiasmus und ihre Kritik formen geholfen haben: Esmé Bar-comi-Kleps, Atina Grossmann, John, Nicole Kellerhals, Tina Kemnitz, Rachel Libeskind, Ulla Malmmose, Joachim Pietzsch, Alan Posener, Hartmut Selke, Antje von Stemm und Anke Ster-neborg ...

AN ALLE, die mir von ihren Weisheiten ein wenig abgegeben haben: Chiara Czernobilsky, Daphne Czernobilsky, Dietmar Fürst von der Archenhold-Sternwarte, Wendy Kloke, Shelley Kupferberg, Dr. Ingrid Kutzner, Cornelia Martyn, Rabbi Walter Rotschild ...

AN DIE GESCHWISTER Nelly and Max Mecklenburg, deren Namen ich stibitzen durfte ...

AN SUSANNE KOPPE, die weltbeste Lektorin – und ich mache keine Witze! ...

AN EBERHARD DELIUS, ohne den ich dieses Buch nie hätte schreiben können ...

AN NOAH DELIUS, ohne den ich nie verstanden hätte, warum ich es schreibe.

Holly-Jane Rahlens

kam nach dem Studium der Literaturwissenschaft und Theater Arts (Schauspiel und Regie) aus ihrer Heimatstadt New York nach Berlin.

Mit Radioerzählungen, Hörspielen und Solo-Bühnenshows machte sie sich dort in den achtziger und neunziger Jahren einen Namen. Außerdem arbeitete sie als Journalistin, Moderatorin und Regisseurin.

Einem breiten Publikum wurde die «Erzählerin von Teufels Gnaden» («Der Tagesspiegel») durch die Romane «Becky Bernstein Goes Berlin» und «Mazel Tov in Las Vegas» bekannt.

Holly-Jane Rahlens lebt heute mit Mann und Sohn in Berlin.

Nach dem Drehbuch der Autorin wird «Prinz William, Maximilian Minsky und ich» als Kinofilm produziert.

Brigitte YOUNG MISS (Hg.)
Küss mich!
(20970)
Die Liebe in all ihren
Facetten – ein Lesebuch
rund um die Themen Flirten,
Verlieben, Sex und Trennen.
Die schönsten Beiträge aus
der YOUNG MISS sind hier
versammelt sowie Kurzge-
schichten von Françoise
Cactus, Zoran Drvenkar,
Alexa Hennig von Lange,
Benjamin von Stuckrad-
Barre und anderen.

Brigitte YOUNG MISS (Hg.)
Was ist Liebe?
(21147)
Hunderte von Leserinnen
und Lesern der YOUNG
MISS haben die Liebe in
Geschichten, Gedichten und
Fotos gezeigt und beschrie-
ben. Die schönsten Beiträge
des großen Schreib- und
Fotowettbewerbs sind hier
versammelt und reichen von
fröhlich und frech bis
tiefgründig und traurig: Wie
die Liebe eben sein kann.

Brigitte YOUNG MISS (Hg.)
**Das Leben steckt voller
Überraschungen**
(21168)
Nach dem ersten erfolgrei-
chen Wettbewerbsbuch
«Was ist Liebe?» kommen
wieder junge Autoren und
Fotografen zum Zug, dies-
mal mit dem spannenden
Thema «Überraschungen».
Alltagsgeschichten stehen
neben Phantasiegeschichten,
Fotomontagen neben
Schnappschüssen.

Françoise Cactus
Abenteuer einer Provinzblume
(20950)
Mitzi singt ihrem Teddybären Schlager vor, erlebt zusammen mit ihrer besten Freundin Sabine erste Liebesabenteuer und landet schließlich in der Berliner Szene, wo sie Schlagzeugerin einer Mädchenband wird. "Ein spritziger Roman in kurzen Häppchen, die im Nu verschlungen sind.» *Max*

Zitterparties
(20994)
Marie-Jeanne, frech, ungezähmt und Krimifan, lernt auf einer Party Elisabeth kennen, das bravste Mädchen der Welt. Doch plötzlich stolpert das deutsch-französische Gespann von Verbrechen zu Verbrechen: Jede Party wird zur Zitterpartie. Und was eigentlich ist los mit dem dahinsiechenden Onkel Marie-Jeannes ...? Witzig, abgehoben – spannend!

Françoise Cactus – eigentlich van Hove – begann ihre literarische Karriere im zarten Alter von 12 Jahren, als sie beim Schreibwettbewerb der Sektion Burgund den ersten Platz belegte und mit einem silbernen Kugelschreiber geehrt wurde. Für ihren bereits zwei Jahre später erschienenen Roman «Photo-Souvenir» kreierte die begeisterte Kritik das Genre «Lolita-Literatur».
Da aufgrund ihres Studiums ihr Stil seine ursprüngliche Unschuld verloren hatte, siedelte sie nachBerlin um und fand in der fremden Sprache zu ihrem unbedarft-unverdorbenen Mädchenstil zurück.
Françoise Cactus ist Sängerin und Schlagzeugerin der Band «Stereo Total».

Weitere Informationen in der Rowohlt Revue oder im Rotfuchs Schnüffelbuch, kostenlos im Buchhandel, und im Internet: www.rororo.de

3737/2

Zoran Drvenkar
Niemand so stark wie wir
(20936)
Berlin, rund um die
Philippistraße: das ist das
Viertel von Zoran und
seiner Clique.
Das großartige Debut eines
jungen Berliner Schriftstel-
lers, geschrieben mit einer
sprachlichen Präzision, die
ihresgleichen sucht.
Ausgezeichnet mit dem
Oldenburger Jugendbuch-
preis 1999.

Im Regen stehen
(20993)
Zoran, Adrian, Karim und
die anderen sind zurück.
Diesmal erzählt Zoran von
seinen Wurzeln in der jugo-
slawischen Heimat, den
ersten Jahren in der kleinen
Berliner Wohnung, den
Streitereien zwischen Mutter
und Vater. Mit der ihm
eigenen Sprache beschreibt
Drvenkar diese ereignisrei-
chen Jahre. Wie sein Debüt
«ein packender Roman». *SZ*

Der Bruder
(20958)
Toni ist dreizehn, hat viele
Freunde, ist in zwei Mädchen
verliebt und träumt davon DJ
zu werden. Eigentlich hätte
Toni keinen Grund, sich zu
beschweren, wäre da nicht sein
älterer Bruder. Ein Bekloppter,
der faule Dinger dreht, sagten
seine Eltern, als sie ihn raus-
warfen und er aus Tonis Leben verschwand...

Weitere Informationen in der Rowohlt Revue oder im Rotfuchs
Schnüffelbuch, kostenlos im Buchhandel, und im Internet:
www.rororo.de

3738/2

Karlhans Frank
Süchtig nach Satan
(20806)
Sarah fühlt sich nicht nur
von ihren Eltern allein
gelassen. Auf der Suche nach
dem Sinn des Lebens stößt
sie auf Markus, der eine
Gruppe Satanisten um sich
geschart hat. Anfangs ist
Sarah froh, dazugehören zu
dürfen, bis die Riten und
Taten der Satanisten ihr
immer unheimlicher werden.

Ann Ladiges
«Hau ab, du Flasche!»
(20178)
Immer häufiger greift
Roland zur Flasche, wenn es
Probleme gibt. Kann sich
Roland noch selber «aufs
Trockene» retten? Genügt
es, dass die Eltern ihm
helfen wollen? Ein Buch zum
Thema Jugendalkoholismus,
das nicht nur Jugendliche,
sondern auch ihre Eltern
lesen sollten.

Anatol Feid/
Natascha Wegner
Trotzdem hab ich meine Träume
*Die Geschichte von einer,
die leben will*
(20552)
«Ich war Heimkind, Prosti-
tuierte, Drogenabhängige.
Zu allem Überfluss bin ich
HIV-infiziert. Aber durch
das alles hindurch bin ich
ein Mensch, und mit diesem
Buch will ich mein Recht auf
Leben anmelden.»

Weitere Informationen in der Rowohlt Revue, im Rotfuchs
Schnüffelbuch, kostenlos im Buchhandel, und im Internet:
www.rororo.de

3769/1

Emer O'Sullivan studierte in Dublin und Berlin Germanistik und Anglistik und arbeitet jetzt am Institut für Jugendbuchforschung der Universität Frankfurt/Main. **Dietmar Rösler** arbeitet als Dozent im Department of German des King's College der University of London mit den Schwerpunkten Germanistik und Deutsch als Fremdsprache.

I like you - und du?
(20323 / ab 12 Jahre)
Der irische Junge Paddy zieht nach Berlin und lernt dort Karin kennen. Aus der Not, daß er kaum Deutsch und sie schlecht Englisch kann, machen sie eine Tugend und kombinieren beides, so gut es geht. Der Leser hat, ehe er sich versieht, ein halbes Buch auf Englisch gelesen und viele Vokabeln gelernt - ganz ohne Wörterbuch.

It could be worse, oder?
(20374 / ab 13 Jahre)
Diesmal muß Karin sich in einer fremden Umgebung - in Irland - zurechtfinden, was ihr nicht leichtfällt. Steht die Freundschaft zwischen ihr und Paddy auf dem Spiel...?

Mensch, be careful
(20417 / ab 13 Jahre)
Ein spannender Krimi in englisch-deutschem Sprachmischmasch über Juwelenschmuggel per Fisch!

Butler & Graf
(20480 / ab 14 Jahre)
Florian Graf, ein arroganter Junge aus reicher Familie, soll in London einen Sprachkurs mit «Familienanschluß» belegen. Maddy Butler, die Tochter der Familie, liebt Computer und Judo. Für Florian hat sie nicht viel übrig. Unvorhergesehen geraten beide ineinen Kriminalfall, den sie gemeinsam deutsch-englisch aufzuklären versuchen.

Butler, Graf & Friends: Nur ein Spiel?
(20531 / ab 14 Jahre)
Ein deutsch-englischer Krimi über mysteriöse Ereignisse rund um ein Fernseh-Quiz...

Butler, Graf & Friends: Umwege
(20647 / ab 13 Jahre)
Maddy traut ihren Ohren nicht: Mannis Flugzeug soll nicht auf dem Flughafen, sondern auf der Autobahn landen. Die Durchsage erweist sich als falsch, doch die merkwürdigen Ereignisse nehmen kein Ende. Maddy und ihre Freunde versuchen, den Fall in bewährter deutsch-englischer Zusammenarbeit zu lösen.